Collection dirigée par Glenn Tavennec

W0393140

L'AUTEUR

Camryn Garrett a grandi à New York et a commencé sa carrière d'écrivain à treize ans, lorsque *Time for Kids* l'a sélectionnée comme reporter. Elle a entre autres pu interviewer l'homme d'affaires Warren Buffett ou l'actrice Kristen Bell. Elle a depuis collaboré avec MTV, ses écrits paraissant dans le *Huffington Post* et le magazine *Rookie*. Plus récemment, *Vogue* l'a désignée comme l'une des « 21 filles de moins de 21 ans qui changent le monde ». Lorsqu'elle n'écrit pas, elle suit des études de cinéma à l'université de New York et soutient activement tous ceux qui écrivent la diversité. *Positive* est son premier roman.

Retrouvez tout l'univers de
POSITIVE
sur la Facebook de la collection R :
www.facebook.com/collectionr

îledeFrance
prévention | santé | sida

www lecrips-idf.net

CAMRYN GARRETT

POSITIVE

traduit de l'anglais (États-Unis)
par Axelle Demoulin et Nicolas Ancion

avant-propos de Jean-Luc Romero-Michel

roman

R

Titre original : FULL DISCLOSURE
Traduction : © Éditions Robert Laffont, S.A.S., Paris 2020
Copyright : © 2019 by Camryn Garrett
Published in agreement with the author, c/o WRITER'S HOUSE LLC,
21 West 26th Street, NEW YORK, N.Y. 10010, USA.

ISBN 978-2-221-24027-4
ISSN 2258-2932
(édition originale : ISBN 978-1-9848-2995-5,
Knopf Books for Young Readers)

Loi n° 49-956 du 16 juillet 1949 sur les publications
destinées à la jeunesse et aux jeunes adultes

Dépôt légal : mars 2021
Éditions Robert Laffont – 92 avenue de France 75013 Paris

Pour toutes celles et tous ceux
qui sont touchés par le VIH.
Et pour maman, toujours.

Le mot de Jean-Luc Romero-Michel,
délégué général-fondateur des Élus locaux contre le sida, ambassadeur d'Une Île-de-France sans sida et ancien président du Crips Île-de-France

Un texte puissant. Voilà ma première pensée après avoir lu la dernière page de ce livre. Un texte fort qui met à l'honneur une héroïne vivant avec le VIH et qui m'a profondément touché pour de nombreuses raisons.

D'abord parce que, avec la narratrice, nous partageons le fait de vivre avec le VIH. Oui, je vis avec le VIH depuis plus de trente ans. Mais, contrairement à Simone qui le subit, j'ai choisi de le dire, publiquement, il y a plusieurs années, faisant d'un combat individuel contre ma maladie un combat collectif pour mettre fin au VIH/sida et lutter contre les discriminations. Mais je le répète, c'était mon choix. Cela doit toujours être un choix.

Ensuite, ce livre a le mérite de rappeler cette évidence : vivre avec le VIH, c'est d'abord vivre. Vivre, c'est aimer, espérer, ressentir des émotions, construire. En fait, dès que l'on parle du VIH, on a tendance à mettre de la distance. On parle chiffres, pourcentages, augmentation, diminution. On parle objectifs chiffrés à atteindre…, comme si le VIH se résumait à un tableau Excel ! Tout cet aspect, aussi fondamental soit-il, ne doit pas faire oublier que derrière les chiffres, il y a des personnes. Des femmes, des hommes, des enfants. Des vies qui sont chamboulées ou détruites. Le VIH est la cause de 700 000 morts par an. C'est pratiquement une ville comme Lyon ou Lille qui disparaît chaque année, et cela dans une indifférence glacée ! Alors sachons, chères lectrices et chers lecteurs, ne jamais oublier que derrière les chiffres que vous entendez, notamment autour de la Journée mondiale de lutte contre le sida le 1er décembre, il y a des vies et des personnes qui veulent vivre, des personnes qui n'ont besoin que d'une chose : pas de pitié ou de misérabilisme, juste de la bienveillance.

Ce livre est un roman, mais il est aussi un livre-vérité tant l'auteur prend soin de relayer, avec détails, finesse et exactitude les enjeux actuels de la lutte contre le sida et les extraordinaires progrès scientifiques de ces dernières années. Oui, on peut avoir des enfants sans les contaminer quand on est séropositif. Oui, une personne séropositive sous traitement et qui a une charge virale indétectable ne transmet pas le VIH. Concrètement, je ne transmets pas le VIH, même si je vis avec ce virus dans le corps. Cette réalité scientifique est absolument indiscutable et prouvée depuis plus de dix ans !

C'est aussi un livre-vérité quand il relate la réaction des personnes et le décalage saisissant entre les progrès de la science et le regard des personnes sur la maladie. Un regard discriminant et qui fait mal. Rappelons-le toujours : c'est contre la maladie qu'il faut se battre et non contre le malade ! Les scènes que vit Simone, nous, en tant que personnes séropositives, nous les vivons au quotidien. Rien que sur les parents : une enquête récente en France montre que plus d'un parent sur cinq se sentirait « mal à l'aise » si l'un des enseignants de son enfant était séropositif ! On en est encore là quarante ans après la découverte du virus du sida !

Alors, chères lectrices et chers lecteurs, si vous ne deviez retenir qu'une phrase de l'auteur, je vous propose de retenir celle-ci, une phrase-coup de poing qui prendra tout son sens à la lecture de ce magnifique roman : « Mon VIH n'est pas une menace pour vous ; en revanche, votre ignorance est une menace pour moi. » Rien à ajouter si ce n'est : MERCI !

Jean-Luc Romero-Michel

1.

J'ai eu beau tenter de le dissuader, mon père reste convaincu qu'il doit m'accompagner à mon premier rendez-vous chez le gynécologue. À ses yeux, c'est un rite de passage important.

— Je suis sûre que Tía Camila aurait accepté de m'emmener, je dis en regardant par la fenêtre de la voiture.

C'est déjà pénible d'y aller *ensemble*, mais c'est surtout super gênant parce que le cabinet est tout près de l'hôpital où il travaille, ce qui veut dire qu'on risque de tomber sur *au moins* trois de ses patients.

— Elle aime bien faire ce genre de truc avec moi, on aurait pu trouver un moment entre deux de ses voyages d'affaires.

— Tu es ma fille, décrète-t-il en se garant sur une place de parking. Et, quand on est parent, on attend avec impatience ce genre d'événements.

— Permets-moi d'en douter…

Des mèches grises parsèment les cheveux noirs de mon père. Il a le teint hâlé et une marque profonde sur l'arête du nez, là où reposent ses lunettes. Quand il ne porte pas de blouse blanche, il s'habille avec des vêtements ringards du genre débardeur en laine et pantalon en toile. J'aimerais bien que son look de vieux soit la chose la plus embarrassante chez lui, mais c'est loin d'être le cas.

Une fois arrivés au cabinet, il sort un carnet avec des *questions* qu'il souhaite poser au médecin. Je crois que je vais mourir de honte. La salle d'attente est trop petite et sent le désodorisant bon marché.

Il pose son carnet à côté de lui pour remplir un questionnaire que lui a donné la secrétaire.

— À quand remonte ton dernier cycle menstruel ?

— Papa…

— Ce sont des questions normales, tu sais.

Je lui prends le formulaire des mains.

— Laisse-moi faire.

— C'est le genre de trucs que je demande à mes patients tout le temps, je te signale. Pas de raison d'être mal à l'aise.

— C'est chelou, je suis quand même *ta fille*.

Je remplis le papier à toute allure, sans trop mentir. Il a déjà fourni les infos qui prennent le plus de temps, comme mes antécédents médicaux. Je rapporte le formulaire à la dame au bureau. À mon retour, papa est à nouveau penché sur son carnet et passe en revue tout ce qu'il veut demander au gynéco.

— Détends-toi, Simone, me conseille-t-il en me tapotant la jambe.

Ses lunettes n'arrêtent pas de glisser le long de son nez. S'il était mon médecin, j'aurais du mal à le prendre au sérieux.

— La plupart des femmes que je reçois en consultation sont nerveuses au premier rendez-vous.

— Je ne suis pas une femme. J'ai genre douze ans, je rétorque en agitant nerveusement les jambes.

— Tu as dix-sept ans. La plupart des filles ont leur premier rendez-vous à quinze ans et, pour toi, c'est une simple formalité. Tu n'es même pas…

— Sexuellement active. Je sais, je sais. Tu sais comme moi que je ne couche avec personne.

Une dame enceinte avec un ventre énorme me jette un regard désapprobateur. Je me demande bien pourquoi elle a l'air irritée. Elle aura de la chance si son gamin finit comme moi. Déjà, j'ai atteint mes dix-sept ans sans mourir, je ne suis pas sûre que mes parents auraient osé parier là-dessus.

— Alors pourquoi voulais-tu absolument ce rendez-vous maintenant, Simone ?

Je me mordille la lèvre. Techniquement, je n'ai pas besoin de voir un gynéco. Je ne sors avec personne. Mes chances de perdre ma virginité n'ont pas augmenté récemment par magie. Mais le Dr Khan, mon médecin spécialiste du VIH/Sida, m'a recommandé de consulter un gynécologue si j'avais des questions. Et de fait, j'en ai.

Je ne peux pas avouer à mon père l'autre partie de la vérité : que je veux en savoir plus sur le sexe parce qu'il y a un mec que je trouve mignon au lycée. Il n'y a rien entre nous, mais j'ai bien le droit d'espérer, non ?

— C'est pas grave que tu aies voulu venir, reprend-il en m'arrachant à mes pensées. Je veux juste savoir ce qui t'a motivée.

— Je suis… euh… curieuse et un peu stressée. Je veux poser des questions, je te l'ai dit. J'ai l'impression de ne rien savoir et le Dr Khan m'a dit que c'était une bonne idée.

— Tu pourras demander tout ce que tu veux au Dr Walker. Je lui ai parlé des tas de fois. Elle fait du très bon boulot et je me suis dit que tu serais plus à l'aise avec une femme.

— Simone Garcia-Hampton ?

L'infirmière me paraît accueillante et j'apprécie qu'elle ne s'adresse pas d'abord à mon père. Je me lève et la suis d'un pas raide jusqu'à la salle de consultation. Mon père me guide en plaçant une main dans mon dos.

— Ça faisait longtemps que je ne vous avais pas vu, Dr Garcia, déclare l'infirmière en souriant à mon père quand on entre dans la salle d'examen.

Comme elle ne me dit rien, je saute sur la table sans un mot.

— Comment ça se passe à St Mary ?

— Très bien, répond mon père en souriant. Et comment va le petit Jason ?

En fin de compte, je n'ai pas coupé à l'échange de banalités. On dirait que tous les gens qui bossent dans le domaine médical ont un jour croisé mon père à la clinique ou lors d'un rendez-vous chez le médecin, quand ce n'est pas lui qui a mis au monde un de leurs enfants.

— Le petit pousse à vue d'œil, remarque-t-elle en feuilletant mon dossier. Très bien, Simone. Le Dr Walker va venir te palper les seins et vérifier plein d'autres choses. Mais il n'y aura pas d'examen vaginal aujourd'hui.

Je pousse un soupir de soulagement.

— Merci, mon D...

— Merci, mon docteur, complète Papa en me fixant d'un air entendu. Tu remerciais le docteur, c'est ça ?

Je replace une mèche de cheveux derrière mon oreille. Mon père est censé être non pratiquant, mais il est plus respectueux des rites catholiques qu'il ne veut l'admettre. Il déteste qu'on fasse allusion à Dieu pour un oui ou pour un non.

— Oui, oui. C'est exactement ce que j'allais dire. Rhoo, tu me connais pas ou quoi ?

L'infirmière sourit tandis qu'elle procède aux vérifications de routine. Elle note ma tension et vérifie mon rythme cardiaque. Elle m'interroge sur mes règles et mon activité sexuelle, j'essaie de faire comme si mon père n'était pas debout *juste* à côté de moi.

— Ça fait plaisir de voir un père et une fille aussi proches, commente-t-elle en serrant son porte-bloc contre sa poitrine. Ma fille est tout le temps dans mes jupes. Ça m'arrangerait de pouvoir la laisser seule avec son père de temps en temps.

— J'ai pas trop le choix : je n'ai pas de mère, je réplique en haussant les épaules.

Papa me fusille du regard, mais l'expression de l'infirmière vaut le détour. Son visage devient rouge d'un coup, comme si elle venait de filer un coup de pied à un chiot sans le faire exprès. Elle recule vers la sortie, lentement mais à grands pas.

— Je suis vraiment désolée, déclare-t-elle en secouant la tête. Enfile cette blouse et n'oublie pas de retirer ton soutien-gorge. Le Dr Walker va venir t'examiner.

— Simone, c'était grossier, me gronde mon père dès que la porte se referme. Ce n'est pas de sa faute si elle ne connaît pas notre situation familiale.

Il prononce ces derniers mots comme si c'était un terme officiel. Les gens ne comprennent rien à notre famille, en général, et c'est normal. D'abord, je ne ressemble pas à mon père. Même si sa peau est de la couleur du sable foncé, moi, je suis noire, mon teint est plusieurs nuances plus sombre que le sien. Les gens doivent penser que je tiens de ma mère, surtout en voyant l'alliance de Papa. Il n'est jamais vraiment sorti du placard. Je crois qu'il ne parle jamais de Daddy à qui que ce soit, sauf quand il n'a pas le choix. Alors que Daddy, lui, montre son alliance à tout le monde dans un rayon de quinze kilomètres. Tous les deux, c'est vraiment le jour et la nuit. J'aimerais que la société soit plus ouverte et que mon père n'ait pas l'impression de devoir se cacher en permanence.

— Mais elle ne devrait pas faire des suppositions, j'insiste en passant derrière un rideau et en me déshabillant. Tu sais bien ce que dit Daddy : quelqu'un qui tire des conclusions hâtives passe pour un imbécile et te fait passer pour un imbécile.

— Je sais, je sais. Et ça me semble plus vrai chaque fois que je l'entends.

Il soupire.

— Tu as des questions à poser au gynéco ?

— Je vais lui demander si je peux faire l'amour.

J'enfile la blouse et je garde ma tête derrière le tissu pour éviter d'être témoin de la gêne qui doit se lire sur les traits de mon père.

— Et je vais lui parler du déchirement de mon hymen, j'ajoute. Et de la grossesse.

— Bizarrement, je ne trouve pas ça drôle.

— C'est parce que c'est pas censé être drôle.

J'ajuste la blouse avant de tirer le rideau et d'agiter un doigt sous son nez.

— Le sexe n'est jamais drôle, surtout quand on est moi.

Son visage s'adoucit.

— Simone…

— Ah, la fameuse Simone !

Une grande dame blanche aux cheveux roux flamboyants et vêtue d'une blouse blanche entre dans la pièce.

— Ton père m'a tellement parlé de toi. La dernière fois que je t'ai croisée, tu étais à peine assez grande pour tenir debout !

Le Dr Walker me connaît, mais je ne me souviens pas du tout d'elle. Je lui adresse un sourire crispé. Je doute qu'elle soit une grande amie de la famille, même si elle le prétend. Peu importe. Je ne cherche pas à ce qu'on devienne copines. Je veux juste qu'elle réponde à mes questions.

— Alors, Simone, reprend-elle, les mains croisées. Si le Dr Khan t'a envoyée chez moi, c'est parce que j'ai eu d'autres patientes atteintes de la même maladie que toi et que j'ai de l'expérience dans ce domaine. Tu peux me demander tout ce que tu veux et je ferai de mon mieux pour te répondre.

Waouh. Elle va droit au but.

— Imaginons que je veuille faire l'amour…

J'essaie d'imiter sa position sur la table d'examen, en plaçant une jambe au-dessus de l'autre. Ma blouse en papier se froisse à chacun de mes mouvements.

— Est-ce que les préservatifs suffisent ? Est-ce que je dois en utiliser aussi si je couche avec une fille ?

— Eh bien, il y a des préservatifs internes et des protections dentaires si tu as des rapports sexuels avec une personne qui a un vagin, m'explique-t-elle en se penchant en arrière sur son tabouret.

Elle n'a pas du tout l'air ébranlée par mes questions, un bon point pour elle.

— Tu dois bien garder en tête que le virus se transmet par l'échange de certains fluides corporels, comme le sang ou le sperme.

— Une seconde, intervient Papa. Simone, tu sais que le meilleur moyen de ne courir aucun risque, c'est l'abstinence. On en a déjà parlé, ma chérie.

Mes joues chauffent. C'est aussi pour ça que je ne voulais pas qu'il assiste à la consultation : je devrais pouvoir poser toutes les questions que je veux et obtenir des réponses sans filtre. Le pire, c'est que je *sais* qu'il a raison : l'abstinence est le seul moyen d'être absolument sûre de ne pas transmettre le VIH. J'ai ça dans la tête depuis mes treize ans. C'est devenu une sorte de réflexe.

Mais ça ne veut pas dire que je ne peux pas *souhaiter* avoir de relations sexuelles. J'y pense souvent, ces derniers temps. Je ne passe pas mes journées à chercher des gens avec qui coucher, mais j'ai *envie* de franchir le pas. Je veux pouvoir aimer quelqu'un comme tout le monde.

Je souhaite surtout en savoir plus.

— Je sais, je réponds en jouant avec les bords fripés de ma blouse en papier. Mais je ne resterai pas vierge éternellement. Et j'aimerais avoir une idée de comment me protéger, vu que mon partenaire ne le saura sûrement pas.

Papa secoue la tête en gémissant et je me tourne vers le Dr Walker.

— J'ai essayé de trouver l'info sur Google, mais les réponses sont différentes chaque fois.

Je sais beaucoup de choses à propos du VIH, y compris la règle de I = I. Si la charge virale d'une personne, c'est-à-dire le niveau de VIH dans son sang, est indétectable, le virus est non transmissible. En d'autres termes, cette personne ne peut pas transmettre le VIH à quelqu'un d'autre. Indétectable = Intransmissible. Mais ça ne m'aide pas beaucoup en ce moment.

— C'est tout à fait normal, Simone, reprend le Dr Walker en posant ses mains sur ses genoux. Et je veux que tu saches que tu pourras tout à fait avoir des relations sexuelles quand tu seras prête, d'accord ? Tu peux en discuter avec tes autres médecins, si tu veux un deuxième avis.

Je hoche la tête. Je ne me vois pas interroger le Dr Khan sur le sexe, même si elle me suit depuis que je suis bébé et qu'elle fait pratiquement partie de la famille.

— Le meilleur moment pour avoir des relations sexuelles, c'est quand ta charge virale est indétectable depuis au moins six mois, précise-t-elle en jetant un coup d'œil à mon dossier. Je ne suis pas sûre que ce soit le cas pour toi. De toute façon, c'est important que tu continues à prendre tes médicaments régulièrement, comme te l'a prescrit ton médecin.

Je serre les lèvres. Le Dr Khan m'a prescrit un nouveau médicament parce que j'avais développé une résistance à l'ancien. Lors de la dernière consultation, le virus était encore détectable dans mon sang.

— C'est aussi important de comprendre que chaque type de rapports sexuels entraîne des risques différents. C'est la pénétration anale qui présente le taux le plus élevé de transmission du VIH, alors que le sexe oral a le taux le plus bas.

D'un coup d'œil en coin, je réalise que le visage de papa est plus rouge que jamais. Il tousse dans son coude, comme s'il avait une miette coincée dans la gorge. Je le taquinerais bien, mais je n'ai pas envie qu'il me trouve immature. Je veux qu'il sache que j'ai déjà fait des recherches. Je n'oublie jamais mes comprimés et je couvre toujours d'un pansement mes plaies ouvertes. Je suis super responsable avec ma maladie.

— Comme tu l'as dit toi-même, tu utiliserais des préservatifs, mais il faudra t'assurer qu'ils sont en latex ou en polyuréthane, précise-t-elle en tapotant son dossier. Ce serait probablement plus facile si tu avais des relations avec un partenaire séropositif, mais ça ne t'empêcherait pas de prendre des précautions.

— Oui, je suis au courant.

Je me gratte la nuque. Il y a un mec à qui je pense tout le temps, il a la peau foncée et un sourire magnifique.

— Mais qu'est-ce que je fais si mon partenaire n'a pas le VIH ? et que ma charge virale est détectable ?

— Simone…, commence Papa.

— Quoi ? je proteste en haussant un sourcil. Tu ne veux pas que je sache ? J'aurai dix-huit ans l'an prochain, Papa. Comme tu l'as toi-même fait remarquer, je n'ai plus douze ans.

Les médicaments anti-VIH sont bizarres. Il y a parfois des effets secondaires. Si on oublie trop souvent de les prendre, le virus peut développer une résistance avec le temps. Peut-être que ce ne sera pas la dernière fois que je devrai changer de médoc et reprendre le traitement à zéro. J'aurai peut-être un partenaire qui n'est pas porteur du VIH. Est-ce que je n'aurai pas le droit d'avoir des rapports sexuels avec lui jusqu'à ce que ma charge virale soit à nouveau indétectable ? Ou est-ce qu'il y a un autre moyen de se protéger ?

Le Dr Walker s'éclaircit la gorge et je me tourne à nouveau vers elle. Son expression est douce, comme si elle s'adressait à un petit animal. Je ne dois pas être la seule à venir en consultation avec un père hyperprotecteur. Elle a sans doute déjà eu droit au même type de conversation, en moins intense.

— Ce serait une relation sérodiverse. Une personne séronégative peut prendre des médicaments pour prévenir la transmission ; c'est une chose dont il faut discuter plus en détail avec un spécialiste du VIH.

Je suis contente qu'on aborde le sujet, mais je veux vraiment insister sur le fait que c'est très important d'exposer ta situation à ton partenaire avant toute relation sexuelle.

Je fixe mes mains.

— Je sais. J'ai entendu parler de ça aussi.

Avant, en Californie, une loi pouvait m'envoyer en prison si j'avais des rapports sexuels non protégés sans révéler ma séropositivité au préalable. C'est différent aujourd'hui : si je suis indétectable et que je demande à l'autre personne de porter un préservatif, je peux me défendre au tribunal. C'est juste que la loi rend les choses plus *réelles*. Elle me rappelle que je suis différente des autres.

Papa et moi, on aime bien se moquer des idées préconçues bizarres que les gens ont sur la façon dont le virus peut être attrapé : embrasser sur la joue, se toucher les mains, partager un soda… Mais coucher avec quelqu'un comporte un vrai risque. Tout le monde sait que les relations sexuelles exposent à un risque d'infections sexuellement transmissibles (IST), mais je doute que quiconque au lycée s'attende à faire un jour face au VIH. Chaque fois que j'imagine comment ce serait de dévoiler ma situation à quelqu'un que j'aime, la scène se termine par un départ précipité.

— Simone ?

Je bats des cils et je reviens à l'instant présent. Le Dr Walker m'adresse un sourire triste, comme si elle avait deviné mes pensées. J'ai presque envie de la serrer dans mes bras.

— Tu as d'autres questions ?

Je secoue la tête et elle me tapote la main.

— Allonge-toi sur le dos, s'il te plaît, ma belle. On va examiner ta poitrine.

2.

Mes parents ont arrêté de me conduire à l'école il y a longtemps, sans doute parce que j'attends toujours le dernier moment pour me réveiller et me préparer. Aujourd'hui, c'est différent. Si je me levais à la dernière minute, c'est Lydia que je laisserais tomber.

Ça me fait bizarre d'entendre la voiture de Papa sortir de l'allée pour se rendre à l'hôpital. Daddy est encore dans la cuisine, il prépare le café. Je rate clairement tout un tas de trucs passionnants quand je dors.

— T'es tombée du lit, dis donc.

Daddy touille son café. Il le prend toujours noir.

— Les filles prépareraient-elles quelque chose ?

Je passe devant l'îlot central sans répondre. Je peux aborder tous les sujets avec lui, mais c'est plus compliqué quand ça concerne mes amies. Lydia ne veut pas que ses parents sachent où on va. Et j'imagine qu'elle n'a pas non plus envie que *les miens* soient au courant.

J'attrape une tasse dans l'armoire.

— On a un truc à faire. On ne peut pas y aller après les cours à cause de ma répétition pour le spectacle.

— Et vous devez y aller ensemble ?

Je hausse les épaules et me sers généreusement de café. Je suis encore à moitié endormie, mais je remarque qu'il porte son T-shirt *De La Soul*. Il le met tout le temps, même si les seuls de ses élèves à savoir que c'est un groupe de hip-hop sont noirs, comme nous. Parfois, j'aimerais être inscrite au lycée public où il enseigne, mais c'est à une demi-heure d'ici. Le Sacré-Cœur est plus près, il est moins conservateur que mon ancien lycée et on y échappe à l'uniforme. Le plus important, c'est que personne ne me connaît là-bas. Pas comme dans mon ancienne école...

À Notre-Dame-de-Lourdes, il n'y avait que cent élèves, que des filles, toutes logées à l'internat. On était bien plus proches que des demi-pensionnaires. Ça ne m'a jamais dérangée... jusqu'à ce que les autres apprennent que j'étais séropositive.

Daddy repose sa tasse sur le plan de travail.

— Simone, s'il se passait quelque chose, tu me le dirais, hein ?

Je soupire.

— C'est un truc dont Lydia ne veut pas parler à ses parents. Pas maintenant, en tout cas. On doit juste s'arrêter quelque part en route.

Il m'observe avec méfiance. Je pose ma main sur la sienne.

— Je te jure que si elle avait des ennuis, je t'en parlerais.

Il pousse un grognement étouffé dans sa tasse. Je me tourne vers l'armoire à pharmacie, satisfaite de sa réaction. Pour réduire ma charge virale, je dois avaler un énorme comprimé tous les matins. L'alarme de mon téléphone me le rappelle, mais en général, ce n'est pas nécessaire. La prise des médicaments est devenue un réflexe pour moi.

Je sens les yeux de Daddy m'observer tandis que je glisse le comprimé dans ma bouche. Quand j'étais petite, Papa et lui m'offraient un autocollant chaque jour où je n'oubliais pas de le prendre seule. Si j'atteignais un mois sans rater un jour, j'avais droit à une récompense. Aujourd'hui mon cadeau, c'est ma santé. C'est moins sympa que d'aller manger de la pizza et jouer à des jeux d'arcade chez Chuck E. Cheese.

La sonnette retentit et je sursaute, manquant de renverser mon café. Lydia se tient sur le seuil, cheveux noirs derrière les oreilles, visage non maquillé.

— Salut, me lance-t-elle quand j'ouvre la porte. Prête à décoller ? Claudia attend dans la voiture.

— OK.

Je m'arrête et l'examine des pieds à la tête. Elle est plus pâle que d'habitude.

— Elle t'a demandé de venir me chercher ?

— Non, c'est moi qui voulais.

Devant mon air dubitatif, elle ajoute :

— T'es mon amie, Simone. C'est normal que j'aie envie de te voir.

— Tu es stressée. Sinon, tu m'aurais attendue dans la voiture aussi.

— Un peu. Mais ça va mieux avec vous deux.

Comme pour le prouver, elle me serre dans ses bras.

— Oh, Lydia, je marmonne, le nez dans son épaule. T'es trop.

N'empêche, je l'adore, pour de vrai.

Je m'écarte, au bout d'une minute.

— Faut juste que je prenne mes affaires. Entre.

Elle acquiesce et me suit. Son sac est couvert de badges : le logo de notre lycée, des personnages du film *La Grande Aventure Lego* et plusieurs *I Love Taiwan* de son voyage en famille l'été dernier.

— Salut Lydia, dit Daddy tandis que j'attrape mon sac sur le plan de travail. Comment ça va ?

— Bien, merci, lui sourit-elle. Prête à aller au lycée.

Je lâche un léger ricanement. Lydia est sincère, elle aime *vraiment* aller en cours. Je ne comprendrai jamais.

— Et tes parents ?

Elle se balance sur ses talons, un peu mal à l'aise.

— Ils vont bien. Ils travaillent beaucoup, comme d'habitude.

Ses parents, M. et Mme Wu, veulent qu'elle ait de bonnes notes, mais sont moins pénibles que ceux de Claudia à ce sujet. Ils n'ont pas peint les tables de multiplication sur le mur de sa chambre et ne l'ont jamais forcée à aller en colo de maths. Ils scrutent tout de même ses bulletins dès qu'ils les reçoivent. La seule fois où mes parents se sont mêlés de mes études, c'était pour me demander si j'avais besoin de cours particuliers et j'étais encore à l'internat à ce moment-là. Je les imagine mal espionner mon ordinateur ou regarder par-dessus mon épaule toutes les cinq minutes. Chacun son style…

Daddy me fait un bisou sur la joue, puis dit au revoir à Lydia qui me traîne vers la porte.

— Bonne chance aujourd'hui, les filles. Envoie-moi un texto quand tu seras au lycée.

La porte claque derrière nous.

Claudia conduit une vieille Ford Bronco bleue. Je ne m'assieds jamais devant et je ne comprends pas comment Lydia peut être assez courageuse pour le faire, surtout aujourd'hui. Chaque fois que je monte en voiture avec elle, Claudia alterne entre conduire pied au plancher façon *Fast and Furious* et rouler à deux à l'heure, comme si elle avait un pneu crevé.

— Je suis étonnée que tu aies toujours ton permis, je dis en me glissant au milieu de la banquette arrière. T'as pas genre une tonne de PV ?

— Oh, la ferme, rétorque-t-elle, les mains sur le volant. Si tu trouves que je conduis si mal que ça, fais-le à ma place. Crois-moi, c'est pas aussi facile que ça en a l'air. Passe ton permis et tu verras.

Je pourrais réfléchir à une réplique bien sentie, mais je m'abstiens. Elle est plus gentille que d'habitude avec Lydia, aujourd'hui ; il faut bien qu'elle soit mordante avec quelqu'un d'autre. Elle se calmera une fois notre mission accomplie.

Claudia démarre une fois nos ceintures bouclées. Le ronronnement du moteur alourdit mes paupières. Malgré le café, je suis sur le point de me rendormir. Le silence n'aide pas des masses.

— Tu vas juste prendre la pilule, commente Claudia, en se tournant vers Lydia. C'est pas un drame.

Je rouvre les yeux. Je vois le visage de Claudia – plein d'inquiétude, exceptionnellement doux – mais pas celui de Lydia. Je ne comprends pas pourquoi elle est si nerveuse.

— J'ai l'impression d'être une menteuse, nous confie-t-elle. Vous auriez dû voir ma mère l'autre jour. Elle voulait qu'on parle de *sentiments* et de *changement*, et je lui ai dit que je ne faisais pas l'amour. Maintenant, je vais prendre la pilule sans qu'elle le sache. Ça fait de moi un monstre ?

Je hausse les épaules.

— Non, je ne crois pas. Tu veux quand même pas lui parler du fait que tu t'envoies en l'air avec Ian Waters ?

— T'es dégueu, fait Claudia en me regardant dans le rétro. Et puis, plus personne ne dit « s'envoyer en l'air ».

— Si, moi.

Elle lâche un ricanement.

La clinique est à une quinzaine de minutes et le reste du trajet se passe en silence. Les parents de Lydia travaillent tous les deux dans la finance, elle n'a donc pas à s'inquiéter de croiser des amis de sa famille. Elle doit juste entrer, payer et ressortir.

Claudia se gare sur le parking. Il y a six autres voitures, même si on est tôt le matin. L'enseigne rose délavée au-dessus des lourdes portes en métal a l'air tout droit sortie d'un vieux film.

Je détache ma ceinture de sécurité et je me penche en avant pour regarder Lydia. C'est bizarre de la voir sans son trait d'eye-liner habituel.

— Tu veux qu'on t'accompagne ? Si tu veux, on vient. On peut y aller à trois.

Lydia secoue la tête en enlevant à son tour sa ceinture.

— Non. On ne me reconnaîtra peut-être pas si je suis toute seule, mais si on est ensemble, si.

Les gens risquent plutôt de reconnaître Claudia et Lydia. Elles sont amies depuis des lustres, ont toujours été à la même école et jouaient l'une chez l'autre à tout bout de champ.

— Il y a une clause de confidentialité, lui rappelle Claudia en coupant le moteur.

— C'est vrai, je renchéris. Les infirmières et les médecins ne peuvent en parler à personne sans ta permission. Tout va bien se passer.

— Et si on arrive en retard en cours ?

Claudia et moi, on émet un *pfff* au même moment.

— Ça n'a aucune importance, je dis. Au contraire, on pourra raconter à tes parents que tu m'aidais pour un truc familial. Tu peux leur dire que je suis malade, si tu veux.

Ce serait bizarre de mentir à Mme Wu. Je ne suis allée chez elle qu'une seule fois, pour une soirée pyjama en septembre dernier, et elle nous avait préparé des pancakes pour le petit déjeuner. Mais, pour Lydia, je n'hésiterais pas.

— Tous ces mensonges, soupire-t-elle en se frottant le bras.

— C'est une phase normale, voire cruciale, de la rébellion adolescente, suggère Claudia. Et puis… tes parents finiront par supposer que tu prends des contraceptifs, et comme ça tu éviteras la grande discussion. C'est pas comme si c'était mes parents.

— Ouais, t'as raison. Bon, j'y vais. Je reviens tout de suite.

Elle sort de la voiture en claquant la portière. Je pourrais m'asseoir sur le siège passager à l'avant, mais je reste à l'arrière. Je remonte mes jambes contre ma poitrine. Je brise le silence qui s'est installé entre Claudia et moi.

— C'est marrant, je n'ai jamais imaginé venir ici. Je me suis toujours dit que le sexe, c'était pas mon truc, même en pensée…

— Toi ? T'y penses plus que n'importe qui que je connais. Qu'est-ce que tu racontes ?

Aïe. Claudia et Lydia sont les premières amies – et les meilleures – que je me suis faites au lycée du Sacré-

Cœur. J'ai l'impression que je devrais pouvoir leur expliquer que je suis séropositive.

Je repousse mes cheveux en arrière.

— Je sais pas. C'est pas parce que j'y pense que ça va arriver.

Je n'ajoute pas ce qui devrait suivre : ce n'est pas parce que je pense tout le temps à un mec en particulier qu'il va se passer quelque chose entre nous.

Elle se retourne en fronçant les sourcils. Claudia a les cheveux courts, un carré qui n'a pas poussé d'un centimètre depuis le jour où je l'ai rencontrée, et elle a le même teint cuivré que Papa.

— T'as un truc à me dire ?

Je pince les lèvres. Claudia Perez n'est pas le genre de personne à qui j'ai envie de cacher des choses, mais c'est un très gros secret. Je ne pense pas qu'elle le répéterait, pourtant je n'en suis pas certaine.

— *Simone*, insiste Claudia. Qu'est-ce qu'il y a ?

— C'est juste que…

Je baisse les yeux. Des feuilles de cours jonchent le plancher et je les froisse sous mes pieds.

— … je n'arrive pas à imaginer que quelqu'un veuille faire l'amour avec moi.

— Pourquoi pas ? proteste-t-elle d'une voix aiguë. Moi, je coucherais avec toi, si c'était mon truc. T'es géniale.

Je ris, malgré moi.

— C'est vachement bizarre de dire ça.

— On s'en fout !

Elle m'adresse un demi-sourire.

— Pourquoi personne ne voudrait *s'envoyer en l'air* avec toi ?

Je ne sais pas trop quoi répondre. Juste à ce moment-là, Lydia ouvre la portière passager et se glisse sur le siège. Elle a les joues rouges et serre un petit sac blanc dans sa main. On attend qu'elle nous raconte.

— L'employée était trop gentille, finit-elle par lâcher en soupirant. Je ne sais pas pourquoi j'étais aussi stressée. Elle était accueillante au téléphone aussi. Elle a répondu à toutes mes questions.

Je lui serre l'épaule.

— Je suis super fière de toi, ma belle.

Claudia martèle le volant du plat des deux mains comme si c'était un instrument de percussion.

— Ouais, Lydia est la meilleure !

Je ne sais pas si Lydia a chaud ou si elle rougit. Claudia quitte le parking et emprunte la direction de notre lycée.

— Je viens d'avaler la première pilule, nous informe Lydia au bout d'un moment. Ça veut dire que je dois la prendre à cette heure-ci tous les jours. Je pense que tout ira bien.

— Comment tu te sens ? lui demande Claudia avant que j'aie le temps de le faire. Mieux ?

— À fond, reconnaît Lydia en expirant profondément. Ian et moi, on commençait à… passer à des choses plus sérieuses et je suis contente d'être prête.

J'imaginais me sentir bien plus coupable que ça pour le mensonge, vis-à-vis de mes parents.

— C'est normal, je lui assure en m'appuyant contre le dossier du siège.

Quand je repense à mon rendez-vous avec le Dr Walker, je regrette de ne pas avoir menti à mes parents plus souvent.

— Parfois on a besoin d'avoir nos petits secrets.

— Vous êtes géniales, les filles ! proclame Lydia.

Claudia ne quitte pas la route des yeux, mais je lui souris, même si elle ne me voit pas.

— Et je vous adore. Je sais que vous n'étiez pas obligées de vous lever aussi tôt…

— C'était un problème pour Simone, l'interrompt Claudia. Pas pour moi. Je suis toujours debout à cette heure-là.

— Moi, ça me pose déjà un problème de me lever avant neuf heures. C'est pas ma faute si je me sens plus en forme le soir. D'ailleurs, d'après l'Académie de pédiatrie américaine…

— … les enfants ne devraient pas se lever si tôt, complète Lydia à ma place en riant. On sait. Tu nous le répètes tous les matins. Je pourrais réciter l'étude dans mon sommeil.

Il y a déjà pas mal de voitures sur le parking du lycée. C'est un grand bâtiment en brique qui ressemble à une caserne de pompiers ou à un couvent des années cinquante. La Bronco de Claudia, du haut de ses dix-huit ans, ne pourrait pas être plus différente des élégants modèles argentés rangés des deux côtés.

— Venez, les filles, nous lance Claudia en retirant la clé de contact. Je dois passer à mon casier. J'ai un truc à récupérer. Lydia, tu es une meuf hyperresponsable et je t'adore. Explique à Simone qu'elle couchera un jour avec la bonne personne.

Je lui montre mon majeur dressé, mais ça la fait sourire. J'essaie de la suivre dans l'air frais de l'automne, mais Lydia me prend par le bras.

— C'est quoi cette histoire ?

De près, elle semble moins transpirer qu'avant.

— C'est sympa, le sexe. Tu devrais essayer, ajoute-t-elle.

— Je croyais que vous n'en étiez pas encore là ?

— Il y a différentes étapes.

— Le problème n'est pas le sexe en soi, corrige Claudia en s'arrêtant devant son grand casier bleu.

Je m'appuie contre les autres portes métalliques pendant qu'elle entre la combinaison de son cadenas.

— Elle croit qu'elle ne trouvera personne, explique Claudia.

— Quoi ? s'exclame Lydia en se tournant vers moi. Pourquoi ?

Je tente de me dégager de son bras toujours passé sous le mien.

— En fait, j'ai pas besoin de passer à mon casier.

Mais mon amie refuse de me lâcher.

— Sérieusement, je mets tous les trucs importants dans mon sac. La seule chose que j'ai dû laisser dedans, c'est le guide du nouvel élève.

— J'ai utilisé le mien genre une fois avant aujourd'hui, commente Claudia en ouvrant la porte. Mais c'est différent. Tu n'es là que depuis quoi, deux mois ? Moi, je suis ici depuis trois ans.

— Attendez, nous demande Lydia en levant les mains. On s'en fiche des casiers ! Simone, n'importe qui aurait de la chance de sortir avec toi. C'est ridicule.

Ça, c'est la Lydia que je connais.

Je sais qu'elles disent la vérité toutes les deux : je suis une fille super. Il y a deux mois, je ne me tracassais même pas de trouver un petit ami ou de faire l'amour. Je voulais juste m'intégrer dans mon nouveau lycée. Et maintenant, c'est moi qui ai été choisie pour mettre en scène la comédie musicale de l'école sous la supervision du prof et je sais où ont lieu au moins la moitié de mes cours.

— Peut-être que le patriarcat est en train de tuer mes neurones, je dis. Parce qu'on dirait que je n'ai pas confiance en moi. Alors que je suis une meuf qui déchire.

— Évidemment, renchérit Lydia. C'est de notoriété publique.

— En tout cas, c'est pas une raison pour qu'un mec se comporte comme un salaud avec toi, affirme Claudia en serrant contre sa poitrine le poster qu'elle vient de récupérer. Si jamais ça arrive, préviens-moi, j'irai lui botter les fesses !

— Tu ferais mieux de te préparer, je rétorque. Parce que tous les mecs sont des salauds. Ceux de notre âge, en tout cas.

— Je ne suis pas d'accord, proteste Lydia. Ian est super mignon *et* super gentil.

Claudia et moi, on lui jette un regard entendu. Elle croise les bras en boudant.

— De toute façon, personne n'est parfait. Et le mec du cours de théâtre qui te plaît ? me demande-t-elle pour détourner la conversation de son petit ami.

Ça n'a aucun sens de comparer Ian, le président du club des procès simulés, à *Miles Austin.* D'abord, je suis pratiquement certaine que c'est le seul joueur de lacrosse noir de l'univers. Il est parvenu à s'intégrer dans l'équipe, alors que les autres ont des fringues de marque. Sa bande de copains en dit long sur lui… et rien de très positif. Pourtant, Miles m'attire.

J'énumère en comptant sur mes doigts :

— Pour commencer, c'est pas un salaud. Il soulève des poids très lourds sans avoir l'air de forcer. C'est sympa de parler avec lui. Il a un joli cul.

— Je suis trop contente de pas aimer les mecs, conclut Claudia en enfilant son sac à dos. Ça a l'air crevant.

J'attrape son affiche roulée et la glisse sous mon bras.

— Si tu as un crush, tu ferais peut-être mieux d'*agir*, me conseille Lydia en me regardant avec pitié. Quand on aime bien quelqu'un, on est censé le lui faire savoir, Simone.

Je retiens un soupir. Je dirais peut-être quelque chose, si j'étais certaine à cent pour cent que Miles aime les filles. Chaque fois que je le vois en répétition, on discute de comédies musicales. J'ai jamais rencontré d'hétéro qui s'intéresse à ça.

Pourtant ni ses goûts ni sa façon de s'habiller et de parler ne lui donnent l'air gay. Mais je n'arrive pas à me défaire de mon impression. C'est peut-être les comédies musicales. Ou le fait qu'il est toujours si gentil avec tout le monde. Ou parce que je ne l'ai jamais vu avec une fille. *Argh.* Si seulement j'étais allée dans un pensionnat mixte, je saurais gérer ce genre de situation.

— C'est pas si simple, j'avoue en baissant la voix. Vous en parlez comme si c'était super facile.

Quand je suis avec Claudia et Lydia, je me sens cool. Ce qui ne suffit pas. Il n'y a aucune raison pour que Miles échange plus que quelques mots avec moi. Ça ne m'intéresse pas de courir après un garçon. Mais je dois avouer que je ressens comme un pincement quand je le vois. Il doit y avoir une raison pour laquelle tout le monde est attiré par lui – pendant les répétitions, dans les couloirs, partout –, pourtant je n'arrive pas à déterminer à quoi c'est dû. Peut-être parce qu'il existe et que ça suffit. J'aimerais pouvoir être comme ça, moi aussi.

3.

À la fin des cours, je me rends à l'auditorium pour les répétitions. Je ne sais pas si je participe à la préparation du spectacle à cause de Lin-Manuel Miranda, la star montante des *musicals*, comme tout le monde, ou parce que ça me plaît vraiment. Probablement un peu des deux. Si je n'aimais pas ça, je ne pourrais pas passer deux heures par jour après les cours à bosser sur un spectacle. On prépare *Rent*, une comédie musicale qui parle d'homosexualité et du VIH/sida.

— Venez ici, tout le monde, nous ordonne Mme Klein.

En journée, elle enseigne la chimie ; elle n'est pas experte en théâtre, mais j'essaie de ne pas la juger là-dessus.

— Globalement, on s'en sort plutôt bien, commence-t-elle. *Rent* est un spectacle difficile à monter dans un lycée et je suis fière du chemin qu'on a déjà parcouru.

Les membres de la distribution et de l'équipe forment un demi-cercle en face d'elle. M. Palumbo se tient à ses côtés, les bras croisés. Il est petit, chauve et bedonnant. J'ai l'impression qu'il maîtrise mieux la pièce que Mme Klein, même s'il n'ouvre pas la bouche. Il attire mon regard et m'adresse un clin d'œil.

M. Palumbo est sans doute le prof le plus cool que j'aie jamais eu. Je suis son cours de musique et, au cours de mes premiers jours ici, il m'a permis de traîner dans sa classe pendant les heures d'études. La plupart des élèves qui finissent par faire de la mise en scène sont sélectionnés après avoir participé à plusieurs spectacles, mais il m'a choisie après un débat passionnant à propos d'une adaptation cinématographique éventuelle de *Wicked*, le *musical* inspiré du *Magicien d'Oz*. Maintenant, nous y voilà.

— Là première approche à grands pas, il ne faut pas l'oublier, poursuit Mme Klein.

Ses yeux se posent sur moi et je détourne le regard. Dans mon ancien lycée, j'étais membre de l'équipe technique, mais je n'ai jamais rien mis en scène. Mme Klein n'est pas la seule à être consciente que je ne sais pas ce que je fais.

— Il nous reste à peine plus de cinq semaines pour peaufiner les derniers détails du spectacle.

Laila, une terminale qui interprète Mimi, s'appuie contre moi. Elle m'a serrée dans ses bras le premier jour des répétitions et ne me jette pas de regards assassins derrière le dos de Palumbo comme les autres membres de la distribution. Je ne sais pas si j'ai le droit d'avoir des préférés, mais c'est elle ma chouchoute.

— C'est largement suffisant pour la touche finale, intervient M. Palumbo. Pas question de stresser.

— N'oubliez pas que le public ne s'attend pas à grand-chose, nous rappelle Mme Klein en agitant les mains. On veut leur en mettre plein les yeux. On veut montrer aux parents qui ne voulaient pas qu'on monte ce spectacle que vous êtes capables de traiter le sujet, qu'on peut tous se dépasser.

— Aucune pression, précise M. Palumbo en jetant un coup d'œil à Mme Klein.

L'auditorium est étrangement silencieux, alors qu'on y entend normalement à la fois la musique de la fosse, les acteurs qui chantent sur scène et les chuchotements de l'équipe.

— Le plus important, c'est que vous appreniez un tas de choses sur le processus théâtral, pour voir si vous aimeriez poursuivre dans cette voie après le lycée. Et si ce n'est pas le cas, c'est pas grave ! Je suis prof, mais je fais ça pour m'amuser. Certains d'entre nous adorent le monde du spectacle.

Mme Klein lui jette un regard en coin. J'adore comment M. Palumbo met discrètement les points sur les *i*, comme s'il faisait des commentaires IRL sous les posts de sa collègue. Elle ne dit jamais rien quand il la corrige, toutefois je m'attends à ce qu'un jour l'un des deux pète un câble.

Je ne sais pas comment Mme Klein réagirait si je lui disais que je fais ça pour m'amuser. Peut-être qu'elle m'étranglerait. Qu'est-ce qu'elle s'imagine ? Je suis fan de comédies musicales, OK, mais tenter de faire carrière dans le domaine est un risque énorme. Je ne sais pas si j'ai assez de talent pour ça.

— C'est aussi important de mettre toutes les chances de notre côté pour les Prix du théâtre du lycée, ajoute Mme Klein avec un sourire un peu crispé.

Quand elle évoque les trophées, un murmure désapprobateur parcourt la salle. Tout le monde chuchote en même temps.

Laila soupire à côté de moi :

— Je te jure, elle n'a que ça à la bouche.

Je me penche pour lui glisser à l'oreille :

— Ça la mettrait en valeur, si on gagnait un prix.

— Mais gagner n'est pas l'essentiel, précise M. Palumbo en faisant un pas en avant. N'oubliez pas que *Rent* est une pièce incroyable pour de nombreuses raisons, et notamment parce qu'on s'attache aux personnages, qui sont très humains. S'il y a une chose que je voudrais que vous retiriez de cette expérience, c'est ça.

— Oui, bien sûr, confirme Mme Klein, la mâchoire crispée. Cette comédie musicale est connue pour son sujet, mais surtout pour sa musique. Évidemment, les personnages ont de l'importance aussi.

Ils se taisent enfin. Quelqu'un tousse.

— On peut commencer la répétition, maintenant ? demande Eric, un des acteurs principaux.

Sa coupe afro est plus large que la mienne, je suis jalouse.

— Je dois être chez moi à cinq heures et je ne peux pas être en retard tous les jours.

— Eh bien, notre assistante à la mise en scène veut peut-être ajouter quelques mots d'encouragement ? suggère M. Palumbo en me désignant. Simone est plus éloquente que moi, je suis sûre qu'elle aura bien des choses à nous dire.

Waouh, absolument pas de pression. Merci, M. Palumbo.

— Euh… oui.

Je fais un pas en avant, tandis que Laila s'écarte. Je me sens toute nue sans mon alliée. Je n'arrive pas à déchiffrer les expressions sur tous les visages qui me fixent, mais je ne crois pas avoir beaucoup de fans. La plupart des notes que j'ai prises lors des répétitions sont négatives, contrairement à celles de M. Palumbo, qui distribue tout le temps des compliments.

— Je trouve qu'on s'en sort très bien jusqu'ici. Je sais que ça devient compliqué parce qu'il y a d'autres clubs et des événements sportifs, mais je vous remercie pour votre implication.

Pas de réaction. Eric se penche pour chuchoter quelque chose à l'oreille de Claire, qui fait partie de l'orchestre. Elle glousse. Je tousse.

— Le spectacle ne sera pas parfait le soir de la première, je poursuis en me massant la nuque. Je pense que même les spectacles de Broadway ne sont pas parfaits non plus. Ils donnent des centaines de représentations et chacune est notée. Alors, ne cherchez pas à atteindre la perfection. Essayez juste de faire pleurer les spectateurs.

Quelques rires résonnent entre les murs de l'auditorium. Dans mon ancien lycée, les spectacles se donnaient dans la cafétéria. Ici cette salle est uniquement consacrée au club d'art dramatique. J'adore tout : les escaliers qui mènent à la scène et les lourdes tentures rouges qui l'encadrent, l'odeur de naphtaline, les copeaux de bois frais et les pots de peinture ouverts en coulisses. La majesté des lieux, la façon dont la scène s'avance, comme si les murs ne pouvaient pas la contenir. Chaque fois que Laila ou Eric chantent, je sens leur voix résonner dans ma poitrine.

— Elle a raison ! crie Rocco, qui interprète Angel. Allons-y !

— Bon, les membres de la distribution ont dix minutes pour revoir leur texte, nous informe Mme Klein. Et pas une de plus. On va faire un filage, je vous demande donc de ne pas trop consulter le script.

M. Palumbo la regarde, mais au lieu d'ajouter quoi que ce soit, il se tourne vers les autres élèves.

— Celles et ceux qui font partie de l'orchestre, venez avec moi dans la salle de la chorale. On va se concentrer sur les premières chansons.

Je résiste à l'envie de soupirer. Ces ordres signifient que je vais rester seule avec Mme Klein. J'essaie de cacher ma déception alors qu'une grande partie de l'équipe quitte l'auditorium. Je ne vois pas comment je pourrais donner des instructions précises aux acteurs alors que Mme Klein vient de leur expliquer ce qu'ils devaient faire. Peut-être que, comme elle, je vais les regarder et leur donner des conseils personnalisés.

Pendant que les comédiens prennent leurs places respectives, j'envoie à Daddy une photo de Diminou d'*Arthur* sans aucun contexte. Il adore ce genre de trucs, même si je ne pense pas qu'il les comprenne. Il ne répond pas tout de suite, ce qui veut dire qu'il doit être en train de faire quelque chose d'important, genre corriger les travaux de ses étudiants. Je passe en revue mes autres applis, Facebook, Instagram… il n'y a rien de nouveau depuis le déjeuner. Les algorithmes sont vraiment nuls. J'ai l'impression de tourner en rond toute la journée.

Twitter est parfois intéressant. L'appli n'était pas très populaire dans mon ancienne école, mais j'ai l'impression qu'ici tout le monde a un compte. C'est génial pour avoir des nouvelles : les ruptures, des infos sur les universités… ou pour les ragots, tout simplement. L'équipe technique gère le compte du club d'art dramatique. Ça m'intéresse surtout à cause d'une certaine personne que j'essaie de ne pas trop regarder.

— Et nous, l'équipe technique, on fait quoi ? me lance Lily, une élève de première année, depuis la scène.

— C'est Jesse qui s'occupe de toi, je réponds en rangeant mon téléphone dans ma poche. Demande-lui s'il a besoin d'aide. Si tu ne le trouves pas, j'essaierai de te donner autre chose à faire.

Lily hoche la tête avant de disparaître en coulisse. Je me tourne vers ses collègues. La plupart sont occupés à peindre des éléments du décor comme des tables et des chaises. Très vite, je me focalise sur ce qu'une personne en particulier est en train de faire.

Miles est penché sur un cadre de bois plus grand que moi. D'où je suis, je peux admirer les tendons saillants de ses bras, le pli des muscles dans ses jambes et la courbe de ses fesses. Je sais, je sais, je ne devrais pas regarder ça. Mais c'est difficile de *ne pas le faire.* Je n'ai pas l'habitude de voir des mecs partout. C'était bien différent dans mon ancien lycée. Il y avait des tonnes de jolies filles que je connaissais depuis longtemps et j'aurais jamais pensé à les mater.

Alors qu'ici, je ne sais plus où donner de la tête. Mes sens sont trop sollicités avec tous ces garçons *et* toutes ces filles sans uniforme. Tout ce que je sais, c'est que le cul de Miles est l'endroit parfait pour reposer mes yeux.

— Salut, Simone. C'est quoi, ta pièce de théâtre du jour ?

Je cligne des yeux. Il me fixe, un sourire aux lèvres. J'espère qu'il ne m'a pas vue le reluquer.

— Ce sont des comédies musicales, pas des pièces de théâtre, je réplique en croisant les bras. Ça fait un mois qu'on fait ça, Miles. Ne me dis pas que tu ne vois pas la différence.

— Bon, c'est quoi la *comédie musicale* du jour ? corrige-t-il en se tournant vers moi.

J'oublie de respirer une seconde, mais c'est super rapide, donc ça ne compte pas.

— C'était quoi, la dernière, déjà ? ajoute-t-il. *Cats* ?

— Oh non, quelle horreur ! je gémis.

Je grimpe sur la scène et me pose près de lui. Il se laisse glisser sur le plancher pour s'asseoir à côté de moi. Son genou frôle le mien, il est tellement plus large... Je jette un coup d'œil à son visage, mais il n'a pas l'air de le remarquer. Ce n'est pas que son contact me surprenne. Simplement la chaleur d'un autre corps, assez proche pour que je la sente.

— Ne me parle pas de *Cats*, je corrige. Ce spectacle me fout la trouille.

Son sourire s'élargit sur ses dents blanches. Je cligne des yeux très vite.

— Tu ne peux pas avoir peur de *Cats* ? Je ne te crois pas.

Il secoue la tête.

— Tu m'as dit que tu adorais l'histoire d'un type qui découpe les gens et les transforme en tourtes à la viande.

— *Sweeney Todd*... c'est génial, je rétorque en levant les yeux au ciel. Les comédiens de *Cats* sont hyper-flippants. Ils se roulent partout sur scène dans leurs costumes bizarres et ils essaient de se faufiler dans le public et de se frotter aux jambes des spectateurs. C'est pas mon truc. Je préfère quand les acteurs restent sur scène.

Il hausse les épaules. Encore une fois, sa peau frôle la mienne. C'est léger, mais je le sens. C'est plus fort que moi.

— Je ne sais pas. Ça paraît une bonne idée. Ça implique le public dans le spectacle.

— Je ne trouve pas.

Je frissonne en me souvenant de la fois où Papa et Daddy m'ont emmenée voir *Cats*. Tous les étés, quand on rend visite à mon demi-frère, Dave, on assiste à une pièce sur Broadway, mais cette fois-là, j'avais été hyperdéçue.

— Franchement, si les acteurs doivent descendre dans le public, je préfère que ça se passe comme dans *Le Roi Lion*. C'est mille fois mieux.

Il s'exclame d'un air faussement choqué :

— Tu craches sur une comédie musicale de Webber ? Un mec aussi célèbre ? Attends, on est passés dans un univers parallèle ?

Il éclate de rire.

— Oh, la ferme ! Je trouve la musique de *Cats* géniale. Je demande juste à pouvoir me concentrer sur ce qui se passe sur scène sans être distraite par un adulte qui se frotte contre ma jambe.

Il me dévisage en souriant. Miles sourit plus que n'importe qui d'autre. Je ne dirais pas que son visage s'illumine, parce qu'il est toujours lumineux. Avec une expression aussi enthousiaste, j'ai pas besoin de beaucoup d'efforts pour m'imaginer qu'il m'apprécie.

Tout serait peut-être plus facile si c'était un sale type. Quand il a rejoint l'équipe technique, je m'attendais à ce qu'il me donne du fil à retordre, mais il n'a rien fait de mal. Il ne roule de pelles à personne dans le placard à accessoires et il demande toujours s'il peut filer un coup de main. Le seul reproche que je pourrais lui adresser, c'est qu'il se comporte comme un mec normal au lieu de me coller contre un mur pour m'embrasser.

— Bon, si c'est pas *Cats*, ta comédie musicale du jour, c'est quoi ?

Il s'est rapproché sans que je le remarque. Je m'écarte un peu.

— Ah oui, c'est vrai. Euh, j'adore *Aïda*. C'est une princesse nubienne qui est prise comme esclave et tombe amoureuse de Radamès, le capitaine de la garde égyptienne.

Il cligne des yeux.

— Waouh. C'est de Webber ?

— Non, c'est d'Elton John, en fait.

— Juste Elton John ? T'es sûre ? insiste-t-il en haussant un sourcil.

— Il y a aussi Tim Rice. Et il a collaboré avec Webber sur des spectacles comme *Evita*, j'admets en me retenant de sourire.

Il secoue la tête.

— J'en étais sûr ! T'es amoureuse de Webber.

Je lui balance une tape sur l'épaule.

— Ce n'est pas Webber ! Webber et Tim Rice sont deux personnes complètement différentes !

Comme il n'a pas l'air convaincu, je reprends :

— Donc, ça ne compte pas. Et puis, j'adore *Sweeney Todd* et c'est de Sondheim.

— Si tu le dis. Tu peux te justifier, Simone, mais je t'ai démasquée.

Mon cœur s'emballe. Je n'ai qu'une idée en tête : l'embrasser. Mais je pense aussitôt que c'est impossible, s'il n'aime pas les filles.

Je résiste à l'envie de passer la main dans mes cheveux. Lydia saurait quoi dire. Qu'est-ce qu'elle dirait ? Je déglutis.

— Enfin, bref. Je me disais… Je ne sais pas si tu sais, mais mes amies sont coprésidentes de l'AGH. Tu viens à la réunion de ce soir ?

Il plisse le front.

— Euh… je devrais ?

— Eh bien, je veux dire…

Je n'arrive pas à terminer ma phrase. C'est pas évident de montrer que je le comprends parfaitement.

— J'ai déjà assisté à quelques réunions. C'est cool d'être entouré d'autres personnes qui sont comme toi. Je pensais juste que tu voudrais…

— Une seconde. Qu'est-ce que tu entends par « les personnes comme toi » ?

Oh non. Il va vraiment m'obliger à préciser ma pensée…

— L'AGH, c'est l'Alliance Gays Hétéros. Il y aura d'autres gays. Il y aura des hétéros aussi, mais je te promets que les queers sont très bien représentés…

Il pose délicatement la main sur mon épaule. Je lève la tête vers lui. Pourquoi est-ce qu'il se marre ?

— Simone, je crois qu'il y a un malentendu.

Il me faut un moment pour comprendre ce qu'il veut dire.

— Oh ! Tu n'es pas gay ?

Il fait non de la tête.

— Pas du tout.

Mais les comédies musicales, alors ? Miles ne parle que de ça. À chaque répétition, il vient me trouver, me demande quelle est ma comédie musicale préférée du moment, il veut que je justifie ma réponse…

Quoique. Si j'y réfléchis bien, il ne sait même pas qui a écrit *Aïda.* C'est moi qui le lui ai dit. Et il n'avait jamais entendu parler de *Rent,* de *Cabaret* ou d'*Un violon sur le toit* avant qu'on en parle.

Oh.

Un silence gênant s'est installé entre nous. Puis j'entends le rire discret de Miles résonner dans mon oreille. Mes joues sont en feu. Comment ai-je pu penser qu'il était gay ? Mes parents sont gays, ou tout du moins queer. Je devrais être capable de mieux sentir tout ça. Je n'aime pas qu'on fasse des suppositions à mon sujet, qu'on déduise des trucs à base de préjugés, et c'est exactement ce que je viens de faire avec Miles.

Au final, ce n'est pas un mal, bien au contraire, c'est une nouvelle géniale. Je ne peux pas m'empêcher de sourire. Un immense sourire stupide, bouche ouverte. Je recule et je me remets debout.

— Oh, je répète. Miles, c'est… c'est super. C'est top. Enfin, je veux dire, j'adore les gays, c'est pas ça, c'est juste que… je suis contente que tu ne le sois pas. Pas gay, je veux dire. Mais pas parce que je suis homophobe…

— Oh là là, Simone.

Miles se passe la main sur le visage en tentant de réprimer un rire. Ses épaules tressautent malgré ses efforts pour se retenir.

Je me force à arrêter de sourire en serrant les lèvres. Ça n'aide pas. Les coins de ma bouche luttent pour se soulever, même si j'ai les joues rouges comme les tentures de l'auditorium. Je suis certaine qu'il va raconter ma boulette à ses potes. Je viens de me ridiculiser. J'aurai de la chance si ce sont les seuls à se moquer de moi.

— Ouais, j'ai juste, euh…

Comme je n'ai plus rien à perdre, je me lance :

— Est-ce que, euh, ça te dirait qu'on… sorte ensemble ?

Il cesse de rire d'un coup. Son expression est indéchiffrable. Tout ce que j'arrive à détecter, c'est qu'il a l'air un peu inquiet pour moi.

Oh, la honte. Je n'ai aucune idée de comment les gens normaux font pour demander ça, mais ce n'est certainement pas aussi humiliant. Pour ma défense, c'est la première fois. Et, vu comme c'est parti, ce sera la dernière.

Mme Klein frappe dans ses mains.

— Bon, on commence !

Ouf ! Je bondis de la scène et je fonce vers un siège dans la salle. Je sais déjà que je ne m'en remettrai pas.

4.

Une demi-heure s'est écoulée et je ne parviens toujours pas à y croire. J'aurais pu me contenter de m'excuser d'avoir imaginé des conneries sur sa sexualité. J'aurais pu m'éclipser et me dépêtrer de cette situation gênante comme une personne normale. Si je tenais vraiment à me ridiculiser, j'aurais pu le faire une autre fois. Maintenant, me voilà obligée à assister à la répétition jusqu'à cinq heures, tout en évitant Miles. J'ai du mal à me concentrer sur quoi que ce soit d'autre. Je n'arrête pas de me rejouer la scène dans ma tête.

M. Palumbo, de retour de la salle de répétition des musiciens, tape dans ses mains et m'arrache à mon replay perpétuel.

— C'était super. Je pense que les suggestions de Simone vous aident vraiment à donner vie à cette scène.

— Vous êtes sûr qu'elle n'a plus de retours à nous faire ? demande Eric d'un ton acerbe en me fixant. Elle en a toujours sous le coude.

Quelques membres de l'orchestre se tournent vers nous. Je ravale un gémissement. Il n'aurait pas pu choisir un autre jour pour faire ça ?

— Voyons, Eric, c'est le travail de Simone de faire des remarques. Il ne faut pas les prendre personnellement, tu te souviens, on en a discuté ? (Puis M. Palumbo se tourne vers moi :)Est-ce que tu as des retours à faire ?

— Euh, non.

J'essaie de ne pas rougir, mais je ne suis pas certaine que ça marche. *Merci, Eric, de m'avoir critiquée devant tout le monde.*

— Pas cette fois, j'ajoute.

Rocco quitte la scène, Eric sur les talons. Je ne suis pas très près, mais je vois Eric lever les yeux au ciel. Difficile de lui en vouloir. Il a certainement remarqué que je n'étais pas concentrée sur les répétitions à cet instant. Génial, je me laisse distraire par un garçon. Les gens normaux ont des *crush* sans que ça leur monte à la tête ou, du moins, ils sont capables de faire comme si de rien n'était.

Je n'ai jamais été bonne comédienne.

— Hé, fait M. Palumbo en me serrant l'épaule. Ça va, ma grande ?

J'écarte les bras en signe de défaite.

— Oui, c'est juste un jour sans.

C'est l'euphémisme de l'année, mais s'il le remarque, il n'insiste pas. Je n'ai jamais été aussi contente que Mme Klein soit partie avant la fin de la séance.

— Allez, les gars, je lance en rangeant mon porte-bloc sous mon bras.

Certains élèves encore sur scène lèvent la tête, mais pas tous.

— On va reprendre tout le premier acte avec les décors et tout. Assurez-vous que l'équipe technique est prête. Je veux prendre des notes pour samedi.

M. Palumbo m'adresse un sourire.

— Voilà, *ça*, c'est la Simone que je connais.

— Elle ne s'était pas enfuie.

Jesse sort de derrière le rideau, ses écouteurs autour du cou. Il a les cheveux bruns courts et touffus et une peau d'un brun mat. Il s'habille tout en noir pour les répétitions, histoire de donner l'exemple aux autres techniciens. C'est le chef de l'équipe technique, il prend tout plus au sérieux que les autres réunis.

Miles le rejoint, je me raidis en le voyant. Nos regards se croisent un instant. Je n'arrive pas à déchiffrer son expression – pas besoin. Il est sans doute en train de raconter à Jesse ce qui s'est passé. Je me tourne pour ne pas voir la tête qu'il va faire. J'aime beaucoup bosser avec Jesse sur le spectacle. S'il apprend ce qui s'est passé, il ne me prendra plus au sérieux.

Allez, Simone, réfléchis ! Je pourrais dire à Miles que j'ai eu une légère réaction allergique au mélange de fruits secs du distributeur. Ou faire semblant d'avoir mes règles. Non, ça, c'est contraire aux règles du féminisme. Enfin, je crois.

— Salut, Simone.

Je tourne un peu la tête, hypertendue. Ouf, Jesse est tout seul. Miles n'est pas derrière lui.

Je relâche un soupir. Je suis contente que Jesse soit là, ça me permet de penser à *Rent*, ce que je suis censée faire.

— Salut. Je ne sais pas si t'as entendu, mais on va jouer le premier acte. Si tu as le script, ça serait peut-être bien de l'annoter.

Il acquiesce. Ses yeux s'attardent sur mon visage.

Je croise les bras.

— Quoi ?

— Oh, rien.

Son petit sourire me dit le contraire.

— T'as l'air un peu stressée, c'est tout.

Putain. Miles lui a raconté, c'est évident. J'hésite un moment avant de faire signe aux élèves sur scène qu'il est temps de commencer. J'ai beau avoir annoncé qu'on allait répéter le premier acte, ils traînent encore, comme s'ils n'avaient rien à faire. D'habitude, je laisse Mme Klein se fâcher à ma place. À les voir lambiner, je comprends pourquoi elle s'énerve.

— Pas faux, j'avoue.

Il fixe mes mains.

— T'es sûre qu'il n'y a pas autre chose ? Des problèmes avec un mec ?

Mes joues chauffent à nouveau. Jesse est sympa, mais on ne parle jamais que du spectacle. Le moment me semble mal choisi pour faire ami-ami.

— Rhoo, je gémis en passant une main dans mes cheveux. Il t'en a parlé ? Déjà ? Écoute, c'est pas aussi grave que ça en a l'air…

Il secoue la tête.

— Parlé de quoi ? Miles vient de dire que tu avais eu une dure journée. Et t'as l'air… je sais pas, on dirait que t'as un problème avec un mec. Je connais ce regard, je le vois tout le temps dans le miroir.

Miles ne lui a rien dit. Je retrouve le sourire.

— Oh, oui, les mecs, ça craint, hein ?

— Ouais, je te le fais pas dire, renchérit Jesse. Et, pourtant, ils nous font craquer quand même. C'est la vie.

Je me trompe peut-être, mais j'ai l'impression que ses yeux s'attardent un peu trop longtemps sur Rocco. Rocco n'est pas un salaud, mais je trouve qu'ils ne sont pas assortis. En même temps, je ne me trouve pas assez bien pour Miles. Il est populaire et doué pour parler aux gens, alors que je pourrais faire carrière comme inadaptée sociale. Ça me rassure de voir que je ne suis pas la seule à craquer pour la mauvaise personne.

— On aura quatre-vingts ans le temps de tout boucler, commente Jesse, en se concentrant sur la scène. Je trouve les autres élèves de pire en pire chaque année. Quand j'étais en première année, tout était calé super en avance.

La majeure partie du décor est peinte en gris foncé avec quelques graffitis à la bombe sur les côtés. Il y a encore beaucoup à faire, mais *a priori* rien d'impossible.

Je lui donne une petite tape amicale sur l'épaule.

— Allez, c'est pas si dramatique. Je suis sûre que tu vas t'en sortir.

— Espérons que oui, répond-il en croisant les bras. Sinon, on est foutus.

— Quel optimisme renversant ! (Je fourre les mains dans mes poches.) On devrait discuter de tout ça un de ces quatre. Pendant la pause-déjeuner peut-être ? Tu es le seul autre élève à avoir des choses à gérer.

— Oui, bonne idée. On pourrait passer en revue tes notes, suggère-t-il avec un sourire narquois. Mais il nous faudra plus d'un déjeuner pour tout lire.

J'espère ne pas repiquer un fard.

— Je ne *choisis pas* d'en avoir autant, je me défends. Palumbo m'a dit de faire comme je le sentais, alors j'écris tout ce que je pense, et je me retrouve avec des pages et des pages d'annotations. Mais je ne m'attends pas à ce qu'il soit toujours d'accord avec mes remarques. Je suis sûre qu'un jour il me dira de la fermer.

Jesse se marre et pose les mains sur ses écouteurs.

— C'est pas grave, Simone, je te taquine, c'est tout.

Peut-être, mais ce n'est pas mon impression. Je suis sûre que Jesse n'est pas le seul à avoir remarqué que je débute dans ce boulot.

— Hé !

Jesse et moi, on se tourne vers la voix. Je sursaute presque en voyant Miles devant la porte. Mes mains se crispent.

— Quoi de neuf ? lui lance Jesse.

Mes lèvres refusent de bouger.

— La proviseure veut voir Simone.

Il me jette un coup d'œil juste une fraction de seconde.

— Elle a demandé que tu viennes tout de suite. Je crois que c'est important.

Jesse se tourne vers moi d'un air interrogateur. Je hausse les épaules. Je n'ai rencontré Mme Decker qu'une seule fois, la veille de mon arrivée ici. Elle est plutôt gentille. Je ne vois pas pourquoi elle me convoque.

— Monsieur Palumbo, je reviens tout de suite, je crie en courant vers l'entrée. Jesse, rends-moi service s'il te plaît, prépare le décor pour la prochaine scène pendant mon absence.

Je laisse la porte claquer derrière moi.

— Elle t'a dit ce qu'elle voulait ? je demande à Miles en changeant mon porte-bloc de main. Parce que, si ça demande du temps, je dois prévenir Palumbo…

— Simone…

Il a un sourire dans la voix. Je le regarde. Il se mordille la lèvre un instant, c'est si rapide que je ne suis pas sûre de ce que j'ai vu.

— La proviseure ne t'a pas convoquée. C'est moi qui voulais te parler.

— Quoi ?

Les chatouillis reviennent de plus belle dans mon ventre. Mme Decker, ça va, mais me retrouver seule en tête à tête avec Miles ? C'est grave plus flippant.

— Qu'est-ce qui se passe ?

Il fait un pas vers moi et je colle mon dos contre le mur. Je suis peut-être en train d'écraser un projet artistique. Miles émet un bruit, une sorte de léger reniflement.

— Tu t'es enfuie tout à l'heure.

J'avale ma salive.

— Qu'est-ce que tu racontes ?

Je sais parfaitement ce qu'il raconte. Je me repasse les détails atroces en boucle, depuis.

— Tu m'as posé une question, déclare-t-il en redressant la tête. Et t'es partie avant que je puisse répondre.

Miles me prend le menton, comme dans ces films dont je me moque avec mes amies. Sauf que ça ne me fait pas rire. Ses doigts sont doux, comme s'il ne passait pas tout son temps libre à monter des décors et à balancer des coups de crosse. J'ai le cœur qui bat la chamade.

— Ah bon ? (Je suis étonnée de constater que ma voix fonctionne encore.) Je me disais, enfin, je sais pas, que tu voudrais pas…

— Comment t'as pu… ? (Il s'interrompt.) J'en ai envie. J'en ai très envie.

Je rêve ou je plane ? Les deux, peut-être ?

Je passe le bras autour de son cou et je le tire vers moi. Il presse ses lèvres contre les miennes.

Si je n'avais pas le mur pour me soutenir, je m'écroulerais.

5.

Miles m'a embrassée hier. Il m'a dit qu'il avait envie de sortir avec moi et m'a embrassée à nouveau. Il m'a embrassée, m'a dit qu'il voulait sortir avec moi, m'a embrassée encore, et maintenant on marche dans le couloir côte à côte. J'ai du mal à croire que ce soit réel. Ça doit être ça que Tracy, l'héroïne boulotte de la comédie musicale *Hairspray*, ressent quand elle décroche enfin le mec de ses rêves. J'ai envie de me pincer.

Bon d'accord, on ne se tient pas la main, mais on est assez proches pour que nos épaules se frôlent. Peut-être que ça ne se remarque pas qu'on s'est embrassés, mais je m'en fiche. Je n'arrête pas de sourire. On ne se parle même pas – je ne sais pas ce que je pourrais dire sans sourire comme une tarée –, mais ça n'a pas la moindre importance. Ça me suffit d'être à côté de lui.

Je ralentis.

— Je dois aller en littérature. Et c'est à l'étage.

Miles fait la moue comme un gamin. Je suis incapable de m'arrêter de sourire, je dois avoir l'air d'un clown flippant.

— T'inquiète, j'ajoute en lui tapotant l'épaule.

Mais non ! Tapoter son épaule ? Qui fait ça ? Je me prends pour quoi, une psy à deux balles ?

— On se voit en répète, OK ?

— Oui, j'ai carrément hâte que tu me parles de la comédie musicale du jour.

Il se penche pour déposer un baiser sur ma joue. Je suis à la bourre, mais il prend son temps. Je préfère quand on s'embrasse sur la bouche, mais j'adore que ma joue chatouille encore quand il s'éloigne.

— À plus, Simone.

J'admire peut-être ses fesses – ou pas – pendant qu'il marche. Je le suis du regard jusqu'à ce qu'il disparaisse dans la foule, avant de me diriger enfin vers l'escalier. Il ne reste que quelques minutes avant la sonnerie.

Dans mon ancien lycée, je ne pouvais pas faire deux pas sans croiser au moins cinq visages familiers. Ici, c'est assez rare que je voie une personne que je connais. Mais aujourd'hui, Eric est au pied des marches, en pleine discussion. Il me jette un coup d'œil en passant et je lui adresse un grand signe de la main. Il fronce très fort les sourcils, l'air furieux.

Je cligne des yeux et me dépêche de monter l'escalier. Eric doit vraiment détester mes remarques, je me dis.

*

* *

— Raconte, Simone, je veux tout savoir. Il embrasse bien ? Il t'a entraînée hors de la salle et il t'a embrassée ? Pouf, comme ça ?

Lydia est tellement surexcitée qu'elle couine presque quand on se retrouve toutes les trois dans le couloir en fin de journée. Claudia lève les yeux au ciel mais ne dit rien. Je baisse la tête pour masquer mon sourire. Ça s'est passé hier, mais je sens encore ses lèvres sur les miennes.

— Eh ben, il m'a appelée pendant la répétition pour me dire que la proviseure voulait me voir.

La scène est super cliché : mes amies et moi surexcitées à cause d'un garçon, mais je m'en fiche.

— Je vous jure sur la tête de Cate Blanchett que j'ai cru que j'allais fondre sur place.

— T'en fais des tonnes, commente Claudia en s'appuyant contre le mur des casiers. Vous êtes trop tous les deux, ce mec et toi. Pourquoi tu ne sors pas avec quelqu'un qui fait tout pour éviter le lacrosse comme une personne normale ? Je crois que mon frère est célibataire.

Mon casier se trouve dans le même couloir que celui de Claudia. Grâce à ça, je suis parvenue à le trouver dès mes premières semaines à Sacré-Cœur.

— On dirait qu'il te paye pour faire sa pub, je proteste. Julio a pas genre cinq ans de plus que nous ?

Au lieu de me répondre, elle change de sujet :

— T'es pas censée aller chercher ton pack de bienvenue ? Et comment t'as pu oublier qui est ton conseiller d'orientation ?

— Je sais pas.

Comment on fait pour ouvrir ce cadenas ? Je le fais tourner à gauche, puis à droite, puis encore à gauche. Il s'ouvre du premier coup. Claudia n'a pas l'air impressionnée.

— Dans mon ancien lycée, on était regroupés par nom de famille. C'est le bordel ici.

— C'est pas si compliqué, affirme Claudia.

— Ne fais pas gaffe à elle, soupire Lydia. Raconte-moi ce qui s'est passé d'autre !

— En fait, il m'a un peu fait flipper avec son histoire de proviseure, dis-je en jetant une pile de vieilles notes à la poubelle.

Je ne suis ici que depuis quelques mois, mais c'est déjà le foutoir dans mon casier.

— J'ai cru qu'il s'était passé un truc avec mes parents.

— Tu lui as dit qu'il t'avait fait flipper ? demande Claudia en croisant les bras. Perso, je lui aurais dit.

— Oui, je lui ai dit. (J'ai envie de rire. Le baiser a beau n'avoir duré qu'une minute ou deux, j'y pense encore.) Mais c'était vraiment bien, Lydia. Tu avais raison, c'est différent quand c'est avec quelqu'un qu'on aime bien. C'est mieux. Mais promettez-moi de ne pas en parler au dîner samedi soir. Sinon mes pères ne me lâcheront jamais la grappe.

— J'y crois pas ! s'exclame Claudia. Tu serais pas en train de nous imposer ton hétéronormativité, quand même ?

— Pas du tout, je proteste, en regardant sous un manuel. J'essaie juste de ne pas être hyperhétéro tout le temps.

Je ne leur ai jamais parlé que de mon *crush* sur Miles. Ça serait bizarre de leur parler de Sarah maintenant, comme si je faisais machine arrière et que j'essayais de me présenter sous un autre jour. Et puis Claudia adore me titiller. Notre relation est construite autour des piques qu'on s'envoie. Si elle se moquait de ce que je ressentais pour Sarah, je ne crois pas que j'arriverais à le prendre à la légère.

— Oh, Simone. Tu as l'air super triste. Moi aussi, j'aime les garçons, déclare Lydia. Tu devrais peut-être envisager les autres options qui s'offrent à toi.

Je me mordille la lèvre. Elle a eu un tas de *crush* pour des filles *et* des garçons. Moi, ce n'est pas la même chose. Je trouve que les filles – ou les personnes qui ressemblent à des filles – sont jolies, mais ça ne veut pas forcément dire qu'elles me font de l'effet. D'ailleurs, la plupart des gens qui m'attirent sont des stars et, comme l'a dit Claudia, ça ne compte pas.

La seule personne dont je suis complètement sûre, c'est Sarah. Ça ne me semble pas suffisant pour me considérer bisexuelle comme Lydia.

— Les garçons, c'est naze, reprend Lydia. Et y a plein de trucs qu'Ian ne sait pas faire, genre…

— Je plaisantais, l'interrompt Claudia. Pauvre Ian. Si ça peut te rassurer, je ne suis pas très douée pour les cunnis, mais j'essaie avec Emma parce que je l'aime.

Je hausse les sourcils. Lydia incline la tête sur le côté, dubitative.

— Quoi ? s'insurge Claudia. Je ne suis pas incapable d'avoir des relations sexuelles, c'est juste pas trop mon truc. Ça ne me dérange pas, si elle a envie. Bon, c'est compliqué, OK ?

Le sexe vient *après* le baiser, non ? Je ne sais pas trop comment ça fonctionne, vu que je n'ai jamais rien fait de plus qu'aller à un rendez-vous avec un garçon. À entendre Lydia, elle a eu des relations sexuelles tout de suite avec ses petits amis. Même Claudia et sa copine font des *trucs*. Je m'avance peut-être, mais j'ai envie de continuer à embrasser Miles. Il ne peut pas attraper le virus en m'embrassant… N'empêche, je sais déjà que, moi, je veux aller plus loin. Et si lui aussi en a envie ?

Je m'agrippe à la porte de mon casier et me tourne vers elles.

— Qu'est-ce que je vais faire, si on s'embrasse encore ?

— Profiter du moment ? suggère Lydia, les sourcils froncés. Je ne comprends pas. Ça t'a pas plu ?

Je retiens un soupir. Ce serait tellement plus facile si elles savaient pourquoi je flippe autant.

— Si, bien sûr. Mais s'il veut faire l'amour ?

Lydia et Claudia se regardent, l'air sonnées.

— Tu l'as littéralement embrassé *une seule fois*, Simone, martèle Claudia, comme si je ne comprenais pas. C'est pas comme si vous alliez vous marier.

— Mais si… ?

— Je comprends ce que tu veux dire, déclare Lydia avec prudence. Vous vous êtes embrassés super vite, et maintenant tu te demandes ce qui va se passer. Coucher ensemble, c'est un grand pas. Tu ne devrais pas t'en soucier tant que vous ne savez pas où vous allez. Je ne sais pas si c'est clair ?

C'est ça la solution ? Ne pas y penser ? C'est vrai, peut-être que je m'emballe complètement. Si ça se trouve, il ne se passera plus rien après ce premier baiser, même si j'en sens encore la trace sur mes lèvres. J'espère qu'il y en aura d'autres, même si ça implique que je devrai lui avouer la vérité et affronter les conséquences.

— Mon Dieu, regarde-la, s'exclame Claudia en me ramenant sur terre. Elle pense vraiment qu'ils vont se marier.

— Pas du tout !

— Simone, intervient Lydia. On dirait que t'en es convaincue.

— Je saurais pas dire si tu l'aimes vraiment ou si tu es juste en manque, décrète Claudia. Dans les deux cas, un bon vibro ne te ferait pas de mal. On devrait aller dans un sex-shop toutes les trois. Je dois en acheter un pour Emma, de toute façon.

— Ils ne demandent pas de pièce d'identité ? s'enquiert Lydia. On est trop jeunes.

Claudia hausse les épaules.

— On s'en procurera des fausses. Samedi, c'est bon ?

— Les filles, je proteste, vous m'aidez pas, là.

— Fais-moi confiance, m'assure Claudia en souriant. Un vibromasseur, ça fait des *merveilles.*

Je me retourne vers mon casier en soupirant. Il est encombré par une pile de papiers sur le point de s'écrouler. Les premiers jours, on aurait dit que tout le monde avait un truc à me donner : des emplois du temps, des listes de fournitures, des règlements, le programme de chaque discipline… Une véritable montagne de paperasse. C'est comme si j'avais fourré là-dedans tout ce qui me tombait sous la main sans regarder. Je fouille le petit espace à la recherche d'un classeur bleu. Avec un fatras pareil, j'ai peu de chance de mettre la main dessus. Quelques feuilles s'envolent vers le sol et je me penche pour les ramasser.

Claudia s'accroupit et saisit quelques papiers.

— On essaie de t'aider. Je ne veux pas avoir l'air d'une garce. C'est juste que… On sait que tu n'as pas beaucoup d'expérience…

— Oh, merci, je marmonne d'un ton sarcastique, en rassemblant les feuilles restantes.

— À plus tard, fait Lydia en me touchant le bras. D'accord ?

— Oui.

Un morceau de papier jaune plié déborde de la pile. Qu'est-ce que ça peut être ? Tandis que Lydia et Claudia s'éloignent dans le couloir, j'attrape mon guide du nouvel élève d'une main et je déplie la note de l'autre.

La lecture ne me prend que quelques secondes. Je reviens aux premières lignes et les relis. Les mots tourbillonnent dans ma tête une fois, deux fois, trois fois, mais ils ne s'impriment toujours pas. Je tiens le message dans mes mains tremblantes et je cligne des yeux face à ce qui est griffonné dessus.

Je sais que tu as le VIH. Tu as jusqu'à Thanksgiving pour arrêter de traîner avec Miles. Sinon tout le monde sera au courant.

6.

— Simone, tu vas attraper une infection si tu continues à te ronger les ongles comme ça. On en a déjà parlé, ma chérie.

Je retire mon doigt de ma bouche, mais je ne lève toujours pas les yeux vers Daddy. Il a sûrement déjà remarqué que quelque chose ne tourne pas rond. Je ne l'ai pas regardé depuis qu'on est montés dans la voiture pour aller à l'hôpital St Mary. Sinon il risque de deviner ce que je pense. Je sais que ça ne lui poserait pas de problème que j'aie un crush sur un garçon, mais le *message* que j'ai reçu ? Papa et lui assassineraient tout mon lycée.

Peut-être qu'ils *devraient s'*impliquer, justement. Celui ou celle qui a écrit cette lettre m'a espionnée. Sinon, comment cette personne saurait-elle où se trouve mon casier ? Depuis combien de temps ? Depuis la rentrée, il y a quelques mois ? Depuis que Miles a commencé à bosser sur le spectacle ? Depuis que je l'ai embrassé, hier ?

Et si tout le monde l'apprenait ? Impossible. Je ne pourrais pas supporter une catastrophe pareille une deuxième fois.

Si mes parents demandent un entretien avec la proviseure, elle ne sera pas la seule à découvrir que je suis séropositive. Au moins un autre employé du lycée l'apprendra : la secrétaire, un agent de sécurité, peut-être même un enseignant. Et certains élèves travaillent à l'administration du lycée pour obtenir des crédits supplémentaires. L'un d'eux pourrait surprendre la conversation et répéter l'info à des tas de gens. En parlant à la proviseure, mes parents risquent de me dénoncer à tout le monde.

Et si c'était une blague de mauvais goût, que je prends trop au sérieux ?

Pas question d'en parler à mes parents. Il faut que je me débrouille toute seule.

Je ne sais même pas ce que j'en pense concrètement. Je devrais être furieuse, mais je me sens plutôt impuissante. J'ai l'impression que ce qui s'est passé à Notre-Dame de Lourdes va se reproduire et que je suis incapable de l'empêcher. Je dois agir. Si tout le monde découvre que j'ai le VIH, ce sera bien pire que de l'impuissance.

— Tu as l'air perdue dans tes pensées, constate Daddy en changeant de direction. Tu es impatiente de revoir tes amis ?

— Pff, c'est pas mes amis.

— Ne dis pas n'importe quoi. Papa et moi, on trouve que c'est important que tu puisses en parler à des gens de ton âge.

— Des gens de mon âge… *comme moi.*

— Oui.

Il me regarde un instant.

— Tu n'es pas différente des autres, ma chérie, tu le sais bien. Mais il y a des subtilités que Claudia et Lydia ne soupçonnent pas, que Papa et moi ne comprenons pas. Tu vois ce que je veux dire.

— Je ne pense pas vraiment à ces trucs-là, dis-je, ce qui n'est pas totalement un mensonge. Et on ne se *parle* pas. On s'assied et on marmonne des réponses monosyllabiques jusqu'à ce que le temps soit écoulé.

Daddy émet un *hmm* dubitatif au moment où on arrive sur le parking. L'hôpital est relativement proche de la maison, Papa peut faire le trajet facilement tous les matins. Ça me réconforte de savoir que personne de mon ancienne école ne sera là ; c'est trop loin. Les rendez-vous chez le médecin étaient pénibles quand je fréquentais encore l'internat. Mais au moins, à l'époque, j'évitais le groupe de parole.

Je n'ai jamais pensé que je risquais de tomber sur des élèves de mon nouveau lycée ici. Pourtant ça pourrait arriver. Ce qui pourrait aussi expliquer comment quelqu'un a découvert que j'étais séropositive. J'aimerais tant ne pas avoir à me soucier de ça. Entre le travail de Papa, Daddy qui intervient comme bénévole et les réunions de mon groupe, St Mary est un peu un second chez-nous. Un harceleur ne devrait pas avoir le droit d'y mettre les pieds.

— Tu n'as pas l'air de bonne humeur aujourd'hui. Tu es sûre qu'il n'y a rien dont tu veux me parler ?

— Certaine.

Au lieu de regarder son visage, je me concentre sur son T-shirt. Prince me fixe en retour.

— Je déteste venir ici, c'est tout.

Il pose une main sur mon épaule.

— Oh, Simone, ça ne doit quand même pas être si pénible que ça.

En fait, c'*est* super pénible. Tous les mercredis, le groupe de soutien se réunit dans une des salles de conférences à l'arrière de l'hôpital. C'est sans doute là que les médecins discutent de sujets qu'ils ne peuvent pas aborder dans les couloirs. Même si on n'est pas dans le bâtiment de la clinique, ça pue le désinfectant. On est une dizaine, assis en cercle sur des chaises en plastique.

Julie, qui est fraîchement diplômée de l'université, dirige les réunions. Elle tire une chaise à roulettes vers nous. Elle n'est pas séropositive, ce qui rend ses recommandations d'autant plus agaçantes qu'elle ne peut pas *comprendre*. Aujourd'hui, comme elle a apporté des donuts, je serai peut-être plus tolérante que d'habitude.

— Salut tout le monde, nous lance-t-elle, en tendant la boîte au mec à côté d'elle. Comment ça va ?

Tout le monde répond en même temps, sans enthousiasme. Je sais que Julie fait des efforts – je parie qu'elle a acheté ces beignets au chocolat avec son propre argent –, mais je n'ai jamais étalé mes sentiments en public, et c'est pas aujourd'hui que ça va commencer.

Elle tape dans ses mains.

— Bien. J'ai amené une amie, aujourd'hui.

Elle désigne d'un geste la fille assise à côté d'elle. Elle est noire avec de jolies tresses courtes et un visage qui donne l'impression qu'elle sourit tout le temps. J'ai le sentiment de l'avoir déjà vue quelque part, mais possible que je me trompe.

— Vous vous souvenez peut-être d'Alicia si vous venez aux réunions depuis un petit moment, déclare-t-elle en tapotant la main de sa voisine. Elle y a participé jusqu'à ce qu'elle soit trop *vieille*.

Les gens à côté de moi lâchent un petit rire et je les imite. Alicia a eu dix-huit ans quand j'avais treize ou quatorze ans. Je ne pensais pas la revoir. Dans ma tête, une fois le bac en poche, les gens font des trucs *cool*, ils ne perdent plus leur temps à revenir dans notre groupe.

— Salut, fait Alicia en accompagnant son bonjour d'un petit signe.

Maintenant que je l'observe de plus près, elle semble plus âgée. Elle a des poches sous les yeux et de légères rides ont fait leur apparition. Elle a toujours l'air heureuse.

— Je n'arrive pas à croire qu'il y ait tant de visages familiers et tant de nouveaux ! s'exclame-t-elle.

Elle doit parler de Jack et Brie. Ce sont ceux que je vois le plus souvent ici. Ils sont sans doute obligés de venir, comme moi. C'est difficile d'être négatif avec Jack. Dès qu'il sourit, des fossettes et des dents blanches impeccables apparaissent. Du coup, j'évite de le regarder. Brie, en revanche, est toujours affalée sur sa chaise et se cache derrière sa frange super longue. Je sais deux trois trucs sur eux : Brie fait partie d'un club de danse et Jack joue au golf comme les vieux. Mais on n'est pas potes.

— Je vais vous parler un peu de moi, poursuit Alicia en replaçant une mèche derrière son oreille. Euh, j'ai une vingtaine d'années. Mon mari et moi avons eu un fils l'an dernier et c'est le plus beau bébé du monde. Je suis aussi en train d'obtenir ma maîtrise en sciences de l'éducation.

Ça lui vaut quelques applaudissements mous de la part du groupe, et mes mains à moi me font mal tellement j'applaudis fort. Ça peut paraître insensible, mais je n'attends pas grand-chose des participants à ce groupe de soutien. Comme je ne les revois jamais après leur départ, je ne *sais même pas* s'ils sont vivants ou morts, encore moins ce qu'ils font. Ce que je sais, c'est qu'Alicia est en vie. Ce qui est encore *plus* intéressant, c'est qu'elle a un mari… et un bébé.

Mes parents ne m'ont pas fait croire que ça ne m'arriverait jamais. J'ai découvert toute seule que la probabilité était faible. Je me demande si je pourrais demander à Alicia ce que ça fait de savoir que quelqu'un l'aime au point de se *ficher* du virus. Ça paraît un peu chelou comme question, mais j'aimerais bien connaître sa réponse.

Qui aurait envie de sortir avec moi après avoir appris la vérité ? Ce serait sans doute plus facile d'être en couple avec quelqu'un de séropositif, mais c'est pas ici que je risque de trouver l'âme sœur.

Le seul mec mignon du groupe, c'est Ralph, et *une* soirée avec lui a suffi pour que je me rende compte que c'est la personne la plus rasoir de l'univers. Il ressentait le besoin de *tout* m'expliquer : comment fonctionne le Wi-Fi, les pubs, les bibliothèques… Comme si je n'étais pas capable de demander ce genre d'infos à Google. Et comme si ça ne suffisait pas, il embrasse comme un chien qui bave. Aujourd'hui, il est assis en face d'Alicia, les bras croisés. Qu'est-ce qu'il s'imagine ? Qu'il est là pour juger la performance de l'invitée ? Beurk, ce mec m'insupporte !

— J'ai demandé à Alicia de revenir, parce que je voulais vous montrer que vos vies peuvent être formidables, nous explique Julie, penchée en avant avec son sérieux habituel. Je sais que je vous le répète toutes les semaines, mais le VIH n'est pas une condamnation à mort. Vous devez juste…

On complète à sa place, presque en chœur :

— … prendre vos médicaments.

— Je ne veux pas que vous me preniez pour une maman poule, reprend Alicia d'un ton amusé, mais c'est vrai que c'est très important. Je n'y pense quasiment plus au quotidien. Il suffit de les prendre à la même heure tous les jours, comme n'importe quel autre médicament.

D'un coup, je pense aux pilules contraceptives que Lydia vient de commencer à prendre.

— Il y a un ami que j'avais rencontré dans un groupe de soutien, continue-t-elle avec un air triste. Quand on a eu dix-huit ans, il a décidé d'arrêter son traitement. Il prétendait se sentir bien et ne plus en avoir besoin.

Le silence tombe dans la salle. On sait tous comment son histoire va finir. Alicia fixe le sol.

— Il a attrapé une pneumonie. Il ne pouvait plus respirer sans un tube dans la bouche. Il a eu un problème aux yeux à cause du manque d'oxygène. Il était entouré par les gens qu'il aimait, mais il était incapable de le leur dire. Il a mis huit mois avant de s'éteindre.

Je déteste entendre parler de ça. Je sais que c'est dangereux, et je n'ai jamais zappé un seul jour de traitement. Est-ce qu'on est vraiment obligés de se taper ce genre de récits en boucle ? Quelle plaie…

— Parfois, il se passe des choses horribles, mais il s'en passe aussi tout le temps des géniales, conclut Alicia. Je fais ce que j'aime tous les jours et je vis avec deux personnes que j'adore. J'ai mon mari et mon fils, ainsi qu'un travail qui me plaît. Ce que je veux dire, c'est que tout n'est pas noir. Je suis ici pour vous le prouver. Vous pouvez me poser toutes les questions que vous voulez.

Je lève la main, avant de me rappeler que je ne veux pas avoir l'air trop désespérée. Julie hoche la tête pour m'inviter à parler.

— Euh… Ça va peut-être paraître un peu bizarre.

Alicia sourit.

— C'est pas grave. Ça ne me dérange pas.

— D'accord. Euh, c'était difficile de… de concevoir votre fils ?

La seule personne qui me regarde comme si j'étais bizarre, c'est Ralph. Je considère ça comme une victoire.

— Non. Tu connais la formule I égale I ?

J'acquiesce. Tout le monde ici la connaît. Si seulement la partie « indétectable » de l'équation s'appliquait encore à moi…

— Je suis tombée enceinte de façon naturelle. Ma charge virale était indétectable et mon mari était plus à l'aise comme ça.

— Sérieux ? Vous n'avez pas eu besoin de traitement pour la fertilité ou quoi que ce soit ?

Elle secoue la tête.

— Non. C'était plutôt facile.

Waouh. Mon dos s'affaisse contre ma chaise. J'ai toujours pensé que si je voulais des enfants, il me faudrait recourir à une aide extérieure. Je ne savais pas que I = I s'appliquait à ça aussi. Je suis carrément bluffée.

Julie reprend la parole.

— Je suis sûre que vous avez d'autres questions, mais nous pourrons y répondre un peu plus tard. Celle posée par Simone est une excellente transition pour passer au sujet du jour : les relations amoureuses.

Nouveau silence. L'expression de Brie est indéchiffrable, vu que ses yeux sont cachés par sa frange. Jack fixe ses genoux. Ralph fait craquer ses articulations. Plusieurs jeunes de treize ans fixent Alicia les yeux écarquillés, mais je ne sais pas ce que les autres pensent. Est-ce qu'ils ont les mêmes inquiétudes que moi ?

— Je veux que vous sachiez qu'il est possible d'être en couple, avance Julie. Bien sûr, il y a des défis à relever. Peut-être que certains d'entre vous en ont déjà fait l'expérience ?

— À fond, annonce Brie en rejetant ses cheveux en arrière.

Je manque de sursauter en découvrant ses yeux.

— Que ce soit un baiser ou du sexe, on est foutus. Si tu le dis avant qu'il se passe un truc, la personne risque de tout arrêter là et de le raconter à tout le monde.

Je tressaille. Elle a raison, mais quand même.

— Et si la personne te quitte, c'est rebelote avec la suivante, poursuit-elle en comptant chaque étape sur ses doigts. Si je tente de coucher avec cinq mecs et que je les préviens tous que j'ai le VIH, ça fait cinq personnes de plus au courant… sans que j'aie couché avec aucun d'entre eux.

Je ne suis même pas arrivée à ce stade-là et une pourriture m'a déjà laissé un message de menace dans mon casier.

— À qui le dis-tu…

La voix de Jack me surprend. Il ne crie pas, mais je ne l'ai jamais entendu parler aussi fort.

— Et si tu attends *après* le rapport pour le leur dire, tu peux être sûr qu'ils lâcheront une foule en colère sur toi.

Brie rit en baissant la tête comme si elle était gênée. Les joues de Jack ont viré au rose. Ralph lève les yeux au ciel.

— Chacun a le droit de réagir à sa façon, suggère Julie. C'est important de s'assurer que son partenaire est au courant, avant que quoi que ce soit de sexuel ne se passe, même si le sujet est délicat à aborder. C'est normal qu'ils soient perdus. La nouvelle peut leur causer un choc.

— Ça ne devrait pas, je marmonne en contemplant mes genoux. (J'ai toujours mon donut en main, je n'y ai pas touché.) C'est pas un drame. Ils ne vivent pas avec. Il y a tellement peu de chance qu'ils l'attrapent.

— Mais le risque d'exposition est toujours présent, insiste Julie. Ce n'est pas si simple.

— Quel risque ? je réplique en me penchant vers l'avant. Si le virus est indétectable, il est intransmissible. C'est pas exactement ce dont on a parlé la semaine dernière ?

— Simone…

— Par exemple, si je me retrouve dans une situation qui pourrait déboucher sur un rapport sexuel, je suis prête à utiliser cinq préservatifs, si ça peut rassurer mon partenaire. Et j'aurai une charge virale indétectable. Si ce n'est pas assez, l'autre peut toujours prendre un médicament.

— N'en fais pas non plus des caisses, intervient Ralph en faisant craquer ses articulations tout en ayant l'air de s'ennuyer comme un rat mort. Si ton partenaire ne veut pas coucher avec toi, pas besoin de chercher à le convaincre. Ce serait pathétique.

— C'est pas du tout ce que j'ai dit.

J'ai l'impression que ma paupière papillonne. Je reformule ma pensée.

— Je dis juste que si je veux faire l'amour, je serai prête. Ça ne signifie pas que je vais supplier l'autre.

Ralph plisse les yeux. J'aimerais pouvoir l'excuser en mettant son humeur sur le compte d'un mauvais jour, mais se comporter en connard est une habitude chez lui.

— Elle a raison, assène Brie, en m'arrachant à notre petit duel. On est prêts parce qu'on n'a pas d'autre choix.

Alicia me surprend en lâchant un petit rire.

— J'adore ce groupe. Vous êtes géniaux. Tellement intelligents. J'aurais aimé être comme ça.

Julie s'éclaircit la gorge. Son visage est rouge, mais je ne regrette pas un seul des mots que j'ai prononcés, contrairement à d'autres fois. Je n'ai rien dit de mal. Je prends une bouchée de mon beignet.

— Bon, fait-elle d'un ton calme. On va parler de rapports protégés maintenant. D'accord ?

Je m'adosse à ma chaise, les bras croisés. C'est sans doute la meilleure session à laquelle j'aie assisté et c'est parce que Julie ne domine pas la conversation. Elle fait son possible, je le sais, mais elle ne comprend pas ce que c'est. Même si ce ne sont pas mes amis, les autres participants comprennent ma situation. Peut-être que Daddy a raison, mais je ne l'admettrai jamais.

À la fin de la réunion, la plupart des jeunes s'attardent et pianotent sur leur téléphone en attendant que leurs parents viennent les chercher. Seuls quelques chanceux ont le permis et peuvent rentrer seuls.

— T'es toujours fan de comédies musicales ?

Je grimace en reconnaissant la voix de Ralph, puis je me retourne lentement. Il a les bras croisés et la posture raide. On dirait un prof sur le point de m'engueuler parce que je ne respecte pas le code vestimentaire.

— Ouais.

J'enfonce les mains dans mes poches. Avec un peu de chance, mes réponses monosyllabiques suffiront à le décourager.

— On devrait sortir ensemble un de ces jours.

— Non.

— Pourquoi pas ? On s'est bien amusés la dernière fois.

— Dans tes rêves, Ralph. Je préférerais avoir une pneumonie plutôt que de t'écouter m'expliquer *Mad Max* pendant la projection. (Je sors mon portable. Il faut que mes parents rappliquent. Tout de suite.)

— T'es pas obligée de me répondre comme une garce. (Il se rapproche, me collant presque contre le mur.) C'était juste une proposition. Ce serait peut-être plus facile de trouver quelqu'un qui accepte de coucher avec toi si tu apprenais à être gentille.

— Qu'est-ce que ça veut dire ? je riposte, furieuse. Si Julie était encore là, elle essaierait de jouer les médiatrices, mais on est seuls avec quelques gamins aux grands yeux.

— Si je joue les garces avec toi, c'est parce que tu le mérites.

Mon téléphone vibre dans ma main. Je ne lis même pas le message. Dès que j'aperçois le nom de Papa, je tourne les talons et je me précipite vers la porte.

7.

Il y a quelques secrets que je n'irai pas partager avec n'importe qui. Le premier, c'est que je suis séropositive, évidemment. Mais ce n'est pas tout. Par exemple, je ne savais pas comment me masturber jusqu'à ce qu'une de mes amies de longue date me montre comment faire. Elle m'a emmenée dans sa chambre, suivie par Sarah. On a fermé la porte à clé, chose interdite à Notre-Dame de Lourdes, et elle a affiché des photos des mecs de *Vampire Diaries* sur Tumblr. Je me suis allongée sur son lit, avec une couverture au-dessus de moi, et elle m'a expliqué comment m'y prendre.

C'était hypergênant, mais j'étais en quatrième. Qui pourrait m'en vouloir ?

C'est un peu différent maintenant, surtout pour le choix des photos. Claudia a éclaté de rire quand je le lui ai avoué… mais j'aime bien mater des photos de vieux types blancs quand ils étaient encore jeunes. Vous pouvez penser ce que vous voulez de moi, mais Bruce Willis, Harrison Ford et Richard Gere n'étaient pas mal du tout à une époque. Parfois, Cate Blanchett est mêlée à tout ça, mais, d'après Claudia, ça ne compte pas.

— C'est *Cate Blanchett*, a-t-elle décrété.

C'est la dernière fois que j'ai évoqué avec elle mon attirance possible pour les filles.

Une fois que j'ai fini, je fixe mon plafond. Notre maison n'est pas grande, mais elle est haute et étroite et ma chambre est au dernier étage. Je suis assez loin pour que mes parents ne puissent pas m'entendre. Enfin, je l'espère. S'ils m'entendent, merci à eux de ne jamais l'avoir mentionné. Après avoir joui, normalement, j'ai l'esprit détendu. Un peu comme avant de m'endormir : plus le moindre souci. Mais là, je n'arrête pas de penser. C'est horrible à avouer, mais je suis jalouse de mes amies.

Claudia est asexuelle : elle ne passe pas son temps à penser au sexe comme moi. Lydia, elle, couche avec son petit ami dès que ses parents quittent la maison. Je ne suis dans aucune de ces deux situations.

La semaine dernière, la prof de sciences nous a asséné un long sermon pour marteler que les filles devaient passer leurs années de formation à se découvrir elles-mêmes et à se faire des amis proches. Les amitiés, d'après elle, sont aussi enrichissantes que les relations de couple. Je crois qu'elle a raison. Je suis ravie d'avoir trouvé Lydia et Claudia. Je les aime beaucoup, mais pas de façon amoureuse. Quand je ne suis pas avec elles, je me sens seule d'une manière difficile à expliquer.

Je me force à m'asseoir. On est samedi, ce qui veut dire que je dois être à la répétition dans une heure et que je vais voir Miles. Je croyais que l'impression de solitude disparaîtrait après notre premier baiser, mais elle s'est transformée en autre chose : en désir. Savoir qu'il y a une chance qu'on puisse avoir des relations sexuelles est presque pire, parce que je ne peux pas m'empêcher d'espérer. Même si ça implique que je dois lui parler.

La plupart des gens paniquent à l'idée de contracter le virus. Claudia et Lydia n'auraient pas à s'en inquiéter, vu qu'on ne va pas échanger de « fluides » de sitôt. Mais c'est différent avec Miles.

Chercher à trouver qui a écrit ce stupide mot ne contribue pas à me détendre. Je ne sais pas par où commencer. Par les premières du club d'art dramatique ? Les élèves n'auraient pas la patience de laisser un billet dans mon casier et d'attendre que je le lise. Mme Klein ? Très peu probable. C'est une emmerdeuse, mais elle n'est pas méchante. Qui d'autre, alors ?

— Pourquoi tout est si compliqué ? je maugrée à haute voix.

L'affiche d'*Aïda* sur mon mur me fixe.

Mes sentiments – la frustration, mêlée à l'excitation sexuelle – sont exacerbés pendant la répétition. Comme une démangeaison interne que je ne pourrais pas gratter. Ça me met mal à l'aise. *Rent* est une comédie musicale formidable, pourtant la regarder tous les jours me fait penser aux amis que mes parents ne mentionnent que rarement, ceux qui sont morts avant que je puisse les rencontrer. Ignorés parce qu'ils étaient gays et contaminés par le VIH/sida.

L'épidémie me fait tellement peur que j'ai du mal à y croire. C'est comme un film d'horreur qui me hanterait des heures après le générique de fin, qui me nouerait le ventre et ferait trembler mes genoux. L'épidémie ne me semble pas réelle. Le fait que ce soit la stricte vérité, que ça se soit réellement produit, me donne envie d'interpeller les élèves sur scène, de les secouer et de leur demander : vous vous rendez compte à quel point c'est grave ? *Ce n'est pas une histoire inventée pour une comédie musicale, ce sont de vraies histoires.*

Pour ne rien arranger, aujourd'hui, Mme Klein est obsédée par le morceau *Seasons of Love.* Elle veut que ce soit parfait, elle demande aux comédiens de s'arrêter et de reprendre, encore et encore. M. Palumbo la regarde faire d'un air contrarié. Je décide d'aller faire un tour dans les coulisses. Je pourrais faire semblant de superviser l'équipe technique, mais ce serait une perte de temps. Dès que je franchis le rideau, je n'ai d'yeux que pour Miles.

Il porte un T-shirt noir à manches courtes et un jean foncé. Quand il plie les bras, les veines de ses poignets ondulent. Je déglutis. S'il n'y avait personne, je l'embrasserais jusqu'à ce qu'il en ait la tête qui tourne.

Il pousse un énorme élément du décor, plus grand que lui, vers la scène. Une fois qu'il l'a placé au bon endroit, il empoigne deux bancs, un sous chaque bras. Des morceaux de ruban adhésif bleu vif indiquent où il doit les poser. Les élèves s'écartent sur son passage pour ne pas se faire écraser. En général, les décors ne sont pas trop lourds parce que l'équipe technique les fabrique à partir de contreplaqué bon marché et d'autres matériaux légers, mais ils sont prévus pour que deux personnes déplacent chaque pièce. Il n'y a que Miles qui le fasse tout seul. Je trouve ça hypersexy, mais mieux vaut éviter de le lui dire. Tout le monde est au courant qu'il s'est blessé et je ne veux pas qu'il aggrave sa situation en faisant trop d'efforts.

Je toussote pour attirer son attention.

— J'en reviens pas que Jesse te laisse tout porter tout seul.

Il pose les bancs à leur place et me sourit. J'ai envie de l'embrasser là, tout de suite, devant tout le monde.

— C'est pas si difficile, affirme-t-il en s'essuyant les mains sur son jean. Moins que de se rappeler les répliques.

— Peut-être parce qu'il faut une bonne cervelle pour se souvenir des petits détails importants.

— Tu veux dire que je n'ai pas de cervelle ?

Je le fusille du regard. Ça ne dure que quelques secondes, car je ne peux pas m'empêcher de sourire.

— Je suis profondément vexé, plaisante-t-il en mettant une main sur son cœur. Je n'ai peut-être pas de cervelle, mais j'ai d'autres talents. Tu sais quel était mon boulot dans l'équipe de lacrosse ?

— Pousser les gens. Tu as dû le mentionner une ou deux fois.

— Oui, parce que c'est important.

Il s'éloigne du plateau pour venir à côté de moi. Je n'écoute plus ce qu'il me raconte sur le lacrosse quand je vois où sa main est posée. Elle est à quelques centimètres à peine de la mienne. Il l'a fait exprès, non ? On s'est déjà embrassés. Se tenir la main, c'est un peu plus bas dans la hiérarchie que s'embrasser. Je peux lui tenir la main.

— Simone ?

Sa voix est près de mon oreille.

— Tu es toujours là ?

J'attrape vite sa main. Je suis sûre que ma paume est moite, mais il ne s'écarte pas. Ses doigts s'enroulent autour des miens. Je me mordille la lèvre pour éviter de sourire comme une idiote.

Je ne fais pas du tout ce qu'exige la lettre de menace. Je ne sais pas si je serai capable d'obéir, honnêtement. Je jette un coup d'œil autour de nous. Je me tourne vers les coulisses. Les élèves balaient des copeaux de bois ou peignent le mur du fond. Personne ne nous prête la moindre attention. Si le ou la coupable était là, je suis persuadée qu'il ou elle aurait les yeux rivés sur nous…

— Tu sais, commence Miles, on n'a pas parlé de la comédie musicale du jour hier et avant-hier.

C'est parce qu'on s'était embrassés la veille.

— Je ne pensais pas que ça durerait aussi longtemps, j'avoue, en le regardant balancer nos mains entrelacées d'avant en arrière.

Si je voyais un couple faire ça, je me moquerais d'eux. J'ai un peu envie de rire, mais parce que je suis heureuse, pas seulement parce qu'on est ridicules.

— C'est pas comme si tu étais *vraiment* passionné par ça.

— Ben... Je ne dirais pas que je *n'aime pas.*

Je serre sa main :

— Allez, Miles, sois sincère. Tu ne connais même pas la différence entre *Hairspray* et *Hair.*

— C'est vrai, admet-il, en jetant un coup d'œil à nos mains. Mais je sais pas. Je n'ai jamais rencontré quelqu'un qui prenne le sujet autant à cœur que toi.

Je n'attends pas de lui qu'il soit un expert. Ce n'est pas parce que j'adore les comédies musicales, les pièces de théâtre et tout ce qui se joue sur une scène qu'il doit s'y connaître. C'est *mon* truc. C'est comme si les comédies musicales étaient une autre langue, plus facile à parler que ma langue maternelle. Le seul inconvénient, c'est que ça peut rendre plus difficile la communication avec ceux qui n'aiment pas ça.

Quand j'étais petite et que j'étais hospitalisée à répétition, Papa et Daddy ont regardé *The Wiz* avec moi jusqu'à ce que je connaisse par cœur toutes les paroles. La semaine précédant mon premier jour ici, j'ai écouté l'album de *Dear Evan Hansen* en boucle. Ce sont les comédies musicales qui me permettent de tenir le coup quand tout le reste me semble vain. On a tous besoin d'un truc comme ça.

— C'est ce qui se passe quand on rejoint le club d'art dramatique.

Je regarde autour de moi pour donner plus de poids à mes paroles.

— Non, reprend-il, je veux dire que j'aime la façon dont *tu* en parles.

L'intensité de son regard me cloue sur place.

— Jesse aime aussi les comédies musicales, mais il n'en parle pas comme toi. Tu t'emballes. Tes yeux brillent et tout. Les trois quarts du temps, je ne sais même pas de quoi tu causes, mais j'ai envie d'écouter parce que c'est toi.

Mes lèvres s'entrouvrent, mais rien ne sort. J'ai toujours cru qu'il m'écoutait par gentillesse. Mais visiblement c'était plus que ça.

— C'était bizarre que je dise ça ? Est-ce que… ?

Il n'a pas l'occasion de terminer sa phrase. Les pas lourds de Jesse l'interrompent.

— Miles, commence-t-il, à bout de souffle, il faut que tu déplaces le… oh, salut, Simone. Je croyais que tu étais dans la salle de répétition des musiciens avec Palumbo.

Impossible d'en vouloir à Jesse. Je ne l'ai jamais entendu dire de mal de personne, ce qui semble surhumain, parce que *tout le monde* finit par dire du mal à un moment donné. Si c'était n'importe qui d'autre, je pourrais me montrer désagréable pour qu'il déguerpisse. Au lieu de ça, je lâche la main de Miles, ignorant le regard qu'il me lance.

— On était juste…

J'enfonce mes mains dans mes poches. Qu'est-ce qu'on faisait ? On discutait ?

Miles se tourne vers Jesse.

— Tu veux que je redéplace le décor de l'appartement ?

Jesse acquiesce.

— Oui. Tu es le seul à pouvoir le faire.

Ils s'éloignent tous les deux en direction du rideau et je m'appuie contre le mur. J'en reviens pas de la déclaration de Miles. Qu'est-ce que je peux répondre à ça ? *Je raffole de ton cul ?* Il est adorable avec moi, alors que je ne pense qu'à l'embrasser tout le temps.

Je prends une profonde inspiration, je rassemble mon courage et je leur cours après.

Miles se retourne à la dernière seconde.

— Simone ? Qu'est-ce… ?

J'attrape son T-shirt. J'espère un baiser spécial, où il se penche et où la musique va crescendo à l'arrière-plan. Comme on n'est pas dans un film, il ne baisse pas la tête, et je me retrouve le visage enfoui dans son T-shirt.

Je fais un geste vague de ma main libre.

— J'essayais de… euh… créer un moment romantique.

Il baisse la tête. Au début, je crois qu'il est furieux, mais je remarque que ses épaules sont secouées par un rire silencieux.

Je le lâche et je recule.

— Ne te fous pas de moi, je ne sais pas comment m'y prendre.

Son expression s'adoucit.

— T'inquiète. On pourrait se voir plus tard, si tu veux. Et passer un *vrai* bon moment.

Ça pourrait vouloir dire un million de choses, mais mon cerveau pense automatiquement au sexe et me rappelle la lettre de menace. J'en ai des nœuds à l'estomac. Je repousse cette pensée terrible.

— J'aimerais bien, mais je peux pas, je réponds en me balançant sur les talons. J'ai prévu un truc avec mes copines. Je te jure que c'est pas une excuse.

Même si Miles a l'air d'être un mec très cool, je ne veux pas lui expliquer que je passe mon samedi après-midi dans un sex-shop. Ça pourrait le faire flipper. Et comme ça, j'aurai un peu de répit pour réfléchir à ce que je vais faire concernant ce fichu message de menace.

— Miles ? appelle Jesse.

— C'est bon, je te crois, m'assure Miles en se tournant dans la direction de la voix. Une prochaine fois ?

Je souris. Je ne peux pas m'en empêcher.

— Promis.

8.

Même dans un tram qui file à toute allure, j'ai du mal à laisser cette histoire de lettre de menace derrière moi. Je n'arrête pas d'y penser. Je suis coincée entre Claudia et Lydia, sans prêter la moindre attention à ce qu'elles disent. Je regarde par la fenêtre. Qui a bien pu l'écrire ? *Qui* peut être au courant que j'ai le VIH ? Il faudrait qu'on m'ait vue à l'hôpital et j'ai du mal à imaginer qu'un élève m'ait suivie jusque-là. Peut-être quelqu'un qui rendait visite à un proche à St Mary ?

— Allô, Simone ? Simoooooone ? Ici, la Terre.

Le train ralentit et Lydia me serre la main.

— Ça va ? T'as l'air ailleurs.

— Je parie qu'elle pense au *Coffre aux plaisirs*, plaisante Claudia en me tapotant l'épaule. T'es impatiente ?

Je saisis au vol la perche qu'elle me tend.

— À fond. Tiens, puisque c'était ton idée, je pense que tu devrais m'offrir tout ce dont j'aurais envie !

— Dans tes rêves, réplique-t-elle en riant tandis qu'on descend du tram. On est venues choisir un vibromasseur pour toi et un pour ma copine, histoire de calmer deux meufs excitées.

Comme Notre-Dame de Lourdes est à deux heures de San Francisco, je n'ai jamais eu l'occasion d'explorer la ville avec mes anciennes copines. Je ne suis jamais restée ici assez longtemps pour découvrir les endroits sympas. Pour les vacances, d'habitude, je vais plutôt à New York avec mes parents. Là, on se dirige vers une boutique baptisée *Le Coffre aux plaisirs*, et le centre-ville me donne l'impression d'être un nouveau monde. Je suis sur un nuage.

— Et si je n'ai pas envie de me calmer ? je réplique. Et si j'ai envie de baiser ?

Claudia secoue la tête.

— Alors là, je ne peux vraiment rien pour toi.

— Rhoo, vous êtes vraiment lourdes, toutes les deux, proteste Lydia.

Elle porte un imperméable, bien qu'il ne pleuve pas. Je lui adresse un clin d'œil.

— On parle tout le temps de cul. C'est pas nouveau.

— C'est pas la même chose, insiste-t-elle. On se rend dans un magasin qui vend des godes. Pourquoi on ne peut pas acheter un vibromasseur en ligne, comme tout le monde ? On ne nous laissera peut-être même pas entrer !

— C'est pour ça qu'on a les faux permis de conduire, Lydia je lui rappelle en lui décochant un coup d'épaule. Pas pour voter ou pour boire avant l'âge, mais pour acheter des vibros à nos copines.

Claudia acquiesce.

— C'est la meilleure utilisation qu'on puisse faire de faux papiers.

Lydia émet un grognement désapprobateur :

— Vous êtes insortables.

Claudia pose un doigt sur ses lèvres quand on approche de la boutique. On croise un groupe de blancs avec des dreads, on passe devant des rangées de maisons colorées et un restaurant chinois. Le *Coffre aux plaisirs* n'expose pas de lingerie en vitrine, c'est un peu décevant. Des employés se tiennent près de la porte d'entrée. J'imaginais qu'il n'y aurait que des femmes dans les sex-shops, mais il y a en fait des employés des deux sexes. Après tout, les hommes aussi ont besoin de *jouets*.

Cette idée me fait ricaner. Lydia me fusille du regard comme si elle lisait dans mes pensées. Claudia pousse la porte.

— Bonjour !

Une blonde joyeuse se matérialise devant nous.

— Je peux voir vos papiers, s'il vous plaît ?

Eh bien, c'est rapide. J'étais sûre que Claudia dramatisait quand elle insistait sur les faux permis de conduire. Je ne sais pas comment elle les a obtenus et je n'ai pas posé de questions. Claudia se débrouille toujours. Je n'ai pas besoin de savoir *comment*.

Lydia me jette un coup d'œil paniqué. Je tapote sa poche pour lui rappeler où est son permis avant de sortir le mien.

Un silence gênant flotte dans l'air tandis que l'employée examine nos papiers et nous les rend. Si elle a remarqué qu'ils sont faux, elle n'en dit rien. Peut-être qu'elle considère que les filles de moins de dix-huit ans ont aussi des besoins à assouvir.

Elle nous sourit.

— C'est bon. Si vous avez des questions, n'hésitez pas à me demander, je m'appelle Ashley. Ou à n'importe qui avec un badge.

Lydia nous attrape par le bras et nous tire vers l'arrière de la boutique.

— Tu sais où tu vas, au moins ? je lui demande avec un rire dans la voix.

Je ne comprends pas pourquoi elle est si stressée. Ce n'est pas comme si on était dans le donjon sadomaso de *Cinquante nuances de Grey*. En fait, ça ressemble à un magasin banal, on pourrait presque se croire dans une parapharmacie, si on ne faisait pas attention aux godes gigantesques qui tapissent les murs. Il y en a de toutes les couleurs – jaune, vert, violet, bleu –, ils sont alignés façon couleurs de l'arc-en-ciel.

— Je ne recommencerai plus jamais un truc pareil, siffle Lydia. Ne me demandez jamais de revenir.

Claudia hausse les épaules en jetant un coup d'œil à une étagère en métal où sont exposés des savons sexy.

— Comme tu veux. Simone et moi, on va s'amuser sans toi. À ton avis, un vibro doit avoir quelle taille ? Tu crois que c'est mieux un rechargeable ou un à piles ?

— C'est pratique de pouvoir le recharger, je réponds en jetant un coup d'œil aux affiches au-dessus de ma tête.

Elles énumèrent les horaires des différents cours d'éducation sexuelle qui se donnent ici.

— Hé, on devrait revenir pour un atelier et apprendre les bases du « Sexe anal pour débutants ». J'ai toujours eu des questions à ce sujet.

— *Les filles*, gémit Lydia. Pourquoi on ne peut pas juste googler tout ça dans ma chambre ?

— C'est pas aussi marrant, je réplique. Il faut que tu te détendes un peu.

J'emprunte l'allée suivante, qui est tapissée d'affiches colorées.

— Regarde ! Celle-ci dit « *Donnez et vous recevrez* ». Je suis presque sûre que c'est tiré de la Bible. Tu n'as pas honte de la *parole de Dieu* quand même, Lydia ?

Claudia éclate de rire et passe un bras sous le mien. On avance vers une table d'exposition rose sur laquelle un mannequin noir est gainé dans une tenue de cuir rouge. De la lingerie est étalée tout autour. Quand je m'approche, je remarque les tétons du mannequin couverts de strass. Qui peut acheter un truc pareil, sérieusement ? Je ne porterais jamais ça devant personne, sauf peut-être Claudia et Lydia… pour rigoler.

— Qu'est-ce qu'on fiche dans le rayon BDSM ? s'insurge Lydia. On est venues chercher un vibromasseur. Ça ne devrait pas être si compliqué de trouver ça dans un sex-shop.

— On pourrait pas aller voir dans un autre rayon ? suggère Claudia en me tirant par la main.

Je cligne des paupières, surprise, tandis qu'elle m'entraîne vers une autre rangée.

— T'as vu ça ?! Un livre de cuisine aphrodisiaque ! Ça pourrait être utile pour séduire ton mec, Simone.

— *Hé,* je proteste. C'est féministe d'être nulle en cuisine. C'est une façon de lutter contre les stéréotypes de genre.

Claudia n'a pas l'air convaincue.

— Non, c'est deux choses qui n'ont rien à voir l'une avec l'autre.

— Les filles, regardez ça !

Lydia nous montre un livre intitulé *La Salope vertueuse.* Je me retiens de pouffer de rire, d'autant plus qu'Ashley nous jette un coup d'œil pour s'assurer qu'on n'a pas besoin d'aide.

— Typiquement un cadeau que Miranda Crossland pourrait m'offrir.

— Ne prononcez pas son nom en ma présence, nous implore Claudia en se détournant. Je n'ai aucune envie de penser à cette connasse.

Lydia passe un bras autour de mon épaule et lui rappelle :

— C'est grâce à elle qu'on a rencontré Simone. Je la laisserais encore me traiter de salope, pour que tu voles à nouveau à mon secours.

Je pose ma tête sur son épaule.

— Oh, Lydia, ça me touche beaucoup.

— N'oublie pas que je m'apprêtais à la frapper pour toi ! insiste Claudia.

Je parie qu'elle l'aurait fait. Je les connaissais à peine le jour où Miranda Crossland a traité Lydia de salope à la cafétéria. Il y avait des tonnes de gens autour et Miranda a *littéralement* crié. C'est déjà pas sympa d'insulter, elle aurait au moins pu le faire en privé. Même *moi,* je savais ça.

Je ne sais même pas pourquoi elle pensait que Lydia était une salope, peut-être parce qu'elle sort avec beaucoup de mecs ? Je m'en fiche, mais je voyais bien qu'elle ne le disait pas pour rigoler. Elle voulait que l'insulte fasse mal.

Même aujourd'hui, je ne sais pas ce qui m'a poussée à intervenir. C'était ma première semaine à Sacré-Cœur et j'essayais de faire profil bas. Mais y a des trucs que je trouve vraiment pas cool et être humiliée comme ça en fait partie. Dire à Miranda de la fermer n'a pas suffi à la faire taire, elle m'a juste traitée de salope moi *aussi,* mais peu importe, ça m'a permis de faire la connaissance de celles qui allaient devenir mes deux meilleures amies.

— Pourquoi y a tellement de sortes de préservatifs ? veut savoir Claudia, m'arrachant à mes pensées.

Ils sont empilés dans des bacs transparents comme des bonbons dans une confiserie.

— Je croyais qu'il y avait juste différentes marques.

Je fronce les sourcils.

— Pourquoi ils sont aromatisés ?

— Je ne sais pas... Pour le sexe oral, j'imagine, dit Lydia.

— Hein, quoi ? je m'exclame. Les mecs sont censés mettre un préservatif pour une pipe ?

Lydia réussit à hausser les sourcils et à me fixer, même si ses joues sont en feu.

— On est censés utiliser des préservatifs tout le temps, même pour les trucs oraux.

— J'ai jamais entendu ça. C'est des conneries que t'inventes ?

— Je te jure que c'est vrai, m'assure-t-elle en secouant la tête. Simone, tu me fais vraiment peur.

Le Dr Walker ne me l'a jamais dit. Comment a-t-elle pu oublier ? Dans des cas comme ça, j'aimerais pouvoir parler à mon médecin sans que mon père soit dans les parages.

Je me masse la nuque.

— Et moi, je dois porter une protection si... euh... si quelqu'un veut me faire un cunni ?

— Y a des trucs en plastique, m'informe Claudia en agitant la main. J'ai oublié comment ça s'appelle. Tu les mets sur ton...

— Ça s'appelle une digue dentaire, l'interrompt Lydia. Ils en ont sûrement ici.

— Pas la peine, tranche Claudia, qui est déjà en train de s'éloigner. Tu prends un préservatif, tu coupes l'anneau et la pointe, puis tu fais une coupe horizontale et t'as une digue dentaire. Voilà.

— Waouh, Claudia. T'es un génie.

— Ouais, ouais, fait-elle, déjà distraite par un nouveau rayonnage. Emma m'a montré comment faire. Hé, vous croyez que je devrais m'acheter un gode ceinture ?

— J'ai trouvé les vibros ! je les préviens en me dirigeant vers un autre rayon. Waouh, y en a des tas.

J'examine la sélection bouche bée quand les filles me rejoignent. Je déchiffre les étiquettes.

— Point G, spécial couples… Oh, *double action.* Je te recommande celui-ci.

Claudia le prend en main et le soulève. Il est rose et à l'air de briller dans la lumière.

— Alors ? s'impatiente Lydia en tapant du pied. C'est le bon ?

Claudia sourit.

— C'est parfait. Elle va adorer.

Je choisis un vibromasseur allongé. Il est violet, petit et bon marché. Les deux billets de 20 dans ma poche arrière suffiront.

Claudia se tourne vers les caisses, prête à partir, mais je lui attrape le bras.

— Attendez. Ça va sans doute de soi, mais vous devez me *promettre* que vous ne direz rien quand vous passerez chez moi tout à l'heure. Mes pères ne me lâcheraient plus avec cette histoire.

J'imagine qu'ils s'en fichent que j'achète un vibromasseur, vu que la masturbation ne présente de risque pour personne. Mais je n'ai pas envie de *partager* cette info avec eux. S'ils apprennent que je suis allée dans un sex-shop, ils n'imagineront pas que j'ai acheté un vibro. Ils croiront que j'ai des relations sexuelles et ils essaieront de m'enfermer dans ma chambre pour le restant de mes jours.

— T'inquiète, me rassure Lydia en levant les mains, je ne veux pas que mes parents l'apprennent non plus.

— Pourquoi ? me demande Claudia. Je croyais que tes pères étaient du genre super ouverts.

Elle n'a pas tort. Ça ne me dérange pas d'aborder la plupart des sujets avec eux. L'herbe ? Aucun problème. Boire avant l'âge légal ? Ils me feraient un laïus, mais au moins on pourrait en rigoler. En revanche, discuter de sexe ne les fait pas rire. On dirait qu'ils se dégonflent chaque fois que le sujet vient sur la table, comme si la simple idée les déprimait. Je déteste ça.

Je comprends que la plupart des parents n'aient pas envie de penser à leur enfant en pleine activité sexuelle. Mais ma famille est tellement ouverte que leur gêne soudaine rend la situation encore plus embarrassante. Je suis convaincue que si je n'avais pas le VIH, ils laisseraient des capotes dans la salle de bains. Ça craint qu'ils ne puissent pas se le permettre avec moi.

Je me gratte la nuque.

— Oui, ils sont cool, mais ça reste des parents.

★

★ ★

Lydia nous montre un café hippie plus bas dans la rue du *Coffre aux plaisirs.* Je n'y ai jamais mis les pieds, mais les tarifs ont l'air corrects et ça suffit à me convaincre.

Le sex-shop a éveillé ma curiosité.

— Comment ça marche ? je demande, en volant une gorgée dans la tasse de Lydia. Les gens mariés achètent des sextoys ensemble ? Tu parles de tes fantasmes la première fois que tu baises ? Et si tu ne fais pas l'amour avant ta nuit de noces et que tu découvres que ton partenaire est excité par les plugs anaux ?

— C'est pour ça qu'il faut parler de sexe avant le mariage, répond Claudia en faisant tourner sa paille. Pour savoir si on est compatibles. T'imagines épouser quelqu'un qui veut que tu te déguises en chien pour faire l'amour ? Ça aide à faire le tri parmi les candidats potentiels.

— Te *moque pas* des fantasmes des autres, assène Lydia en reprenant sa tasse sans me regarder.

— Attends, si tu couches avec Ian et qu'il s'arrête pour te demander de porter un masque de chien ? j'insiste en me penchant vers elle. Tu le ferais ?

— Mais non, répond Lydia d'un ton moqueur. Je dis juste qu'il ne faut pas juger. Espérons que Miles ne te jugera pas quand il découvrira ton fétichisme pour les vieux hommes blancs.

— C'est pas *si* bizarre que ça, je me défends alors que Claudia éclate de rire. Et je compte pas non plus lui lâcher : *Ah oui, au fait, j'adore mater des photos de Harrison Ford jeune pour m'exciter.*

— On sait jamais, dit Claudia en s'appuyant au dossier sa chaise. De toute façon, les mecs n'écoutent pas. Tu pourrais lui dire que t'es une tueuse en série, il n'entendrait rien.

— C'est pas vrai…

— En tout cas, après avoir joui, un mec n'entend plus rien, insiste Lydia en me montrant du doigt. Après une pipe, tu peux lui avouer tes pires secrets sans risque.

Je secoue la tête en riant.

— Lydia, est-ce que tu t'*entends*, parfois ?

Je me tourne vers Claudia, mais elle rit tellement qu'elle est toute rouge. Je la comprends. Peu importe si Lydia est vraiment sérieuse ou pas. Une minute elle est hypergênée d'acheter un sextoy, la suivante elle donne des conseils en matière de sexe comme si de rien n'était. Je l'adore.

Claudia reprend enfin sa respiration.

— Attends, si tu lui fais une pipe, il doit te faire un truc aussi. Sinon, c'est pas juste.

— Je ne prends pas la pilule, je lui rappelle.

C'est la vérité, mais ce n'est pas ça qui me fait hésiter.

Elle agite les sourcils d'un air suggestif.

— Et alors ? t'es pas obligée de te limiter à la pénétration.

— Claudia, tu parles comme ma gynéco !

— Je dis juste que tu verras bien. Qui sait ? Peut-être que Miles voudra te rendre la pareille.

Je la regarde fixement :

— Tu crois tout savoir, hein ?

Elle sourit.

— Vous pourriez vous branler ensemble, suggère Lydia. C'est plutôt sympa.

Une femme passe devant nous et nous décoche un regard désapprobateur. Il n'y a pas grand monde dans le café, la plupart des clients sont des dames âgées, qui n'entendent sans doute pas ce qu'on raconte. Heureusement, ce serait gênant. Il y a une différence entre discuter de ça devant des gens qui ressemblent à mes grands-parents et plaisanter au *Coffre aux plaisirs*.

— Les filles, je siffle entre mes dents. On est dans un lieu public.

— Les vieux font l'amour aussi, me rappelle Claudia. Il n'y a pas d'âge limite pour prendre du plaisir.

Je manque de m'étouffer avec mon chocolat chaud.

C'est impossible d'être mal à l'aise avec mes amies. Même si je ne les ai rencontrées que cette année, je me sens bien avec elles. J'ai acheté un vibro avec Claudia. Lydia m'a laissée dormir chez elle une semaine à peine après notre rencontre. Elles se comportent comme si elles pouvaient tout me dire. Je devrais pouvoir faire la même chose avec elles, non ?

J'en ai marre de marcher sur des œufs. Je meurs d'envie de leur parler de cette stupide lettre et de leur demander leur avis. Je voudrais pouvoir me plaindre que mes parents sont gênés par le sexe sans avoir à mettre ça sur le compte de la religion. Je voudrais pouvoir discuter sans avoir peur, de ce sujet-là comme du reste.

Je jette un coup d'œil à la salle. Il n'y a personne du lycée. Je me force à respirer.

— J'ai un truc à vous dire, je commence en passant la main dans mes cheveux.

Mes doigts se coincent dans mes boucles.

— Mais vous devez promettre que vous ne le répéterez à personne. Comme toujours.

— Hum, lâche Claudia.

— Tu m'inquiètes, déclare Lydia. C'est grave ?

— Non, je mens. C'est juste un truc important.

— Tant que tu n'es pas enceinte, fait Claudia en agitant la main, je promets de ne rien dire.

— Je suis la meilleure pour garder les secrets, ajoute Lydia. Tu le sais bien.

— C'est vrai.

Je frotte mes mains sur mon jean et je me lance.

— Je suis séropositive. (Je me cache les yeux avec mes mains pour ne pas affronter leur regard. Ma voix est un murmure, je ne suis pas sûre qu'elles m'entendent.) Je voulais que vous le sachiez, parce que vous êtes mes meilleures amies et que vous comptez beaucoup pour moi.

Silence. J'écarte lentement les doigts qui me bouchaient la vue. Les sourcils de Claudia sont haussés. On dirait que Lydia va pleurer.

— Ça veut dire que tu es malade ? demande-t-elle en déposant sa fourchette dans son assiette. Ça va aller ?

— Oui, oui, totalement, je lui assure.

Elle m'attrape la main et la serre.

— Je suis sous traitement et je vais tout le temps chez le médecin. Ça va. Je ne vais pas mourir de sitôt, si c'est ce qui t'inquiète.

— Tant mieux, répond Claudia en m'examinant. Ça ne se voit pas que tu l'as.

Mon cerveau est proche du court-circuit.

— Qu'est-ce que ça veut dire ?

— C'était pas une insulte, se défend-elle. Tu n'as pas l'air malade. Tu as l'air normale. Je sais pas, moi.

— En effet, tu ne sais pas de quoi tu parles, je réplique en levant les yeux au ciel.

Je ne sais pas à quoi je m'attendais. Pas à une réaction haineuse, mais pas non plus à une remarque aussi ridicule. Claudia est intelligente. J'ai l'impression qu'elle a fait ce commentaire uniquement pour m'énerver, mais c'est injuste. Je vis avec ça depuis toujours, alors qu'elle n'a sans doute jamais réfléchi à la question avant aujourd'hui. Elle a le droit de ne pas être informée. Pourtant, je me tortille sur mon siège, mal à l'aise. L'atmosphère me paraît pesante.

Claudia finit par briser le silence.

— Je suis vraiment contente que tu nous l'aies dit, Simone.

— Moi aussi, renchérit Lydia en me serrant à nouveau la main. Comment... comment tu l'as attrapé ?

— Qu'est-ce que ça peut te faire ?

Ma réponse est sèche et sort presque automatiquement. Lydia a eu la même réaction que Sarah quand je le lui avais confié. *Comment est-ce que tu l'as attrapé ?* Comme si elle cherchait à me rendre responsable. À savoir si j'avais pris de la drogue ou si j'avais couché avec n'importe qui.

— Je voulais juste..., balbutie Lydia. Laisse tomber.

— Tes parents sont au courant ? m'interroge Claudia.

— Évidemment. Pourquoi ils ne le sauraient pas ?

— Ben, avance Lydia en se frottant les lèvres, dans le sex-shop, tu avais l'air de dire qu'ils étaient un peu stricts en matière de sexe. Alors, j'imagine si tu leur as parlé d'un truc comme ça...

— Oh, non, ça n'a rien à voir.

Je secoue la tête et je me force à déglutir. J'aurais dû être plus claire.

Lydia se tourne vers Claudia. On dirait qu'elles ont une conversation silencieuse. Ça me rend dingue. J'aimerais pouvoir revenir en arrière, remonter au moment où on rigolait toutes les trois.

— Ma mère biologique avait le VIH, je suis née avec. Je voulais vous le dire plus tôt, mais je l'ai confié à une amie dans mon ancien lycée et ça s'est mal passé.

— Comment ça ? veut savoir Lydia. Elle s'est fâchée ?

— Non, elle a réagi bizarrement.

Je hausse les épaules en repensant au moment où j'ai révélé mon secret à Sarah. Elle a reculé comme si je lui avais craché dessus. Elle m'a traitée d'égoïste d'avoir gardé l'info pour moi. Avant même qu'elle ait quitté ma chambre, j'ai su que plus rien ne serait jamais pareil.

— Elle en a parlé à des tas de gens. J'ai du mal à faire confiance depuis.

— Quelle salope ! s'exclame Claudia en se penchant en arrière sur sa chaise. Quelle grosse salope !

— Oui, j'admets en tripotant la table. Bref, c'est pour ça que mes parents sont si bizarres avec le sexe. Ils ont peur que je mette quelqu'un en danger.

— Oh, fait Claudia. C'est plutôt… une bonne chose, non ?

— Ouais. Mais ils sont vraiment hyperstressés. Si je n'étais pas séropositive, ils seraient du genre à laisser traîner des préservatifs dans la salle de bains.

— Tu ne… euh… enfin, bafouille Claudia.

Elle se tait quand je la fixe. Elle connaît mes parents. Je les connais bien aussi. Inutile d'essayer de me convaincre de quoi que ce soit.

Lydia se masse le front.

— Désolée pour toutes les questions. J'y connais rien.

— Je suis contente que personne ne t'ait filé le virus, ajoute Claudia. Ta mère te l'a transmis, mais j'avais peur que tu te sois fait violer ou quoi.

Je secoue la tête.

— Non, il ne m'est rien arrivé du genre.

On retombe dans le silence. Je connais Claudia et Lydia depuis le début de l'année scolaire et on n'a jamais traversé un silence aussi pesant. Elles n'ont pas *mal* réagi, mais ça me fait de la peine quand même.

Je m'éclaircis la gorge.

— Bon, il est temps de vous parler de la lettre… (Elles échangent un regard interrogateur.) Quelqu'un a mis un message dans mon casier, j'explique en tambourinant mes doigts sur mes genoux. Quelqu'un menace de révéler à tout le monde que j'ai le VIH si je continue à sortir avec Miles.

— Qu'est-ce que c'est que ce bordel ? s'énerve Claudia. Personne ne peut décider à ta place avec qui tu passes ton temps ! Que cette personne aille se faire foutre !

— Tu ne comprends pas, Claudia. Tu ne te rends pas compte de ce que ça donnerait si tout le lycée était au courant.

Je n'ai pas oublié ce qui s'est passé à Notre-Dame de Lourdes. Je n'ai pas envie que la nouvelle se répande sur Facebook, que des mères se plaignent que leurs filles partagent les toilettes et la cafétéria avec moi. Le pire, c'est que je n'étais pas prête à ce que tout le monde se retourne contre moi. Mais je ne me sens pas plus préparée aujourd'hui, dans une autre école, à deux heures de route de la précédente.

— On devrait en parler à quelqu'un, suggère Lydia en nous regardant tour à tour. Un prof, peut-être. Un prof pourrait nous aider, non ?

Je grimace.

Claudia joint les mains.

— Je m'en fous de savoir qui est ce connard ou cette connasse. Ça pourrait être le président, rien à battre. Il ou elle ne contrôle pas tes décisions. Et si tu ne veux pas en parler à un prof, tu devrais ignorer la menace.

— Je ne peux pas faire comme si rien ne s'était passé. Pas si le corbeau me suit partout.

— Alors pourquoi tu ne le dis pas à la proviseure ? demande Lydia. Ça fait partie de son job de régler ce genre de problèmes.

Je me passe une main sur le visage en soupirant.

— Non, pour lui parler de la lettre, il faudrait que je lui avoue que je suis séropositive et lui expliquer toute l'histoire. Si ça se trouve, elle a peur du VIH. C'est un risque que je ne prendrai que si j'y suis absolument obligée.

Lydia secoue la tête.

— Si tu ne veux pas en parler à un adulte, je ne sais pas trop quoi faire, avoue-t-elle en mâchouillant son pouce. J'aimerais bien, pourtant.

— Je peux traquer le coupable et le tuer, si tu veux, propose Claudia. Ce serait pas un problème.

— Non, pas question que tu tues qui que ce soit.

Je m'appuie contre le dossier de ma chaise, épuisée par la situation.

— J'ai peur que les gens le découvrent, surtout Miles. Je sais que je vais devoir le lui avouer. Mais j'ai peur.

— De quoi ? demande Lydia en inclinant la tête. Qu'il ne veuille plus te voir ?

Je me mordille la lèvre en fixant la table.

— Oui et aussi qu'il ne veuille pas coucher avec moi.

Je relève la tête et je vois Claudia et Lydia échanger un regard.

— Je veux pas parler comme tes parents, mais le sexe, ça fait pas tout, déclare Claudia. Je passe de très bons moments avec Emma sans sexe. Je sais que ça paraît cliché, y a pas que le sexe dans une relation.

— Je sais, mais j'ai quand même envie de coucher avec lui. Je ne veux juste pas qu'il le regrette. (Je me rends compte que j'ai une toute petite voix, mais je poursuis quand même.) On s'embrasse et il n'y voit aucun inconvénient… parce qu'il n'est pas au courant. J'ai peur qu'il ne veuille même plus me toucher quand il apprendra. Pourquoi il réagirait autrement ?

— Ne dis pas ça, m'ordonne Claudia avec sévérité. Ne dis jamais ça, OK ?

— C'est la vérité, pourtant.

— Non, pas du tout, elle riposte.

Lydia suit notre échange avec de grands yeux.

— Putain, Simone, reprend Claudia, tu n'es pas la seule à avoir le VIH. Il y a plein de gens dans ce cas. Vous êtes des personnes normales, comme tout le monde.

— Je le sais bien.

Mon ton monte. Claudia s'exprime comme si c'était elle la séropositive. C'est moi qui vis avec le VIH. C'est moi qui m'en prends plein la tronche chaque fois que quelqu'un lâche un commentaire débile sans réfléchir.

— Les gens sont superficiels et plus personne ne voudrait me fréquenter si ça se savait.

Lydia me serre l'épaule.

— Regarde, nous, on est au courant et on est toujours là. Je suis vraiment contente que tu te sois confiée à nous.

Les larmes me montent aux yeux et je bats des cils pour les contenir.

Je m'essuie les yeux.

— Oui, mais ça me tue. J'aimerais bien être asexuelle.

— Tu crois que ça ne pose pas de problème, quand on est Ace ?! s'exclame Claudia sur la défensive. Tu ne sais pas combien de fois on en discute, Emma et moi. J'ai l'impression qu'on en parle toutes les semaines. *Non, chérie, je n'aime pas quand tu me fais un cunni, même si je suis sûre que t'es vraiment douée pour ça.*

Je contiens un petit rire.

— Waouh.

— C'est *vrai.*

Je repense à ce qu'elle a dit avant. Je ne suis pas la seule à avoir le VIH. Il y a des tonnes de jeunes à l'hôpital St Mary qui se font examiner tous les mois, comme moi. On ne peut pas tous être rejetés par la société et considérés comme indésirables. De toute façon, je ne *voudrais* même pas être avec quelqu'un qui pense du mal de moi à cause du virus.

— Je comprends qu'on puisse vouloir se montrer… prudent, avance Claudia en baissant la voix. Mais si Miles réagit comme un con, il ne te mérite pas.

— Je sais.

Je baisse les yeux vers ma main qui serre celle de Lydia.

— C'est juste que je l'aime bien. Je voudrais ne pas être obligée de le lui dire, ne pas avoir à flipper de sa réaction. Ça me fout les jetons.

Lydia me tire vers elle.

— C'est pas juste. Je suis désolée pour toi.

Cette fois, je ne parviens plus à retenir mes larmes. Je pose la tête sur l'épaule de Lydia. Claudia se rapproche pour poser une main dans mon dos. Même si je pleure en m'essuyant le visage pour que la serveuse ne remarque rien, je ne regrette pas de leur avoir parlé. Je ne regrette pas les réflexions bizarres ou le silence pesant. C'est officiel : mes nouvelles amies valent un million de fois mieux que Sarah. Je le pensais déjà, mais maintenant, j'en ai la preuve.

9.

Mon nouveau vibro est petit, mais puissant. J'ai choisi ce modèle parce que je croyais qu'il serait simple à utiliser – il a la forme d'une petite batte de base-ball, en silicone, sans sophistication –, mais je me trompais. Il a *vingt* réglages différents. Je ne sais même pas par où commencer. Il y a un mode d'emploi, et après avoir lu des expressions du genre *non poreux, multivitesses* et *types de vibrations,* j'ai juste envie de l'essayer.

Je l'allume et j'observe comment le tremblement s'intensifie à chaque niveau. Il ne se passe rien quand je touche la surface du bout de mes doigts. La bonne nouvelle, c'est qu'il n'est pas bruyant. Au moins, mes parents ne l'entendront pas et ne viendront pas me surprendre.

Bon, allez. Je peux le faire. J'ai le temps, l'intimité et l'équipement nécessaires. Je vais passer un bon moment. Il faut juste que j'aie fini avant l'arrivée de Claudia et Lydia dans une heure. J'inspire à fond, je me laisse tomber sur mon lit et je règle le vibro sur la plus faible intensité.

— Waouh, je m'exclame dans ma chambre vide.

Ma voix est halètante comme celle d'une star du porno et je suis sûre que mes yeux sont aussi exorbités que ceux d'un personnage de dessin animé.

C'est pas comme utiliser ma main, c'est clair. J'ai l'impression d'avoir joui à peine cinq minutes après avoir commencé à gémir dans mon oreiller.

— Putain, je murmure.

Le mot est étouffé par le coussin.

— Merci, le *Coffre aux plaisirs.*

Je suis encore sur mon nuage, quand je descends après une douche rapide. Claudia et Lydia viennent dîner à la maison depuis, genre, deux mois. C'est généralement Papa qui prépare le repas, ce qui est plutôt étonnant, vu qu'il est souvent de garde ou qu'il travaille tard. Aujourd'hui, il a préparé des petits poulets bizarres qui sont tout mignons et complètement morts.

— Ils sont en croûte de romarin, m'annonce-t-il. Ça va être délicieux.

— Oooh.

On sonne à la porte. Daddy va répondre avant moi. On s'est quittées il y a quelques heures, mais mes amies assurent : Claudia serre un bouquet de fleurs et Lydia est cachée derrière. Mes parents sont si contents de savoir que j'ai des copines qu'elles pourraient venir les mains vides. Pourtant, elles apportent toujours quelque chose. Même si je suis fille unique, je ne suis plus seule dans la course pour être la chouchoute.

En fait, je ne suis pas vraiment seule. Mon demi-frère est resté à New York avec le reste de notre famille au sens large, quand on est venus s'installer ici, alors que je devais avoir cinq ou six ans. Je ne suis pas censée l'appeler mon demi-frère, pourtant c'est ce qu'il est. Il nous parle à peine à Papa ou moi pendant l'année scolaire et quand on lui a rendu visite l'été dernier, il avait l'air de se faire chier avec nous.

— J'espère qu'on n'est pas en retard, lance Lydia en adressant un regard complice à Claudia. J'en connais une qui ne sait pas conduire.

— Lydia n'est jamais contente, réplique Claudia. On a apporté des fleurs.

— C'est de la part de ma mère, précise Lydia en entrant. Elle voulait vous remercier de m'inviter tout le temps.

— C'est très gentil, répond Daddy en admirant le bouquet. Tu la remercieras de ma part.

Je m'appuie contre Claudia. Les choses semblent plus normales que tout à l'heure.

— Hé, dit-elle, en me repoussant. Tu ne nous as pas dit s'il s'était passé un truc spécial à la répétition aujourd'hui.

Un sourire apparaît sur mes lèvres avant que j'aie le temps de le contenir.

— Simone pourra nous raconter ça à table, tranche Papa. Je ne veux pas que mes poulets des Cornouailles refroidissent. Salut, les filles.

Elles lui adressent un petit signe. Je soupire en enfouissant mon visage dans le haut du dos de Claudia. Pas question de parler de Miles devant mes parents. J'ai l'impression que Papa a remarqué qu'il se passait un truc, avant même que Claudia ne pose la question. Mes pères doivent avoir un radar à garçons.

Claudia me balance un coup de coude pendant qu'on s'approche de la table.

— Tes parents sont géniaux, me chuchote-t-elle. De quoi tu te plains ?

Je retiens un gémissement. C'est pas juste.

— Je me plains pas. J'ai rien dit contre eux.

Elle hausse les épaules.

— Ça pourrait être bien pire. Tu pourrais vivre chez moi.

Son père et sa mère contrôlent tout et sont devenus encore plus pénibles depuis qu'elle a annoncé qu'elle était à la fois lesbienne et Ace, c'est-à-dire asexuelle. Un jour, son père l'a carrément envoyée dans un hôpital psychiatrique, sans déconner. Je suis contente de ne jamais être invitée chez eux, je risquerais de le frapper.

Une fois qu'on est tous assis, Daddy se tourne vers moi.

— Alors, qu'est-ce qui s'est passé en répète aujourd'hui, Simone ?

J'essaie d'esquiver la question. Je réfléchis à tout ce qui s'est passé qui ne concerne pas Miles : les scènes qu'on a travaillées, les nouveaux décors, *n'importe quoi*, mais je n'ai qu'une image en tête : Miles et moi qui balançons nos mains comme si on était seuls dans l'amphithéâtre.

J'espère ne pas rougir. Je pique ma fourchette dans une poule ou un poulet, peu importe le nom qu'on lui donne. Je finis par trouver une anecdote qui les fera rire, tout en essayant de faire parvenir la bête dans mon assiette.

— En fait, il y a eu un truc trop drôle au lycée vendredi. On était censés « partager » en cours de psycho. Je ne sais pas pourquoi je continue à le faire, parce que tout le monde est vraiment *débile*. Y avait un mec qui n'arrêtait pas de demander comment j'appelle mes parents, vu que j'ai deux pères. Et j'arrêtais pas de l'ignorer, parce que la réponse me semble évidente.

— Mone, ce n'est vraiment pas une évidence, me contredit Papa, en coupant sa volaille. Je comprends très bien pourquoi il s'interroge…

— Si je peux défendre Simone, la réaction du gars était homophobe, intervient Lydia.

— Bon, concède Papa en pinçant les lèvres. Tu marques un point.

Claudia lâche un petit rire. Je reprends mon histoire.

— Enfin, bref, j'ai fini par répondre : *j'appelle mes parents Noir et Blanc.* Il m'a dit que j'étais raciste.

Daddy étouffe un rire et un peu d'eau déborde de son verre. Il jette un coup d'œil à Papa.

— Comment est-ce qu'on n'y a jamais pensé nous-mêmes ?!

— En tout cas, vous avez raté quelque chose ! renchérit Lydia. Claudia, t'aurais dû être là.

— Oui, sans doute, mais je parie que les répétitions aujourd'hui étaient encore plus intéressantes, réplique-t-elle en me décochant un clin d'œil.

C'est vache ! J'avais enfin réussi à penser à autre chose qu'à Miles, pour la première fois depuis des heures. Comme rien n'échappe à mes parents, je bois un coup d'eau pour dissimuler ma gêne. Je me passerais bien d'un nouveau laïus sur l'abstinence. J'en ai eu assez pour le restant de mes jours.

— Tiens oui, dit Papa en me regardant. Qu'est-ce qui s'est passé aujourd'hui en répétitions ?

Lydia vient à ma rescousse en changeant de sujet.

— Docteur Garcia, vous savez que Simone prétend qu'elle veut cinq enfants ? C'est ridicule.

Je remercie mon amie en silence.

— *Cinq ?* s'étouffe Papa. Je ne l'ai jamais entendue dire ça.

— Les enfants, c'est mignon et c'est magique, je proteste. J'ai pas eu de frères et sœurs. Ce serait génial de me rattraper en ayant des tonnes de gamins.

— C'est pas comme ça que ça marche, insiste Claudia. Sérieux, Simone, c'est pas pour ça qu'on fait des enfants.

Je prends le parti de l'ignorer et je poursuis :

— Et comme les bébés noirs ne sont jamais adoptés, je pourrais devenir un genre de vieille femme à chats, mais avec des enfants.

Mon téléphone vibre. Pas besoin de jeter un coup d'œil à l'écran pour savoir qui c'est. Répondre à un texto de Miles en plein dîner n'est pas une bonne idée, mais ce serait impoli de le laisser en plan.

— Les bébés noirs mignons deviennent des ados noirs râleurs, me prévient Daddy. Et je sais de quoi je parle.

— Pas grave, je les enverrai en internat dès qu'ils auront quatre ans.

Une deuxième vibration retentit. Daddy hausse un sourcil. Il sait que Claudia et Lydia sont les seules personnes avec qui j'échange des textos et elles sont là toutes les deux. J'ai l'impression de voir les engrenages de son cerveau tourner.

— J'arrête de t'écouter chaque fois que tu en parles, assène Claudia. Quand tu dis que tu veux dix enfants…

— Cinq.

— … je repense à la fois où on est allés voir le nouvel *Avengers*…

— C'est pas juste. J'avais, genre, quinze ans.

— C'était il y a un mois seulement. Je ne te connaissais même pas quand t'avais quinze ans.

— Oh, je me souviens, intervient Lydia d'un air amusé. Si tu ne supportes pas que mon petit frère parle pendant un film, tu ne supporteras jamais cinq enfants qui courent dans tous les sens à longueur de journée. Qu'est-ce que tu feras si tu veux regarder un film ? Tu ne pourras pas leur crier dessus comme tu l'as fait avec Matt.

— J'avais eu une journée difficile, je me défends en chipotant dans mon assiette. Et puis si ça arrivait, je les mettrais dehors. Ils survivraient bien quelques minutes.

— Rappelle-moi ta technique, la prochaine fois que tu me réclames quelque chose avec insistance, plaisante Papa. On ne nous a pas appris que fermer la porte était une option aux cours de paternité.

— Mes parents le feraient souvent, s'ils pouvaient, affirme Lydia. Moi, je suis l'enfant parfait. C'est mon frère le souci.

Je sors mon téléphone. Plusieurs messages s'affichent. Techniquement, on n'a pas de règle concernant les portables pendant les repas. Ça ne m'empêche pas de le cacher sous la table comme si j'étais au lycée.

Je regarde Sweeney Todd *et je ne comprends pas pourquoi il fait un concours de rasage avec l'Italien. Quand est-ce qu'il va commencer à trancher la gorge de ses clients ?*

J'étouffe un rire. L'adaptation de la comédie musicale par Tim Burton n'est pas mauvaise, mais je lui en veux encore d'avoir coupé le morceau sur lequel s'ouvrait la pièce. Je ne sais pas pourquoi Miles regarde ça. C'est pas le genre de film à mater seul un samedi soir.

— Il y a quelque chose que tu voudrais partager avec la classe, chérie ?

Daddy fait semblant de plaisanter, mais en réalité, il veut savoir qui m'envoie des textos. Je repose mon téléphone sur ma cuisse.

— Je pensais juste à l'élève qui a lâché la bombe puante au lycée. Il a été viré ?

Pour la première fois, je suis content que Daddy n'enseigne pas dans le même établissement que le mien.

— Ils n'ont pas encore trouvé le coupable, répond Claudia en m'observant du coin de l'œil. Et j'espère qu'ils ne le trouveront pas. Celui qui a réussi ce coup-là mérite de s'en tirer.

Je parviens à taper un texto rapide sans baisser les yeux. *Je t'appelle dans une heure.*

Ça ne peut pas faire de mal de discuter cinéma avec lui. Et j'ai bien le droit d'ignorer tout le monde ici, si Miles est le seul prêt à parler de *Sweeney Todd* avec moi.

— Alors, je lance, qu'est-ce qu'il y a pour le dessert ?

10.

Je n'ai jamais quitté la table aussi rapidement après le dîner. Dès que Claudia et Lydia sont reparties, je monte en courant. Faut avouer, c'est surtout la première fois qu'un mec mignon me bombarde de messages.

— Miles, faut que t'arrêtes de m'envoyer des textos en direct.

Je tiens mon téléphone d'une main et je m'enferme dans ma chambre de l'autre.

— Crée un blog, ouvre un compte Twitter comme tout le monde, je sais pas. Mais tu ne peux pas me spammer comme ça. Mes parents vont croire qu'il se passe un truc.

— Il se passe un truc ?

— Ben… on s'est embrassés.

— Oui. Et c'est… (Il marque une pause.)… ça te pose problème ? Tu m'as embrassé aussi, alors j'ai cru que…

— Non ! C'est super, c'est juste que…

Je n'arrive pas à finir ma phrase. Qu'est-ce que je vais lui dire ? Que c'est compliqué ? C'est la vérité, mais ça paraît artificiel. Je ne vais pas lui raconter ma vie.

— Écoute, c'est juste qu'il y a beaucoup de paramètres en jeu.

— T'as un petit ami ou quoi ?

L'idée me fait presque rire. Je m'assieds sur mon lit.

— C'est pas ça. Il se passe beaucoup de choses en ce moment, c'est tout.

Il se tait un instant et je l'entends bouger. Je me force à ne pas essayer d'imaginer où il est. Peut-être à la table de la salle à manger, comme moi tout à l'heure, ou dans sa chambre. Ça fait voyeur d'imaginer quelqu'un dans sa chambre.

— Bon, ben discutons juste du film alors, propose-t-il. Ça te va ?

J'ai envie de l'embrasser, mais de façon platonique. Non, ça n'a aucun sens. *Aaargh.*

— Il n'est pas aussi bon que la comédie musicale, je commence en m'adossant aux oreillers. Burton a coupé une tonne de chansons. C'est plus un film normal qu'une comédie musicale. Du coup, c'est moins marrant, on ne peut pas chanter en même temps.

— Oh *non !* proteste-t-il, amusé. (Je l'imagine en train de sourire. Tout semble si simple avec lui.) C'est ta version karaoké que je voudrais voir ! Je n'ai plus aucune raison de regarder la suite.

Je lâche un petit rire.

— Le film est bien, il y a du sang et des morts, comme dans *Game of Thrones*. Et je chante comme une casserole. Estime-toi heureux de ne jamais m'avoir entendue.

— Je ne te crois pas. C'est juste que tu n'as pas encore trouvé la bonne chanson.

Je me redresse sur mes coudes.

— C'est pas comme ça que ça marche. Mais c'est vrai que je me débrouille pas trop mal avec *Chicago*.

— Il faudra qu'on le regarde un de ces quatre. Je ne l'ai jamais vu.

— Je l'ai vu à Broadway, puis j'ai vu le film genre cent mille fois.

— Tu dois le connaître par cœur. (Je l'entends à nouveau bouger.) Hé, attends. Il est sur Netflix. Il faut qu'on le mate ensemble.

Je sors mon ordinateur portable du tiroir de ma table de nuit.

— Je croyais que c'était censé être moi la grande fan de comédies musicales. C'est ça que tu fais depuis la fin des répétitions ?

— Non, pas vraiment. J'ai regardé *Grease*, mais je ne comptais pas te le dire parce que j'ai détesté.

Je pose mon ordi sur mes genoux et j'attrape mes écouteurs.

— Quoi ?! Mais *Grease* est un classique !

— Je regrette de l'avoir regardé. Tout le monde avait l'air d'avoir quarante ans ou plus. C'était déprimant.

— T'exagères, je dis en me connectant à Netflix. Bon, si on fait ça, on fait un marché. Tu dois rester au téléphone tout du long. Compris ?

— Bien sûr ! À trois. Un, deux...

— Trois.

J'appuie sur *play* et j'entends le film commencer à l'autre bout de la communication. On dirait un robot mal réglé.

— Si t'as besoin d'explications, dis-le-moi.

— Pff, n'importe quoi. L'élève est en train de dépasser le maître.

— Dans tes rêves.

⋆
⋆ ⋆

Quand j'ouvre les paupières, la lumière du dehors a disparu depuis longtemps. Je n'entends que le faible bruit de la machine à café monter du rez-de-chaussée. Mon ordinateur portable est toujours sur mes genoux, chaud comme une couverture. Le film est terminé, l'écran noir. J'ai encore un écouteur dans l'oreille, mais je ne trouve pas mon téléphone.

Je me retourne. Le réveil sur ma table de nuit me signale qu'il est cinq heures du matin. *Cinq heures.* Je ne me réveille même pas aussi tôt les jours d'école. On est dimanche et j'ai gâché une super opportunité de faire la grasse matinée. *Grrr.*

— Miles ?

Ça fait un moment qu'il n'a rien dit. Enfin, je crois. Je me trompe peut-être. J'ai définitivement perdu la notion du temps, puisque j'ai réussi à m'endormir. Je tâtonne pour retrouver mon portable et le colle contre mon oreille. J'entends une respiration paisible. Mon cœur se serre en l'imaginant assis sur son lit, comme moi, son ordinateur sur les genoux. J'appuie sur le bouton pour raccrocher.

Je n'arriverai pas à me rendormir. Je descends les escaliers et je m'avance en direction de la lumière. Je ne sais pas sur qui je vais tomber parce que mes deux pères adorent se lever tôt. Quelle horreur.

C'est Daddy qui est dans la cuisine, il lit le journal en sirotant un café dans un mug affichant la couverture de *Larmes blanches*, le roman de Hari Kunzru. Il sourit quand j'entre. Je me glisse à côté de lui.

— Salut. Qu'est-ce qui t'arrive ?

— Du mal à dormir. Tu veux une tasse ?

Je hoche la tête. J'ai toujours trouvé que le café avait un goût infect, mais Daddy le sait et me le prépare en conséquence. Je boirais n'importe quoi, pourvu que ce soit noyé dans le lait et le sucre. Et l'odeur me rappelle quand j'étais petite, assise sur ses genoux, pendant qu'il lisait des histoires en prenant des voix rigolotes. Je me perche sur un tabouret et je le regarde servir mon café avec des gestes lents.

— Je ne sais pas pourquoi je suis debout à cette heure-ci, je déclare en essayant de réprimer un bâillement. Je déteste me réveiller aussi tôt, même en semaine. Est-ce que le café aide vraiment à rester éveillé ?

— Oui, une fois qu'on est accro.

Il glisse la tasse vers moi. Je la porte à mes lèvres en soufflant pour écarter la vapeur. Il m'observe d'un air moqueur.

— Évidemment, je serais fatigué aussi si je passais la nuit à passer des appels bizarres depuis ma chambre.

J'avale sans le vouloir un peu de café et je me brûle la langue. C'était évident que j'envoyais des textos pendant le dîner, je sais, mais je ne pensais pas faire tant de bruit que ça en regardant Netflix et en papotant. Je ne peux pas prétendre avoir discuté avec Lydia ou Claudia, vu qu'elles venaient à peine de partir quand j'ai appelé Miles. Daddy me connaît trop bien. Son expression suffisante montre qu'il a parfaitement compris. Je lui en voudrais presque.

Je pose ma tasse et je me prépare à encaisser un laïus. Il y a plusieurs sujets possibles : l'abstinence, le fait de lui cacher des choses, ou même de rester au téléphone pendant la moitié de la nuit.

— Euh, je balbutie en fixant mon téléphone posé sur le plan de travail. (Il y jette un coup d'œil en haussant les sourcils puis me regarde.) Euh, je…

— Tu parlais à qui, Simone ?

Je regarde la vapeur monter de mon café. Je me gratte l'arrière de la tête. Comme je n'ai pas attaché mes cheveux hier soir, ils sont tout emmêlés.

— On ne discutait de rien de bizarre. On regardait juste *Chicago*. Y a rien de grave.

— Depuis quand tu restes au téléphone pendant que tu regardes une comédie musicale ?

Je hausse les épaules.

— Je sais pas. À ce compte-là, dans *Wicked*, pourquoi est-ce qu'Elphaba finit avec Fiyero alors qu'elle avait Glinda ?

Je n'arrive pas à savoir si Daddy est fâché ou non. Il a les yeux plissés et les lèvres serrées. Je pianote sur le plan de travail en attendant qu'il dise quelque chose, mais il garde le silence. Il avale une longue gorgée de café. J'aimerais bien qu'il dise quelque chose. La dernière fois que je me suis fait vraiment engueuler, ça devait être… Je ne m'en souviens même pas.

— Tu es restée éveillée la moitié de la nuit à parler avec un garçon ? finit-il par me demander. (Je ne l'ai jamais vu en classe avec ses élèves, mais j'imagine qu'il doit ressembler à ça.) Je commençais à croire que les garçons ne t'intéressaient pas.

Je fronce les sourcils.

— Tu te trompes. J'aime les garçons, Daddy.

— Je n'ai pas dit que ça posait un problème.

— Lydia aime les garçons aussi, tu sais, j'ajoute en retournant mes doigts. Je ne suis pas la seule. C'est tout à fait normal.

Je ne peux pas m'empêcher d'être sur la défensive. Je ne sais pas si je serai un jour à l'aise pour discuter de ce genre de trucs. Sarah disait souvent que les filles bi sont juste des filles hétéros en manque d'attention. Je ne veux pas que Daddy pense ça de moi.

— Bien sûr, tu as raison, conclut-il au bout d'un moment.

Il évoque rarement sa vie avant Papa. Je sais qu'il ne parle jamais de sa famille parce qu'ils sont tous homophobes. Je m'en veux encore plus de ma situation de *peut-être bi*. Si Daddy sort avec Papa, tout le monde sait qu'il est queer. Si Claudia sort avec Emma, tout le monde sait qu'elle est queer. Quand on est bi, comme Lydia, on peut avoir un petit ami et tout le monde suppose qu'on est hétéro. Ça me semble injuste.

Daddy pose sa tasse bruyamment, m'arrachant à mes pensées.

— Tu ne devrais pas rester au téléphone si longtemps. Ce n'est pas une bonne idée.

— C'est le week-end, je me défends en faisant tourner ma cuillère dans mon café. Y a pas de mal.

Il semble vouloir ajouter quelque chose, quand il est interrompu par le bourdonnement de mon portable. Je sursaute comme un animal sauvage surpris par les phares d'une voiture, mais je ne réponds pas. Comme je n'ai pas encore enregistré Miles dans mes contacts, son nom n'apparaît pas. Seul son numéro s'affiche à l'écran. Mais à en juger par la tête de Daddy, il a très bien compris ce qui se passe. Il m'observe avec attention, mais je ne bouge toujours pas.

Le bourdonnement s'arrête. Puis, une seconde plus tard, il reprend :

— Tu devrais répondre. C'est impoli d'ignorer les gens.

Il a l'air amusé.

Mes joues s'enflamment. Parler à Miles devant mon père est probablement la pire punition de tous les temps. Je souris à Daddy.

— Il est trop tôt pour un coup de fil. Et puis je suis avec toi. Le reste peut attendre.

— Comme c'est gentil. Mais il est presque six heures. Tu es debout à cette heure-ci quand tu vas au lycée. Pourquoi tu ne mets pas le haut-parleur ? Je veux entendre la voix de celui qui t'a tenue éveillée toute la nuit.

— Rhooo, Daddy.

En soupirant, je décroche et j'active le haut-parleur.

— Salut, je lance en jetant un coup d'œil à mon père. Avant que tu dises quoi que ce soit, je dois te prévenir que tu es sur haut-parleur et qu'un de mes pères est dans la pièce.

— *Un ?*

— J'en ai deux. Ils sont gays et veulent repeupler la Terre avec des gens de leur espèce. Je pense que Daddy est furieux que je sois hétéro.

Je m'attends presque à ce que Miles raccroche après ça. Ce serait une réaction normale après ma blague stupide. Mais il se contente de rire. Son rire n'est pas très sonore, parce qu'il doit être à moitié endormi. Le soleil est à peine levé.

— Je croyais que tu explorais la question, s'étonne Daddy. Tu m'aurais menti ?

— Sérieux, Daddy ? je siffle entre mes dents.

Je n'en ai même pas parlé à mes amies. Miles n'a pas besoin d'entendre ça et encore moins de la bouche de mon père.

— Bonjour, monsieur Hampton ? Ou monsieur Garcia ?

— Hampton. Garcia est médecin, répond Daddy en prenant son ton de prof.

Je lui jette un coup d'œil étonné. Il ne parle jamais comme ça avec mes amis, et Miles en fait partie, maintenant.

— Quoi de neuf ? ajoute-t-il. C'est ce que disent les jeunes en ce moment, non ?

Je ne peux pas contenir un *facepalm.* C'est plus fort que moi.

— Tu bosses dans un lycée. Tu sais comment on parle. Je suis désolée, Miles. Il adore faire l'andouille, je suis gênée.

— C'est ce qui arrive quand on appelle quelqu'un avant que le soleil ne soit complètement levé, se défend Daddy en se penchant vers moi et en ajoutant :

— *Miilless.*

— Oh p…

— Pitié ? suggère Daddy.

Il est trop près de moi. J'ai besoin d'espace.

— Hé, Miles, je suggère en m'écartant, si tu m'envoyais un texto ?

— Bah, maintenant que t'es là, autant te poser la question direct.

Il n'a pas l'air décontenancé, ce qui me surprend agréablement. Moi, je suis super mal à l'aise, alors que c'est *mon* père.

— Je voulais juste savoir si tu faisais quelque chose aujourd'hui, enchaîne Miles.

Mon estomac tombe comme si j'étais au sommet d'une montagne russe. Daddy m'adresse un regard interrogateur, que je m'efforce d'ignorer. Il est pire que Claudia et Lydia réunies.

— Euh, je suis pas bien sûre. Mais je ne crois pas que je pourrai te voir. J'ai un truc familial, il me semble.

J'adresse une grimace à Daddy. Il devrait comprendre : il comprend tout. Je me rapproche trop de Miles : d'abord on s'est embrassés, puis on a regardé des comédies musicales, et maintenant il me propose un rendez-vous ? Après les rencards, on s'embrasse encore, et ça mène au sexe. C'est comme ça que ça marche, je crois. Je ne suis pas prête à courir le risque de passer aux choses sérieuses, avec les conséquences que ça implique pour moi.

— En fait, le truc de famille n'est que beaucoup plus tard, intervient Daddy, en me donnant une petite tape amicale. Beaucoup, *beaucoup* plus tard. Vous vous êtes parlé toute la nuit, après tout. Allez vous amuser un peu.

— Mais…

Je me creuse la tête pour dénicher une autre excuse.

— Mes devoirs. Je fais mes devoirs le dimanche.

J'essaie de prendre un air de chien battu. *Je t'en prie, aide-moi.*

Daddy sourit.

— Tu n'auras qu'à les faire plus tard.

— D'accord, conclut Miles. Je prends une douche, je te rappelle et on décidera où aller, OK ?

— Bon, d'accord.

Je fusille mon père du regard, dès que j'ai raccroché.

— T'es incroyable ! Je ne te demande jamais rien.

— C'est le plus gros mensonge que j'ai entendu de toute ma vie, assène-t-il en prenant sa tasse. Mais je crois que tu as retenu la leçon. Mission accomplie.

Je pousse un gémissement. Je ne peux vraiment pas lui faire confiance.

11.

Quand Miles m'a demandé quel lieu de rendez-vous je préférais, j'ai choisi le parc. Tout le monde ne jure que par celui du Golden Gate, d'où part le pont de San Francisco, mais mon favori, c'est Dolores Park. On y trouve de tout, même des courts de tennis et un terrain de foot. Il est assez grand pour n'y croiser personne du lycée et assez proche pour que j'aie l'impression de ne pas quitter mon quartier.

Parfois, quand on n'a rien à faire, les filles et moi, on vient regarder les chiens se défouler. Mon spot préféré, c'est l'extrémité sud du parc. De là, on peut admirer le centre-ville, la baie de San Francisco et Mission District, le plus vieux quartier de la ville. Ce n'est pas un mauvais endroit pour retrouver le mec qui me fait craquer. Dommage que le tram prenne une éternité à arriver : je finis par débarquer avec un quart d'heure de retard.

Je franchis la grille d'entrée au pas de course, mais je ne vois pas Miles. Je glisse la main dans mes cheveux.

Quand je suis nerveuse, je regrette d'avoir coupé mes tresses. Je passais mon temps à les faire et les défaire pour occuper mes doigts. Depuis que j'ai tout taillé avant la rentrée, je ne peux plus faire grand-chose. Même si je confectionne de minuscules torsades avant de me coucher, le résultat ne ressemble jamais aux boucles serrées que je vois sur d'autres. Et le brouillard de San Francisco dégonfle mes cheveux en quelques secondes. J'aurais dû emporter un bonnet.

— C'est quoi le problème avec le spectacle du lycée ?

Je cligne des paupières. Miles est devant moi, dans un sweat à capuche de Sacré-Cœur, bleu et blanc. Je croyais que personne ne portait les couleurs de son lycée, à part pour déconner ; je me trompais, apparemment. Il a un cornet de crème glacée à la vanille en main, mais au lieu de le lécher comme une personne normale, il le suce comme un bâtonnet de glace à l'eau. Ses lèvres rose foncé sont mouchetées de blanc. Il les nettoie d'un petit coup de langue.

On s'assied sur un banc. Son corps est chaud à côté du mien.

— Qu'est-ce que tu veux dire ? C'est *Rent*, tu le sais bien. Ça parle d'un groupe de gens qui vivent à New York et qui doivent composer avec le sida, les relations et tout ça, mais en chantant.

— Je sais, sourit-il. J'ai lu le script.

— Bon, donc tu vois l'intérêt.

— Pas vraiment. Je ne comprends pas pourquoi Mme Klein en fait tout un plat.

Je lève les yeux sur lui. De près, j'aperçois une vague trace de moustache au-dessus de sa lèvre. Parfois, quand je m'examine dans le miroir, je devine des taches de rousseur sur mes joues, mais Miles n'en a pas. Sa peau est uniforme, sans la moindre imperfection, elle est d'une obscurité rassurante.

— Parce que c'est la première fois qu'elle dirige un spectacle et que des tas de parents se sont plaints du sujet choisi. Elle veut faire ses preuves.

— Attends, qu'est-ce qu'il s'est passé ? Des gens se sont plaints ?

Je soupire.

— Y a eu un *bad buzz* terrible au début de l'année. Des tonnes de membres du groupe Facebook de l'association des parents d'élèves se sont opposés à la « représentation de la prostitution » dans *Rent* ou à « la consommation de drogue des personnages ».

— Sérieux ?

— Ça t'étonne ? L'association des parents est carrément déter. Tu connais la mère de Mike Davidson ?

Miles acquiesce.

— C'est la présidente. Elle s'occupe de la collecte de fonds.

— Exactement. Elle est venue aux répétitions un jour et a fait tout un sermon à Palumbo là-dessus.

J'ai du mal à ne pas m'emporter quand je parle de ça.

— Elle a bien passé vingt bonnes minutes à lui expliquer que le spectacle n'était pas du tout approprié et qu'il donnait le mauvais exemple aux lycéens.

— On ne monte même pas la vraie version, proteste Miles. D'après Jesse, tous les dialogues ont été changés.

— Oui, ce n'est même pas le vrai *Rent* et ça ne suffit quand même pas à rassurer Mme Davidson. Bref, je crois que c'est pour ça que Mme Klein veut qu'on remporte le Prix du théâtre. Ce serait bon pour son image. Et puis c'est pas comme si on montait une bête comédie musicale. *Rent* est un classique moderne. Elle a sûrement peur de ne pas être à la hauteur.

— Tu t'y connais à fond en matière de comédies musicales, déclare-t-il en me tapant sur l'épaule. (Il appuie doucement sur mon front du bout de l'index.) Tu as toute une bibliothèque de comédies musicales là-dedans, non ?

Je souris.

— Il faut bien remplir l'espace.

Il ricane en laissant redescendre son doigt le long de ma joue. J'ai l'impression que ma peau va prendre feu.

— Quand est-ce que tu as regardé *Sweeney Todd* pour la première fois ? me demande-t-il.

— J'ai pas vu le film en premier, j'ai d'abord assisté au spectacle à Broadway.

— Évidemment, concède-t-il avec un petit rire. J'ai oublié à qui je parlais. Tu l'as sans doute vu avec le casting original et tout.

— Je ne suis pas grave à ce point-là, je me défends en m'adossant au banc. Mon père m'a emmenée quand j'avais dix ou onze ans. Je crois qu'il stressait un peu à cause de la violence, mais ce n'était pas trop flippant, au final. L'assassin est obligé de s'arrêter toutes les cinq minutes pour chanter.

— Attends, attends, fait Miles, en retirant sa glace de sa bouche. C'est lequel des deux qui voulait me parler ce matin ?

— C'est Daddy. Il fait vraiment n'importe quoi. (Je suis soulagée de voir Miles rigoler.) Comme il n'aime pas me punir, il me donne des « leçons de vie » chelou. À mon avis, c'est parce qu'il est prof. Il cherche toujours des moments propices à l'apprentissage.

— Tes parents ne te punissent pas ? T'es sûre que t'es vraiment noire ?

Je le repousse et il change son cornet de glace de main.

— Les punitions ne font pas partie de la culture noire. Certaines choses, d'accord, genre passer des heures à se faire coiffer, mais pas les punitions.

— Si tu le dis. En tout cas, au moins, mes parents se fichent pas mal que je discute au téléphone.

J'en profite pour le taquiner.

— C'est parce que tu t'es endormi. Ça ne compte pas comme une vraie conversation.

— Toi aussi, tu t'es endormie !

— Pas la première, j'affirme, même si je ne m'en souviens pas. C'est toi. Je parie que tu n'as même pas de couvre-feu, parce que tes parents savent que tu seras au lit à dix-neuf heures trente.

— Oh, la ferme !

Il passe un bras dans mon dos.

— Quand j'avais encore entraînement de lacrosse, ça m'arrivait souvent de ne pas me coucher avant onze heures.

— Onze heures ? je répète d'un ton dramatique. Comment tu faisais pour fonctionner ?

Il essaie de prendre un air fâché, mais il ne peut pas s'empêcher de sourire.

— Pourquoi t'as choisi le lacrosse ? C'est tellement *violent* comme sport, j'enchaîne en faisant semblant de frissonner. Autant te mettre au football américain dans ce cas-là.

— Ah non, ça n'a rien à voir.

Il secoue la tête et ajoute :

— C'est insultant.

— C'est quoi la différence ? (Pour moi, tous les sports qui n'impliquent pas Serena Williams sont les mêmes.) Dans les deux, c'est des types qui courent autour d'un terrain, lancent une balle et se poussent violemment, non ?

— Le lacrosse, c'est *amusant*, déclare-t-il comme si c'était une évidence. Et mes meilleurs amis sont dans l'équipe. On joue depuis le CE2. Et puis j'ai l'impression que c'est la seule chose pour laquelle je suis doué.

Je scrute son expression. Il trouve que je ne suis pas la même quand je parle de comédies musicales et j'essaie de voir si c'est pareil pour lui et le lacrosse. Est-ce que ses yeux s'illuminent ? Est-ce que sa passion se lit sur son visage ? En tout cas je me rends compte que Miles a *toujours* l'air passionné quand il parle.

Il discute avec animation et se penche en avant pour captiver l'attention de son interlocuteur.

Et même si je ne comprends pas qu'on puisse aimer ce sport, je pourrais écouter Miles parler de n'importe quoi. Il pourrait me lire mon manuel de physique, je suis sûre que je trouverais ça passionnant. La différence entre nous deux, c'est qu'il a l'air de s'intéresser à tout, alors que moi, je me fiche de tout quand les gens ne chantent pas.

— Je suis nulle en sport, je finis par avouer en me passant une main dans les cheveux. (Mes doigts se coincent dans un tire-bouchon et je suis obligée de tirer en essayant de ne pas grimacer.) Je serais plus du genre à me prendre des coups chaque fois que je mets le pied sur le terrain.

Il rit en léchant sa glace. Elle dégouline sur sa main maintenant.

— Tout le monde se prend des coups à un moment donné. Ça fait partie du plaisir, Simone.

J'adore sa façon de dire mon prénom. C'est comme s'il ne l'avait jamais entendu. Oh là là, s'il ne connaît pas Nina Simone, je ne sais pas si je pourrai continuer à le fréquenter.

— Merci, mais je préfère m'en tenir aux comédies musicales.

— Combien il y a de classiques ?

Une femme qui tient des petits haltères bleus dans ses mains passe en courant devant nous. Je me rends compte qu'on pourrait considérer cela comme un rendez-vous amoureux. Je n'en reviens pas d'être avec Miles. Bon d'accord, c'est pas une soirée aux chandelles dans un resto chic avec des fleurs dans des vases et tout, comme font les adultes. Mais on est ensemble autre part qu'au lycée. Tout à coup, j'en ai le souffle coupé. J'ai passé beaucoup de temps avec lui depuis que j'ai trouvé la lettre dans mon casier, à Sacré-Cœur d'abord, et maintenant en dehors. Est-ce que ça pourrait être une menace en l'air ? J'espère, mais je n'ai aucun moyen de le savoir.

Le plus simple serait de fuir. Je pourrais prétexter que je ne me sens pas bien, ignorer ses appels jusqu'à lundi. Mais je kiffe Miles. J'aime le regarder sourire et manger une glace avec sa méthode chelou. Je me sens bien. Si je ne suis pas forcée de le laisser tomber, je ne le ferai pas.

— *Hamilton* va sûrement devenir un classique, sans doute dans quelques années, je lui explique en joignant les mains. *Le Fantôme de l'opéra* est la première comédie musicale que tout le monde a vue à Broadway. Oh et *West Side Story*, c'est sûr. C'est sorti en 1957 et ça a eu une énorme influence sur la chorégraphie, la mise en scène, sur *tout*. Et *Les Misérables*, évidemment. Ils les rejouent tellement que tout le monde peut les voir, mais c'est légendaire. Et *Blanches colombes et vilains messieurs* ! C'est bien marrant. Oh, et *Chorus Line*. C'est des danseurs qui se préparent pour une audition. Il a gagné une tonne de Tony Awards avant *Hamilton*. C'était révolutionnaire.

Miles me regarde, les sourcils levés.

Je me mordille la lèvre.

— Quoi ? Tu n'as rien à dire ?

Il prend le temps de sucer bizarrement sa glace. Il sait ce qu'il fait, ses yeux pétillent d'amusement. Ça me fait penser à des tas d'autres choses qu'il pourrait faire avec sa bouche.

— J'essaie de compter combien sont des productions de Webber, finit-il par dire.

— Rhooo, Miles.

Il s'esclaffe et je ne peux pas m'empêcher de rire avec lui. J'ai l'impression que c'est l'été, que les rayons de soleil me caressent le visage pendant que je discute de comédies musicales avec un mec qui me plaît. Même mes parents m'auraient fait taire. Je n'aurais jamais cru pouvoir faire ça avec un garçon comme Miles.

La glace ne fait qu'empirer les choses. C'est difficile de ne pas le regarder lécher sa main.

— Tu veux une serviette ?

— Non merci, ça va.

— C'est pas un peu tôt pour une glace ?

— Il n'est jamais trop tôt pour s'amuser.

Je ne sais pas si je suis mal à l'aise ou… Un parc n'est pas le lieu idéal pour être excitée. Je repenserai à cette scène dans ma chambre.

Miles serre les lèvres, comme s'il réfléchissait. Il écarte la main qui tient la glace. J'ouvre la bouche, mais je n'ai le temps de rien dire, parce qu'il m'embrasse.

Ses lèvres ont un goût de vanille et elles sont douces, super douces. Si je pensais que c'était un coup de chance que nos premiers baisers se soient bien passés, je me trompais. Je serre sa main dans la mienne, mais j'ai oublié ce stupide cornet. Il s'écrase et la crème glacée collante coule entre mes doigts. Je m'écarte et j'examine les dégâts avec une mine dégoûtée. Et évidemment, Miles n'a pas de serviette.

— Finalement, tu avais raison. Il est peut-être trop tôt pour une glace.

Je me retiens d'éclater de rire.

— Miles, tout le monde sait comment manger un cornet de glace normalement. T'es un adulte.

Je prends ma veste et je commence à m'essuyer dessus. Il sort des serviettes de sa poche. Je plisse les yeux.

— Tu les avais depuis le début ?

Au lieu de répondre, il attrape ma main et essuie délicatement la crème glacée tout en se marrant.

— Je n'aurais pas été obligé d'en arriver là si tu faisais un peu plus gaffe à mes signaux. C'est pas comme si j'avais été discret.

Je déglutis.

— Qu'est-ce que tu racontes ?

— Chaque fois qu'on s'est embrassés, c'est moi qui ai pris l'initiative. C'est normal que ce soit à ton tour.

— J'ai *essayé* hier, à la répète. (Je pose la main sur sa nuque et il se raidit un peu.) Ça n'a pas vraiment marché, je concède. Tu aurais dû m'en parler.

— Tu adores quand je fais des trucs avec ma bouche.

Ce n'est pas une question, c'est une affirmation. Il m'observe avec un sourire moqueur.

— Ne mens pas, insiste-t-il. Je te regarde. Ça te plaît.

Je sens le rouge me monter aux joues.

— Je ne vois pas de quoi tu parles.

— Très bien, la prochaine fois que je mange de la glace…

— T'es vraiment un monstre !

Puis je l'embrasse pour le faire taire.

12.

Je commets l'erreur de prendre le courrier de la veille dans la boîte aux lettres en rentrant à la maison. Mon prénom et mon nom de famille sont inscrits à l'encre rouge vif sur une enveloppe, il n'y a ni adresse ni expéditeur. Je la déchire, l'estomac noué.

Miles ne voudra pas sortir avec toi s'il apprend la vérité. Et il l'apprendra.

Comment le corbeau a-t-il découvert où j'habite ? J'examine l'enveloppe comme si elle allait me révéler ce secret. Merde, merde, merde ! C'est mille fois pire que la note dans mon casier. Non seulement l'inconnu sait où je vis, mais il est *venu* ici. Un frisson me parcourt le dos.

— Comment ça s'est passé, ma chérie ?

Je lève la tête. Mes parents sont dans l'embrasure de la porte.

— Tu t'es bien amusée ?

J'ouvre la bouche, mais aucun son n'en sort.

Papa fronce les sourcils.

— Qu'est-ce qu'il y a ? Il t'a fait du mal ?

Je fais non de la tête parce que je ne me fais pas confiance pour parler, puis me faufile entre eux. Pourquoi a-t-il fallu que ce message arrive *maintenant* ? Juste au moment où mes parents ne vont pas vouloir me lâcher. Je ne sais pas comment faire croire que tout va bien. D'un côté, j'ai envie de tout leur dire, pour qu'ils règlent le problème, comme quand j'étais petite, mais je rejette aussitôt l'idée. Ils ne me laisseraient jamais retourner à Sacré-Cœur s'ils l'apprenaient. Je préfère affronter cette situation seule plutôt que de changer à nouveau de lycée. Pas en première. Pas alors que je mets en scène la comédie musicale et que j'ai rencontré Claudia et Lydia. Pas maintenant.

Daddy me suit jusqu'à la cuisine.

— Tu peux nous le dire si tu n'as pas passé un bon moment, ma chérie. Ça arrive, parfois.

Je secoue la tête.

— Non, c'était vraiment chouette, en fait.

Quand je relève la tête, je les surprends en train d'échanger un regard. Papa porte encore sa blouse de médecin, ce qui veut dire qu'il profite de sa pause pour me tirer les vers du nez. *Argh.*

— Quoi ? je finis par demander. Il se passe un truc ?

Leur silence ne fait rien pour dénouer mon estomac.

— Tu as quelque chose dans le cou, m'annonce Papa en se frottant le cou pour me montrer. Je ne crois pas que ça partira au lavage.

Je porte la main à l'emplacement qu'il m'indique, mais trop tard. *Merde.* Il me semble que Miles m'a embrassée dans cette zone, mais juste une seconde. Je touche le suçon. Ce n'est pas du tout douloureux.

— Oh, je fais, les joues en feu. Oui, à propos de ça…

Ils ne disent rien. Je me tourne vers le placard et je farfouille du bout des doigts l'intérieur d'un paquet d'Oreo. Leur silence est encore pire qu'un sermon. D'habitude, ça ne me dérange pas de leur parler de tout et de rien, mais là j'avance en terrain miné. Je ne sais pas comment aborder le sujet des garçons sans qu'ils paniquent. Même moi je flippe. S'ils ont noté, je suis sûre que le corbeau va remarquer mon suçon aussi, vu qu'apparemment il ou elle m'épie. Si ça se trouve, il ou elle était au parc tout à l'heure. J'ai l'impression de ne jamais pouvoir faire ce dont j'ai envie, ce qui me ferait du bien. Je prends une profonde inspiration. Mes mains tremblent.

Papa croise les bras.

— Alors, c'est officiel ? Tu sors avec lui maintenant ?

— Je ne sais pas si on *sort* ensemble.

C'est la vérité. Je me tourne vers eux. Ils n'ont pas l'air amusés.

— Mais j'aime bien l'embrasser. Et on parle de comédies musicales. On en a regardé une ensemble sur Netflix.

Ils échangent à nouveau un regard. Papa s'éclaircit la gorge.

— Vous regardiez *vraiment* le film ou…

Je me retiens de lever les yeux au ciel.

— On regarde des trucs, Papa. C'est pas comme s'il était déjà venu ici, je ne vois pas ce qu'on pourrait faire d'autre que regarder.

Papa grimace.

— Eh bien, par exemple…

— Rhooo, dégueu ! Non, c'est pas possible, je ne veux pas entendre, je décrète en me bouchant les oreilles. Si vous faites des allusions sexuelles obscènes, je ne vous écoute plus. Vous m'avez déjà assez traumatisée comme ça !

— Ne dramatise pas, m'implore Daddy en écartant mes mains. Si tu sors avec quelqu'un, il faut qu'on puisse en parler aussi librement que du reste. Le sexe est une décision importante. Surtout étant donné que…

— … que je suis séropositive.

Daddy consulte Papa du regard.

— Ben, oui. Ça simplifie pas les choses.

Je sais déjà ce qui va suivre : *quand est-ce que tu vas lui dire ?* C'est la question la plus compliquée. Je vais être obligée de le faire si on continue à sortir ensemble, d'autant plus que la personne qui m'adresse des lettres de menace est déjà au courant. J'aimerais tellement ne pas devoir m'en soucier. Pouvoir ne penser qu'à la glace, à l'équipe technique, au sourire de Miles. C'est pas juste.

— Bon, fait Papa, brisant le silence. (Je sens bien qu'il prend sur lui pour ne pas me sermonner.) On ne dit pas que tu ne peux pas le voir, Simone. Il faut juste que tu fasses attention. Tu devrais peut-être avoir une conversation avec lui sur l'abstinence. C'est important que vous communiquiez là-dessus.

Mes doigts tambourinent sur la table.

— Je sais. Mais ça n'a pas d'importance. Je ne… je ne lui ai pas encore dit. On n'a pas… il n'a pas besoin d'être au courant tout de suite. Et une fois que je lui aurai dit, il se barrera avant qu'on ait le temps d'aborder la question de l'abstinence.

— Ce qui est sûr, c'est que vous ne pourrez pas avancer si tu ne lui dis pas, souligne Daddy. Il s'est passé quelque chose ?

Je soupire.

— Non, rien. Ce que je veux dire, c'est qu'il ne se passera rien si je lui en parle, ce que je suis bien obligée de faire. En gros, vous n'avez aucune raison de vous inquiéter : on ne sera jamais assez proches pour que ça arrive. Si on est allés si loin, c'est juste parce qu'il n'est pas au courant.

Je baisse les yeux. À mon grand étonnement, ils sont remplis de larmes que j'essaie de refouler. Le VIH est généralement présent dans un coin de mon esprit. Mes médicaments du matin sont devenus un automatisme, comme les rendez-vous chez le médecin.

Avant de commencer à penser aux garçons, au sexe et à d'autres choses stupides, la seule fois où j'y ai *vraiment* pensé, c'était avec mon groupe de soutien.

Papa a l'air choqué de ma tirade.

— *Cariño,* tu es intelligente, drôle et passionnée par tout ce que tu fais. Tu es une fille et une amie géniale. N'importe qui aurait de la chance de sortir avec toi. Ton sang n'y change rien.

Je bats un peu plus vite des paupières. Je ne pleurerai *pas.*

— Je sais, mais les autres ne le savent pas.

— Alors, trouve des gens intelligents qui le comprennent, conclut Daddy. Je suis sûr que Claudia et Lydia comprennent.

Je relève la tête. L'expression de Daddy déborde de douceur. Je ne sais pas comment il a deviné que j'ai avoué la vérité à mes amies. J'ai enfreint une de nos règles les plus importantes. Et la dernière fois que c'est arrivé, j'ai dû changer de lycée. C'est sans doute pour ça qu'ils ne m'ont pas engueulée : ils pensent que j'ai retenu la leçon.

— Tu sais, commence Daddy, ça me stressait d'adopter un bébé séropositif.

— Daddy…

— C'est vrai. J'avais peur de ne pas pouvoir te serrer dans mes bras ou t'embrasser. Pas parce que je croyais que je tomberais malade. J'étais convaincu que je devrais te regarder souffrir toute seule.

J'ai une grosse boule dans la gorge. J'ai déjà entendu cette histoire des centaines de fois. Elle est réconfortante, comme une chanson qu'on reconnaît dès les premières notes.

— Le fait qu'on ait adopté un bébé positif a quelque chose de symbolique, poursuit Daddy d'un ton posé. On a perdu tellement de proches qu'on aimait à cause du sida. Je sais que je te l'ai déjà expliqué, mais j'ai vu mourir la première personne à qui j'ai avoué que j'étais homosexuel, mon meilleur ami. Je ne me sentais pas capable de voir mon enfant vivre ça.

Papa acquiesce.

— La peur est un sentiment puissant. Et c'est pour ça que tant de gens sont ignorants. Ils ont peur qu'il arrive un truc horrible.

— Mais ça leur donne pas le droit de projeter leurs angoisses sur moi, je proteste en fermant les yeux.

J'ai du mal à ne pas penser à ces stupides messages de menace. Je ne *sais* même pas qui les a écrits, mais cette personne croit me connaître.

— Je n'essaie de tuer personne. Et ce n'est pas ma faute. Je ne suis pas différente des autres.

Daddy me serre l'épaule.

— On en a bien conscience, ma chérie.

— On voulait t'adopter avant de te connaître, mais quand j'ai découvert à quel point tu étais forte, j'ai eu encore plus envie que tu sois notre fille, assène Papa. Tu étais tellement déterminée. Et tu as toujours été très forte. Chaque fois qu'on t'emmène à l'hôpital, on voit des jeunes comme toi vivre leur vie et s'épanouir. On a vite réalisé que tu pouvais avoir une vie.

— Mais…

— Je sais ce qui te dérange, Simone, intervient Daddy. Malheureusement, on ne peut pas contrôler les ignorants. Il y a des tas de facteurs en jeu. Certaines personnes ne comprennent pas et d'autres ne sont que des *haters*. Certaines personnes détestent le VIH parce qu'elles s'imaginent savoir qui le virus touche. Des gens comme nous.

— J'aimerais tellement que ces personnes n'existent pas.

— On ne peut pas les laisser nous dicter notre comportement, déclare Papa d'une voix ferme. On doit continuer à vivre comme on en a envie et à mener le combat. Tu ne peux pas laisser les gens te contrôler à cause de leur haine. Continue à vivre, Simone.

Je serre leurs deux mains dans la mienne. Avec mes parents, je n'ai pas à me soucier que quelqu'un apprenne ma séropositivité, que les autres aient peur de moi ou qu'ils m'en veuillent. Ici, je suis dans ma famille. Il n'y a que de l'amour et rien d'autre.

13.

Je ne *déteste* pas aller à St Mary tous les trois mois. Je consulte le Dr Khan depuis que je suis toute petite et elle est en quelque sorte mon troisième parent.

J'adore passer du temps avec mes pères et l'hôpital n'est pas le pire endroit pour faire ça. Et, pour ne rien gâcher, ça me permet de rater quelques cours du matin. Pourtant, aujourd'hui, je préférerais sauter d'une voiture en marche plutôt qu'écouter Papa chanter complètement faux *Changes* en même temps que Bowie. Il faut dire qu'on est lundi et je hais le lundi. Mais surtout, je voudrais discuter de sexe avec le Dr Khan, même si c'est malaisant.

Comme pour retourner le couteau dans la plaie, Papa lâche une note particulièrement aiguë. Je grimace.

— Daddy, si j'étais toi, je larguerais Papa. Il chante comme une casserole. Tu mérites quelqu'un qui a du talent.

Daddy me regarde dans le rétroviseur et sourit.

— Non, je ne quitterai jamais ton père, affirme-t-il en jetant un coup d'œil affectueux à Papa. Pour personne. Enfin, sauf peut-être Idris Elba, s'il débarquait à la maison.

Papa prend un air choqué. Je pouffe de rire.

— Et qu'est-ce que tu fais de *jusqu'à ce que la mort nous sépare* ? s'offusque-t-il. Idris ne peut pas te le promettre, pas avec tous les gens qui font la queue devant chez lui. Il ne peut pas te garantir…

— Si ça vire en discussion sexuelle bizarre, épargnez-moi, s'il vous plaît, dis-je en entortillant mes écouteurs autour de mon doigt. J'en ai déjà assez entendu.

Papa rougit un peu, mais Daddy se contente de balayer ma remarque d'un geste de la main.

— N'exagère pas, c'est normal que tes parents s'aiment.

Je lève les yeux au ciel au moment où on pénètre dans le vaste parking de l'hôpital.

— Allez, vous deux, fait Papa en sortant de la voiture. Allons gratifier la charmante Dr Khan de notre présence.

On entre à St Mary comme si c'était chez nous, ce qui n'est pas loin d'être le cas.

La Clinique des Maladies Infectieuses (MI en abrégé) se trouve au rez-de-chaussée, derrière une porte grise couverte de smileys. Ça me fait sourire ; c'est comme regarder les affiches que j'avais avant sur les murs de ma chambre.

— Simone ! me lance Tante Jackie de la réception. Ça fait à peine un mois et on dirait que tu as encore grandi. Arrête un peu !

Tante Jackie est bruyante, petite et parfaite. Quand j'étais gamine, elle m'offrait des bonbons ou des M&Ms pour que je m'entraîne à avaler mes médicaments et elle disait à Daddy que je devais garder mes tresses pour aller à l'école. Elle m'envoie une carte à chaque anniversaire, elle est venue à ma remise de diplôme à la fin du collège et c'est toujours elle qui fait ma prise de sang. J'ai commencé à l'appeler *tante* quand j'avais six ans.

— Simone est encore un bébé, affirme Daddy en la serrant dans ses bras. Même si elle se croit trop adulte pour vivre avec nous. Ne viens pas lui donner des idées.

— Comment allez-vous, les hommes ? demande Tante Jackie en glissant une main autour de la nuque de Papa pendant qu'elle nous conduit vers les salles d'examen. Bien ?

— Ils commencent déjà à parler d'*université*, je lui annonce en insistant sur le mot. (On aperçoit Patty, une autre infirmière, dans la chambre d'un enfant et on lui fait signe.) Je ne sais pas pourquoi ils veulent se débarrasser de moi, alors que je suis une fille modèle.

Daddy ricane et Papa me frotte le dos.

— Faire des études est une grande chance, mademoiselle Simone, assène Tante Jackie. Je suis sûre qu'un peu de temps seule te rendrait plus forte.

— Ça veut dire quoi, ça ?

— Ça veut dire exactement ce que j'ai dit, il n'y a jamais de sous-entendu avec moi.

On arrive à la salle d'examen, je grimpe sur la table, puis je balance les jambes comme si j'avais encore cinq ans. Les murs sont décorés de stickers de super-héros et de poupées Barbie. Je suis sans doute trop vieille pour le service pédiatrique, mais peu importe. Je n'ai aucune envie d'aller ailleurs.

— Bon, fait Tante Jackie, tu connais la chanson.

Elle serre un élastique bleu autour de mon bras pendant que mes pères s'installent.

— La fac, c'est pas si mal, ma belle, ajoute-t-elle. J'aurais bien aimé y aller plus tôt.

Je fixe mon bras quand elle plante l'aiguille. Elle a tout un tas de petites fioles qu'elle déverse l'une après l'autre d'une main experte.

— J'ai déjà entendu ça plusieurs fois, mais ça ne veut pas dire que ça m'emballe, ni que mes parents devraient être aussi impatients de se débarrasser de moi.

— Rien que parce que tu as dit ça, on organisera une fête le jour de ton départ, déclare Papa en jouant avec ses lunettes. (Son autre main est glissée dans celle de Daddy. Rhoo, leur romantisme est écœurant.) Et après, on changera les serrures.

— Je ne sais pas comment tu peux la regarder faire, intervient Daddy.

Mes yeux, qui étaient concentrés sur l'aiguille et la fiole, se posent sur lui. Il fixe ses chaussures.

— Quoi ? Le sang ? Tu as peur que je le boive ?

— Ne manque pas de respect à ton père, m'ordonne Tante Jackie en rigolant à moitié.

Daddy se passe la main sur le visage.

— On n'est pas obligé de regarder. Le sang, c'est…

— Toi aussi, tu as du sang, réplique Papa en lui décochant un petit coup de poing à l'épaule. Tu t'autofais peur ?

— Vous êtes tous ligués contre moi ou quoi ? s'emporte Daddy. Tu sais, Simone, tu n'es pas trop vieille pour recevoir une fessée.

Je ne relève pas la remarque. Il répète ça depuis que j'ai cinq ans et n'a jamais mis la menace à exécution. Il répète juste ce qu'on lui a dit quand il était petit.

— Elle sera bientôt adulte, fait remarquer Tante Jackie en retirant délicatement l'aiguille de mon bras et en collant de la gaze à la place. Comment ça se passe dans ton nouveau lycée ? J'espère que tu n'as pas besoin de moi pour venir botter les fesses de quelqu'un, si ?

— Tu me l'as demandé la dernière fois, je lui rappelle, en déroulant ma manche. Rien de nouveau. Il y a plein de gosses de riches. Je sais pas. C'est une école, Tante Jackie.

— Je crois qu'elle s'y plaît, commente Papa en m'adressant un sourire entendu. Elle est chargée de la mise en scène de la comédie musicale et ses profs l'adorent.

— Je n'en attendais pas moins, conclut Tante Jackie avec un large sourire. Je te verrai à la première, d'accord ? T'as intérêt à me tenir au courant pour les billets.

Je lui souris. J'ai envie de lui parler de Miles, de lui raconter qu'il a regardé *Sweeney Todd* juste parce que j'en parlais souvent, de lui expliquer la façon dont il me regarde, de l'impression de flotter que je ressens après ses baisers.

Peut-être que Tante Jackie comprendrait que je souhaite les deux : lui avouer que je suis positive, mais aussi oublier le VIH quand je suis avec lui.

Tante Jackie a été une des premières personnes à apprendre ce qui s'était passé dans mon ancien lycée. Elle n'arrêtait pas de me répéter ce que j'entends chaque fois que je viens ici : *tu n'as aucune raison d'avoir honte, mais tu dois quand même garder le secret.* Je ne sais pas si je peux continuer à faire les deux.

Le Dr Khan arrive au moment où l'infirmière s'en va. La porte ne reste ouverte que quelques instants, assez longtemps pour entendre un bébé hurler.

Le Dr Khan porte un hijab différent chaque fois que je la vois. Je suis sûre qu'elle les choisit pour plaire aux petits enfants, mais moi aussi je les trouve cool. Aujourd'hui, il est rouge avec des éléphants qui courent sur les côtés. Elle porte des boucles d'oreilles en forme de girafes.

Elle sourit à tout le monde, un porte-bloc sous le bras.

— Ça fait plaisir de vous voir ! Comment ça va, Simone ? Quoi de neuf ?

Elle s'installe sur son siège à roulettes, sur lequel je faisais la course quand j'avais dix ans et que j'avais attrapé une pneumonie. C'était super marrant, jusqu'à ce que Daddy me surprenne et pète un câble.

— Pas grand-chose en dehors du lycée. J'essaie de survivre quand j'y suis et de ne rien faire quand je n'y suis pas.

— Ce n'est pas vrai qu'elle ne fait rien, me corrige Daddy.

— C'est pas non plus comme si j'aidais les orphelins atteints du VIH/sida en Inde.

— Tout le monde n'est pas obligé de rejoindre une ONG, souligne-t-elle en tapotant son stylo contre le porte-bloc. Il y a mille façons de contribuer à améliorer le monde.

Je hausse les épaules.

— Bon, tu prends tes médicaments ?

— Ouep. J'aurais de gros ennuis sinon.

Elle pense sans doute à la fois où je ne les ai pas pris. À en juger par la tête que Daddy tire, lui y pense, c'est certain. Pour ma défense, j'avais arrêté de les prendre parce que le traitement liquide était infect et que je n'étais pas encore capable d'avaler des comprimés. Quand j'ai attrapé ma pneumonie, les médecins ont découvert que je n'ingurgitais que la moitié de la quantité de médicaments dont j'avais besoin. Si jeune et déjà rebelle…

— Ton nombre de CD4 est de presque 1 000, reprend-elle en se tournant vers mes parents. Tu n'as pas oublié que le CD4 est une mesure de la santé du système immunitaire ?

— C'est super, je suis la première ravie.

— En effet. Ce chiffre est parfaitement normal, même pour quelqu'un qui n'a pas le VIH. Je suis donc très contente pour toi. Et ta charge virale est indétectable.

C'est la première fois qu'elle est indétectable avec la combinaison de médicaments que je prends en ce moment. Daddy applaudit comme si j'avais marqué un but. Le Dr Khan sourit.

— C'est important que tu continues à suivre ton traitement, sinon ton nombre de CD4 diminuera.

— Je sais, je sais.

— Ça te paraît évident, insiste le médecin en me fixant d'un air sévère, mais j'ai perdu des patients parce qu'ils ont cessé de prendre leurs médicaments. Il y a tellement de raisons qui peuvent pousser à agir de la sorte : le déni, la dépression, parfois une simple envie de se rebeller. Si tu arrives à contrôler tout ça, tu auras une espérance de vie normale. Ta vie ne sera pas différente de celle d'une personne atteinte d'une maladie chronique comme l'asthme ou le diabète.

La dernière partie de son discours ne me dérange pas. J'aime bien qu'on me rappelle que je suis semblable à d'autres gens. Tout le monde parle du VIH comme si c'était la peste, mais je parie que l'épidémie de rougeole à Disneyland était pire que tout ce que j'ai traversé.

Je suis indétectable, maintenant. Ça veut dire qu'il faut que je lui pose la question, même si c'est hypergênant. Je me tortille sur la table en cherchant à me mettre à l'aise.

— Et donc... (Je m'interromps pour avaler ma salive.) Euh... ma charge virale est indétectable, donc en théorie, je pourrais avoir des relations sexuelles sans transmettre le virus, c'est bien ça ?

Je sens le regard de mes parents. Je me mordille les lèvres.

— C'est exact, bien qu'on recommande d'attendre six mois. À ce propos, tu es allée voir le Dr Walker, comme je te l'ai conseillé ? Ça s'est bien passé ? Elle a répondu à toutes tes questions ?

— Plus ou moins. Elle a mentionné un médicament que les personnes séronégatives peuvent prendre quand elles sont exposées au VIH.

— Oui, on appelle ça la PrEP, la prophylaxie pré-exposition. C'est un médicament que le partenaire séronégatif doit prendre tous les jours pour diminuer les risques de contracter le virus.

Ça ne me semble pas juste de demander à Miles de commencer un traitement avant qu'on puisse avoir des relations sexuelles. Lydia s'est mise à prendre la pilule parce qu'elle est en couple avec Ian, mais j'ai l'impression que ce n'est pas pareil. Il ne lui a pas demandé de le faire. Et même si elle ne prenait pas de contraceptif oral, ils pourraient faire l'amour. Qu'est-ce que Miles serait prêt à accepter ? Je n'en ai aucune idée.

Je me passe la langue sur les lèvres.

— Cool. Mais si la personne ne veut pas prendre de médicaments genre un mois avant ? Et si c'était plus spontané que ça ?

— Ça n'arrivera pas, tranche Daddy.

Papa marmonne son approbation.

Je soupire. Ce serait sans doute mieux s'ils n'étaient pas là, mais on est toujours venus aux consultations ensemble. C'est plus pénible pour moi aujourd'hui, c'est tout.

— Je comprends votre inquiétude, monsieur Hampton et docteur Garcia, répond le Dr Khan le plus diplomatiquement possible, mais si je peux me permettre, les questions de Simone sont naturelles. Et c'est essentiel pour elle comme pour ses futurs partenaires d'être préparée *avant* de se retrouver dans une situation où elle pourrait avoir des relations sexuelles.

— Ça ne doit pas arriver à son âge, insiste Daddy. Elle est beaucoup trop jeune.

J'observe ses baskets. Il porte une paire de Jordan qui ont l'air de dater des années quatre-vingt. Je les lui aurais bien piquées ce matin si j'avais su où elles étaient, quitte à les bourrer de papier journal pour qu'elles soient à ma taille. C'est pas juste que sa garde-robe soit plus cool que la mienne.

— Hypothétiquement, je corrige, qu'est-ce qui se passerait sans la PrEP ?

— Eh bien, d'abord, il y a moins de chance qu'une femme cisgenre transmette le VIH à un homme cisgenre.

Le Dr Khan se tourne vers moi.

— Mais il y a eu une étude… Et les chercheurs n'ont trouvé aucune preuve que des partenaires sans VIH aient été infectés après avoir eu des rapports sexuels sans préservatif avec un partenaire séropositif dont la charge virale était indétectable. Et l'étude portait sur neuf cents couples, sur une période de seize mois, soit soixante mille actes sexuels au total.

J'ai l'impression de me sentir un peu plus légère. Ce n'était qu'une étude, d'accord, mais ces couples ont eu des relations sexuelles soixante mille fois sans qu'il leur arrive quoi que ce soit, ce n'est pas rien. Et si le Dr Khan est assez confiante pour partager ces résultats avec nous, c'est qu'elle y croit.

— Il y a encore un léger risque, précise Papa, comme s'il lisait dans mes pensées. Tu dois garder ça à l'esprit avant de coucher avec quelqu'un.

— Mais il y a *toujours* un risque quand on a des rapports sexuels, je riposte.

Il hausse les sourcils et je regrette presque mon ton désagréable. *Presque.*

— Je pourrais attraper de l'herpès, des morpions ou la chaude-pisse, même si je fais confiance à l'autre personne.

— Oui, mais concernant le VIH, il n'y a pas de problème, si ta charge virale est indétectable, ajoute le Dr Khan. Ce qui est le cas.

J'ai l'impression qu'il y a une sorte d'entente tacite entre nous, une solidarité féminine, comme quand elle a convaincu mon père de m'emmener chez un gynécologue.

— Mais tu devrais quand même le dire, insiste Papa. C'est important d'être honnête avec ton partenaire.

C'est vrai. Une fois la charge indétectable, c'est l'autre partie qui rend le sexe difficile. Je me mords la lèvre.

Le Dr Khan pose une main sur la mienne.

— Simone, tu sais que je suis toujours là si tu as besoin de parler. Tu peux m'appeler quand tu veux.

— Je sais, je réponds en lui adressant un petit sourire. Merci.

Même si j'avais pas envie d'aborder le sujet, au moins mon vœu s'est exaucé – ma charge virale est indétectable – et la consultation n'a pas été trop pénible : j'ai bien l'impression que le Dr Khan me soutient.

14.

Comme Lydia et Claudia refusent de mettre le pied à la cafétéria depuis l'incident avec Miranda Cross, on déjeune habituellement dans le vieux bâtiment de sciences. Mme Ingall était la dernière prof à y avoir une classe et, depuis qu'elle est en congé maternité, c'est-à-dire depuis la rentrée, c'est le lieu de rencontre officiel de l'AGH.

— Je ne sais pas pourquoi vous faites encore ça, je proteste en mettant mon sac sur mon épaule.

Lydia marche à côté de moi, on suit Claudia.

— Vous n'avez même plus de conseiller. Et si vous vous attiriez des ennuis ?

Claudia lève les yeux au ciel par-dessus son épaule. Les lumières sont toujours allumées dans cette partie du lycée. Elle pénètre dans une classe vide. Je devrais connaître Sacré-Cœur comme ma poche, mais je suis nulle par rapport à Claudia. Elle se balade partout comme si elle y habitait depuis toujours.

— C'était Mme Ingall, notre conseillère, me rappelle Lydia en s'appuyant sur moi. Mais la remplaçante a repris ses cours sans s'occuper de l'Alliance Gays Hétéros.

— On n'a pas besoin d'elle, de toute façon, tranche Claudia en jetant son sac sur une table de laboratoire. C'était n'importe quoi, ce club. Tout ce qu'on faisait, c'était s'asseoir et se regarder dans le blanc des yeux.

— Au moins, Mme Ingall essayait, souligne Lydia. Sa remplaçante s'en fout royalement.

Comme il n'y a pas de chaises, on se hisse sur les tables de laboratoire. Petit à petit, d'autres élèves font leur entrée et ça devient plus bruyant. Quelqu'un s'assied à côté de Claudia et les épaules se cognent, tandis qu'un autre serre Lydia dans ses bras.

Je sais que mes amies ont d'autres copains, pourtant je me sens toujours un peu à l'écart quand je viens aux réunions de l'AGH. Mes parents sont peut-être queers, mais pas moi. Ou du moins, je n'en suis pas sûre.

En tout cas, je crois que tout le monde rigolerait si j'annonçais que j'étais gay, avec tous les crush que j'ai sur des stars masculines et un seul crush IRL sur une fille. Mais tout ne tourne pas autour de moi. J'aime bien que Claudia ait un lieu où elle ne se sent pas différente des autres. C'est important que Lydia et elle aient des potes à qui parler de choses que je ne comprends pas toujours. À vrai dire, j'aimerais bien me sentir à ma place moi aussi. J'aimerais me sentir gay ou hétéro et ne pas stagner quelque part à l'écart des deux.

— Hé, je ne savais pas que tu venais à l'AGH.

Jesse est planté devant moi.

— Parfois.

Ça fait bizarre de voir mon univers, le club d'art dramatique, croiser celui de Claudia et Lydia.

— Ça m'étonne de ne jamais t'avoir vu, je constate.

— Oui, pourtant je viens assez souvent, m'explique-t-il en indiquant d'un geste un groupe derrière lui. J'ai besoin de gens avec qui je peux me plaindre des garçons.

Je lâche un petit rire.

— Je suis sûre que tu pourrais le faire aux répétitions.

— C'est vrai, mais ce ne serait pas aussi amusant qu'ici.

— On se marre vraiment bien, reconnaît Claudia, apparaissant soudain à côté de moi. Jesse nous a raconté toutes les fois où tu t'es tapé la honte devant ton mec.

— Argh, je gémis. Non ! Jesse, je croyais que je pouvais te faire confiance !

Il lève les mains en signe d'excuse.

— Désolé ! Je te jure que c'était rien de grave.

— C'était hypergrave, affirme Claudia avec le plus grand sérieux. Allez, Simone, te vexe pas, on taquine bien tout le temps Lydia à propos de Ian.

— Oui, mais Miles n'est pas Ian. Il est *vraiment* craquant.

— C'est vrai, admet Claudia avec un sourire.

J'essaie de la foudroyer du regard, mais je n'arrive pas à garder mon sérieux. Se faire charrier sur ses amours du moment est une sorte de rite de passage. Ça ne me fait pas de peine parce que ça vient d'une de mes meilleures amies… et parce que Miles m'aime bien aussi.

Je me tourne vers Jesse.

— Je suis choquée. Je croyais qu'on formait une équipe. L'équipe du club d'art dramatique.

Il pose une main sur mon épaule.

— On forme une équipe, mais ma loyauté va à la partie *gay* de l'Alliance Gays Hétéros.

Claudia rigole avec lui, moi, je parviens juste à émettre un petit rire. Une question me préoccupe : où va ma loyauté ?

— Hé, lance Lydia en passant. Tu veux partager mon sandwich avec moi ? Ma mère a préparé des brownies et je t'en ai gardé.

Je ne sais pas si elle comprend ce qui me tracasse ou pas. Lydia a beaucoup d'empathie, c'est une des raisons pour lesquelles le club est si populaire. Claudia ne veut pas être dure, mais parfois elle l'est. Lydia compense sa rudesse.

— Évidemment que je vais manger tes brownies. Pas besoin de me poser la question !

15.

Le mardi commence mal. Je me réveille trop tard pour faire le trajet en voiture avec Claudia et Lydia. Puis mon pantalon se déchire au moment où je sors et je suis obligée de rentrer me changer. Quand j'arrive enfin au lycée, je me trompe de salle. Et pendant le cours d'histoire de niveau avancé, M. Thompson nous balance une interro surprise sur la Cour martiale.

Ça n'aide pas que je sente le regard de Miles sur moi pendant les cours. Je ne sais pas comment me comporter avec lui depuis ce week-end. Est-ce que je dois lui faire signe ? L'embrasser dans le couloir ? Le pire, c'est que j'ai beaucoup de mal à me concentrer quand je sais qu'il m'observe. Dès que la sonnerie retentit, je sors de la classe, mais j'entends ses pas derrière moi.

Il me rejoint et nos doigts se touchent. Ma main picote comme si elle était endormie.

— Salut, Simone. Quoi de neuf ?

Je n'arrive pas à détacher les yeux de nos doigts entremêlés. Il a l'air de trouver ça tout naturel, alors que je fantasmais sur lui depuis des semaines. Quand j'étais au collège, je trouvais des tas de gens beaux dans les magazines, des filles plus âgées, aussi. Je n'imaginais pas qu'il pourrait m'arriver quoi que ce soit. Au lycée, c'est pire, parce qu'il se passe des trucs : des couples s'embrassent dans les couloirs et se tiennent la main. Les gens sortent ensemble, font l'amour, font au moins *semblant* de s'aimer. Je n'aurais jamais cru que ça m'arriverait un jour, du moins pas avant de décrocher mon bac.

Et pourtant, je me retrouve dans ce couloir avec Miles, qui me tend la main comme une invitation. Il n'a jamais l'air indifférent quand il me donne la main. Il enfreint toutes les règles tacites, celles que tout le monde est censé connaître. Peut-être qu'il s'en fiche. J'aimerais que ça me soit égal aussi. Je voudrais en profiter, serrer sa main comme si c'était naturel, mais la personne qui a écrit les lettres de menace peut se trouver n'importe où. Je jette un coup d'œil autour de nous, avant de saisir sa main aussi discrètement que possible. Il me sourit. J'espère que le corbeau n'est pas là. J'essaie de me détendre.

— Il y a un match de lacrosse tout à l'heure, m'annonce-t-il avec un léger malaise.

Je le tire derrière moi, tandis que j'évite des élèves qui papotent devant des casiers et un mec qui essaie de rouler en skateboard au milieu du couloir.

— On joue à domicile, à quatre heures. Et les répétitions se terminent tôt aujourd'hui.

— Oui, c'est vrai.

Regarder un match de lacrosse me changerait les idées. D'habitude, je traîne avec Claudia et Lydia après les cours. Ce n'est pas un rendez-vous fixe, mais ça fait trois jours qu'on est allées au sex-shop et on n'a pas beaucoup parlé depuis. Je sais que c'est ma faute. Elles n'ont rien dit, mais ça ne m'empêche pas de m'en vouloir. Elles sont toutes les deux en couple et trouvent quand même le moyen de me voir. Miles et moi, on n'est même pas ensemble, pas vraiment du moins, et j'ai déjà l'impression de m'éloigner de mes amies.

Je baisse les yeux vers nos doigts entrelacés.

— Je voulais aller voir mes coéquipiers jouer. Ce serait cool si tu m'accompagnais.

Je bats des cils.

— Oh. Je… je vais peut-être rester un peu à la fin des répètes pour discuter avec Palumbo. La première approche.

On est en novembre et la comédie musicale se joue à partir de début décembre. C'est dingue comme le temps file. Cette idée me file la nausée. J'ai l'impression que le temps passe encore plus vite quand on a des responsabilités.

— Pas de problème. Tant que tu arrives à temps pour nous voir gagner, c'est bon.

— T'es bien sûr de toi, je remarque en secouant la tête. Et si les Spartiates perdent ?

— On gagne toujours.

Je lève les yeux au ciel en lui donnant une bourrade. Il passe un bras autour de mon épaule.

— Tu ne crois pas en moi ?

On avance dans le couloir. J'ai les joues en feu. Si Claudia nous voyait, elle se paierait nos têtes. Ça me fait mal au cœur de penser à elle. Après le match, je l'appellerai pour essayer de parler de tout *sauf de* Miles. Je ne veux pas être le genre de copine qui n'a que son nouveau mec à la bouche.

Et si le corbeau était là ? Je chasse cette pensée de mon esprit, mais je sens mon mal de ventre s'accentuer.

— Tu ne seras pas sur le terrain, je lui rappelle. Et je ne comprends toujours pas les règles. Je viendrai, mais s'ils jouent mal, je m'en apercevrai même pas.

Il se penche et chuchote près de mon oreille :

— T'exagères, je n'y connais rien en comédies musicales, mais je sais que tu fais du bon boulot.

— C'est pas pareil, j'insiste en essayant de cacher mon sourire. Je ne suis pas seule. M. Palumbo bosse beaucoup pour que ça se passe bien.

— Et les Spartiates ont un entraîneur. Je sais que j'ai toujours l'air de réussir sans effort, plaisante-t-il, mais…

Je lui décoche un coup de coude.

— Oh, pitié. Une comédie musicale n'a rien à voir avec le lacrosse. La musique, c'est différent. Tu peux regarder une comédie musicale en italien et comprendre, parce que la musique est universelle. Ça transcende les langues.

— Le lacrosse n'a pas de langue. Tu vois, je gagne par défaut.

On approche de ma classe de physique. S'il l'a remarqué, il ne le montre pas. Je me dégage à contrecœur de son bras.

— Peu importe. Je dois aller en cours.

Miles jette un coup d'œil à la salle de classe, puis me regarde à nouveau.

— On n'a pas encore entendu la sonnerie.

Je croise les bras, mais mon corps vibre jusqu'à la pointe de mes orteils.

— Miles, je dois vraiment y aller.

Il sourit et se penche pour m'embrasser.

J'ai pensé à notre prochain baiser un nombre incalculable de fois. C'est comme si tout le temps que j'ai passé avec lui était séparé entre *avant* le premier baiser lors de la répétition et *après. Avant*, je rêvais que nos lèvres se touchent, mais pas tout le temps, comme si mes pensées devaient rester secrètes. J'y pensais tard le soir, juste avant de m'endormir.

Mais maintenant, ça se passe vraiment. J'embrasse Miles dans le couloir et dans le placard à accessoires pendant les répétitions… Je le vois après les cours. Je sais que c'est réel, mais je n'arrive toujours pas à y croire. Mon corps est stupéfait : mes doigts, mes joues, mes lèvres. Une fille comme moi peut donc vraiment vivre ça ?! J'en reviens pas.

Je retiens mon souffle quand il glisse les doigts sous mon top. Il caresse la peau près de mon jean. Je lui attrape le poignet et je m'écarte. Miles a l'air surpris. J'appuie la tête contre le mur.

— C'est pas un truc qu'on fait au lycée.

— T'as raison.

Il déglutit, les yeux fixés sur un point dans mon cou. J'ai les mains qui tremblent, il doit le sentir.

— Désolé.

Si on était ailleurs, j'enlèverais sans doute mon pantalon. Je ne plaisante même pas. Mais je ne laisserais jamais Miles me peloter dans un couloir.

Je glisse un pouce sous son menton. Il lève les yeux et je ne bouge pas, j'attends qu'un sourire se forme sur ses lèvres.

— Ça ne veut pas dire jamais. Mais pas ici, où tout le monde peut nous voir. Tu comprends ?

Il saisit la main qui était sous son menton et la serre dans la sienne.

— T'as raison, répète-t-il. Je voudrais pas t'embarrasser.

Je me dégage avec un petit rire moqueur.

— Pff. Dans tes rêves.

Il ne dit rien, il reste là avec un sourire béat, sans doute le même que le mien. Comme si on partageait un secret. Je m'apprête à lui dire au revoir quand je remarque deux personnes derrière lui. Tout le monde court vers sa classe ou son casier, mais Eric et Jesse restent plantés là.

— Euh, salut, je dis. Je vous avais pas vus.

Miles se retourne, absolument pas gêné, comme s'il n'avait pas été en train de me tripoter deux minutes plus tôt. Eric lève les yeux au ciel et part sans répondre. J'en reste bouche bée.

— C'est quoi, son problème ?

— Ne fais pas attention à lui, me conseille Jesse. Tu sais qu'il en fait parfois un peu trop.

— *Un peu ?*

— C'est sûrement rien, m'assure Miles en me serrant la main. Je ne savais pas que vous aviez votre pause-déjeuner ensemble à cette heure-ci, Jesse. Vous avez de la chance. Nous on était coincés en cours d'histoire.

— Oh, je ne sais pas si Eric a sa pause maintenant. Je l'ai juste croisé en allant à mon casier, corrige Jesse en agitant un exemplaire écorné de *Hamlet*. Vous savez comment est Bernstein quand on n'a pas *révisé*.

— Oh oui, je renchéris. Il t'oblige à t'asseoir au premier rang. C'est genre un châtiment.

Miles plisse le nez d'un air dégoûté.

— Il fait ça ? Je croyais que c'était qu'une rumeur.

— Hélas non, confirme Jesse. Mais je ne voulais pas vous interrompre. Faites comme si j'étais pas là.

Il s'éloigne avec un clin d'œil.

— Rhoo, il est trop gênant ! je m'exclame en me frottant le front.

— Tu trouves ? Il est sympa.

— Oui, mais maintenant, il va se foutre de moi jusqu'à la fin des temps. Et seulement après avoir raconté tout ce qu'il a vu lors de la prochaine réunion de l'AGH. Je parie dix dollars qu'ils me suivront partout en faisant des bruits de baisers quand je les croiserai.

Il étouffe un rire.

— Bah, c'est comme ça, les amis.

Est-ce que Jesse est mon ami ? Je n'y avais jamais pensé, mais plus j'y réfléchis, plus le mot me semble approprié. C'est vrai qu'il aime bien me taquiner. Je souris toute seule. Puis la sonnerie retentit, m'arrachant à mes pensées.

— C'est l'heure, insiste Miles, en indiquant la porte de la classe d'un geste du menton. Tu ferais mieux d'entrer, parce que là, pour le coup, tu *es* en retard.

— C'est malin ! je lui lance alors qu'il s'éloigne dans le couloir. Ton homonyme Miles Davis aurait honte de ton comportement, jeune homme.

— Merci. Nina Simone serait fière de toi. Je parie qu'elle n'a jamais séché les cours pour embrasser un mec craquant.

— *Miles.*

Il tourne le coin et passe la tête pour me dire une dernière chose :

— Si je l'avais connue, j'aurais pu la mettre en retard aussi.

Il connaît Miles Davis *et* Nina Simone. Je ne sais pas si je dois l'embrasser à nouveau ou le frapper parce que je suis en retard par sa faute.

16.

D'habitude, je n'ai aucun mal à me plonger dans les répétitions. Le spectacle ne manque pas de scènes intenses : il y a toujours un nouveau truc qui retient mon attention. Mais aujourd'hui, impossible de me concentrer. Peut-être parce que Mme Klein me suit partout, dans la fosse de l'orchestre, dans les coulisses, comme si elle voulait s'assurer que je ne fais pas de conneries.

Je finis par me réfugier dans les premiers rangs de l'auditorium, les bras croisés pour me donner un air professionnel. Je redoute de regarder les acteurs répéter. D'abord parce que tout le monde soupire dès que je sors mon carnet. Ensuite parce que au lieu de gagner du temps, on en perd. Plus je note de remarques, plus on doit travailler et… moins il restera de temps pour tout mettre au point.

— Bon, juste quelques détails, je leur crie. Rocco, essaie de ne pas piquer la scène à Wyatt. Il ne faut pas tirer la couverture à soi, faut laisser de la place aux autres aussi. Tu vois ce que je veux dire ?

Rocco sourit, penaud, tandis que Wyatt, qui joue Roger, lui tire la langue.

— Mia, regarde le public, n'aie pas peur.

Mia, qui interprète Maureen, est en seconde. Elle n'ouvre la bouche que lorsqu'elle est sur les planches.

— Ne sois pas timide, d'accord ? Les gens veulent te voir.

Elle cligne des paupières. Je suppose que ça veut dire qu'elle a entendu. Je me tourne vers Laila.

— C'est très bien.

Elle m'adresse un clin d'œil.

C'est au tour d'Eric.

— Tu n'articules pas correctement ton texte. Et tu devrais laisser tomber l'accent new-yorkais. Ça ne donne rien.

Son visage se plisse comme s'il avait une odeur horrible sous le nez.

— Tu n'as jamais aucune critique à faire à Laila, proteste-t-il, les bras croisés. C'est toujours avec moi que tu as un problème. Vous avez remarqué ? demande-t-il en se tournant vers les autres acteurs.

Rocco s'éloigne discrètement, Wyatt fronce les sourcils et Mia a déjà disparu.

— Ce n'est pas vrai, je me défends. Et je n'ai aucun problème avec *toi.* Tu dois encore bosser ton rôle, mais c'est pour ça qu'on répète.

— Tu vois, c'est exactement ce que je veux dire, insiste Eric. J'ai joué dans cinq productions scolaires. Combien t'en as mis en scène, toi exactement ?

Je sens que mon visage chauffe. Je déteste que ses paroles aient un impact sur moi. C'est la première fois que je dirige une comédie musicale au lycée, tout le monde le sait.

— M'enfin, Eric, intervient Laila, les joues en feu. Elle me fait des remarques tout le temps.

— Comme quoi ? riposte-t-il. Plus large, le sourire ?

— Ça suffit, je tranche en me forçant à durcir le ton. On ne va pas perdre de temps avec ça. Répétez vos répliques seuls pendant quelques minutes, puis on reprendra la scène.

Ils se regroupent lentement, Rocco et Laila me jettent un dernier regard. Eric est le dernier à se mettre en place. Il me toise comme si on allait s'affronter à mains nues. Je m'éloigne et me laisse tomber sur un siège. Mon visage est encore chaud et ma respiration haletante. Je déteste ça.

J'essaie de ne pas avoir de chouchous, mais Laila est la plus gentille et elle n'a pas besoin d'autant de retours que les autres comédiens. Ce n'est pas ma faute si elle apprend vite. Et je préférerais qu'Eric discute de ça en dehors des répétitions. Il me remet en question devant tout le monde, comme si je faisais super mal mon boulot.

— Il y a quelque chose qui te tracasse ?

Je sursaute et je me retourne. Jesse est là, le casque autour du cou comme d'habitude, un porte-bloc en main. Il a déjà biffé la moitié des éléments de sa liste de choses à faire. Quel crâneur. Avec la quantité de notes que je prends, j'ai l'impression que je n'aurai jamais le temps de tout finir avant la première en décembre.

— Je réfléchis aux milliards de trucs qu'il reste à faire. On doit finaliser les costumes, il faut que tout le monde soit capable de réciter son texte sans le script, que la chorégraphie soit au point… J'ai l'impression que le temps passe trop vite et que décembre est déjà demain.

— C'est toujours comme ça, me rassure Jesse en jetant un coup d'œil à la scène.

Mme Klein est en train de discuter avec Laila et Eric, qui l'observent avec attention. Au moins, ils ne se fâchent pas quand elle leur adresse ses remarques.

— Ça filera encore plus vite l'année prochaine. Tu verras.

Je passe une main dans mes cheveux, en poussant un soupir.

— Ouais, sans doute. Tu crois que Lin-Manuel Miranda était dans le même état que moi avant la première de *Hamilton* à Broadway ?

Jesse me considère d'un air étonné. S'il pense que je me la joue à me comparer à un pro, il ne le dit pas.

— Je pense que le temps file pour tout le monde. Même pour Lin-Manuel Miranda. Il jouait tous les soirs, non ? Je parie que lors de la dernière, il avait l'impression qu'il venait à peine de poser le pied sur scène, alors que l'heure était venue de passer le flambeau.

— Oui, à Javier Muñoz. Il est vraiment bon.

Jesse hausse les épaules.

— Ouais, pas trop mal.

Hein ? Pas trop mal ? Je suis peut-être un peu protectrice envers Javier Muñoz parce qu'il est positif. Mais quand même. Comment Jesse peut-il prétendre qu'il est *pas trop mal* ?!

— Tu ne l'as sûrement jamais vu sur scène, sinon tu ne dirais pas ça.

Il lève les mains comme si je l'attaquais.

— Chacun ses goûts. Je préfère l'original, c'est tout. Ce n'est pas comme si je détestais l'autre non plus.

— Javier Muñoz, je répète.

— C'est ça, confirme Jesse.

Mais il a déjà baissé les yeux sur ses notes.

Je soupire et me retourne vers la scène. On dirait que Mme Klein a coincé un groupe de techniciens, qui portent à bout de bras une fausse cabine téléphonique pendant qu'elle leur parle. Puisqu'elle a l'air de gérer, je décide d'aller voir M. Palumbo pour lui parler de mes notes. Il sait comment présenter les retours aux comédiens sans se faire détester. Ses conseils pourraient m'être utiles.

D'habitude, les acteurs se détendent à gauche de la scène, près de la porte qui mène à la salle de répétition des musiciens. M. Palumbo y disparaît parfois pour distribuer des mots d'encouragement ou simplement plaisanter avec les élèves. Je passe la tête par là, mais je ne le vois pas.

— Vous les avez vus ? demande Claire à voix basse.

Eric et d'autres comédiens sont massés autour d'elle.

— Je vous jure qu'ils étaient pratiquement en train de coucher ensemble dans le couloir, poursuit-elle. Il avait sa langue dans le fond de sa gorge et tout.

Merde. Quelle peste ! Bonjour la solidarité féminine !

— T'es sûre que c'était elle ?

— Certain, intervient Eric. Peut-être qu'il lui sortira ses fichues notes de la tête.

Je sais que j'y ai peut-être été un peu fort avec lui, mais ça ne l'autorise pas à être dégueulasse avec moi dans mon dos. Et puis de quoi elle se plaint, Claire ? Je ne me souviens même pas de la dernière fois que j'ai eu des critiques à lui adresser.

Je ne sais pas si je dois leur crier dessus ou me retenir. M'énerver ne fera que saper mon autorité de metteur en scène. D'un autre côté, ils jouent aux commères au lieu de répéter. Je peux au moins reprocher ça à Eric et Claire.

Je fais un pas dans leur direction.

— Simone ! Je te cherchais.

Je me fige en reconnaissant la voix de M. Palumbo. Si j'engueule les deux autres devant lui, il va regretter de m'avoir confié la direction du spectacle. Toutefois s'il apprend ce qu'ils racontaient, je vais être hyper-gênée jusqu'à la fin de l'année scolaire. Je n'ai plus la moindre envie de parler à Palumbo de mes notes, mais c'est la meilleure diversion possible. Je me tourne vers lui à contrecœur.

— Bonjour, monsieur Palumbo, vous allez bien ?

Il me fait signe de m'écarter du groupe.

— Il faut qu'on parle. Ne le prends pas mal. Tu fais un boulot formidable.

Oh, oh. Ça sent pas bon du tout.

— Merci, je réponds en me mordant nerveusement la lèvre. Il s'est passé quelque chose ?

— Tes remarques sont excellentes. Tu as vraiment un don pour déceler les failles chez chacun sans être trop dure. Mais…

Aïe. Qu'est-ce qu'il va me dire ?

— Mais ?

— Certains élèves ont l'impression que tu as des chouchous, poursuit-il d'un air embarrassé. C'est tout à fait compréhensible. On a tous des préférés. Mais, à l'avenir, tu pourrais peut-être essayer de…

— Des chouchous ? Monsieur Palumbo, je n'ai pas de favoris. Je traite tout le monde de la même façon. Vous m'avez vue !

Il incline la tête sur le côté.

— Eh bien, je t'ai vue faire des critiques à Eric. Elles étaient parfaitement valides, mais je pense que c'était difficile pour lui de les entendre devant d'autres élèves. Tu devrais accorder plus d'attention à la façon dont tu communiques lors des retours. Tâche de ne pas désigner trop souvent une personne en particulier.

Eric n'est pas si fragile que ça. Il a dû se plaindre à M. Palumbo pour me mettre en mauvaise posture.

— Je ne fais pas plus de remarques à Eric qu'à un autre. Il est juste furieux dès qu'on se permet de le critiquer. Du coup, maintenant, il se comporte comme un connard.

— *Simone.*

Je le regarde. Grosse erreur. Il fronce tellement les sourcils que son visage est tout déformé. Je ne l'ai jamais vu aussi déçu par qui que ce soit. Ce n'est pas Eric qui m'a mise en mauvaise posture. C'est moi.

— Je suis désolée. (Pas qu'Eric soit un connard, non, mais désolée d'avoir déçu M. Palumbo.) Je ne voulais pas dire ça.

Le prof se masse le front en lâchant un gros soupir. C'est comme si je l'avais fait vieillir de dix ans.

— Écoute, je crois que tu as besoin de te calmer.

— Mais, monsieur…

Il me fait taire en levant la main.

— Ce n'est pas une suggestion, Simone. Va boire un verre d'eau ou faire un tour dans le lycée. Va prendre l'air. OK ?

Du coin de l'œil, j'aperçois Eric adossé au mur, un bras autour de Claire. Il croise mon regard et le soutient pendant une longue seconde. Si M. Palumbo n'était pas là, je lui adresserais un doigt d'honneur. Comme s'il pouvait lire dans mes pensées, Eric affiche un sourire narquois. Si je ne pars pas maintenant, je vais en venir aux mains.

— D'accord, je réponds à M. Palumbo. Mais je reviendrai.

*
* *

Je suis déjà dans le couloir quand je réalise que je n'ai aucune idée d'où je vais. Tout ce que je sais, c'est que je ne veux pas revenir avant que M. Palumbo ait tout oublié. Je vais peut-être me terrer dans un coin pendant une semaine. Se balader, c'est relaxant, mais j'ai besoin de m'occuper l'esprit. Mon manuel de géométrie est dans mon casier. Je ferais mieux de bosser sur mes devoirs, histoire de ne pas perdre mon temps.

Je me dirige vers mon casier et je l'ouvre. Dans le silence du couloir désert, l'intérieur ressemble à une scène de crime. Je cherche s'il n'y a pas de nouvelle lettre de menace. La première chose que j'aperçois, c'est le guide du nouvel élève.

Merde. Juste en dessous, il y a une feuille de papier pliée avec mon nom dessus. Je jette un coup d'œil tous les jours à mon casier et je n'ai rien remarqué la dernière fois. Quelqu'un doit avoir glissé le billet aujourd'hui. Je parcours à toute vitesse les mots griffonnés.

Ce que tu fais n'est pas ce que j'appelle se tenir à l'écart de Miles. Tic tac, Simone.

Je me tourne vers l'auditorium. C'est Eric, c'est *sûr.*

17.

Ça fait des heures que j'ai chiffonné le message et que je l'ai fourré dans mon sac à dos, mais les mots sont encore imprimés au fer rouge dans mon esprit. Mes parents ne sont pas à la maison, je suis seule. Je ne devrais pas être ici non plus, je suis censée être au match de lacrosse avec Miles.

J'ai eu beaucoup de mal à tenir jusqu'à la fin de la répétition et quand ça s'est terminé, il était l'heure de rentrer. Je devrais peut-être m'en vouloir d'avoir posé un lapin à Miles, mais je n'arrive à penser à rien d'autre qu'à cette stupide lettre de menace. J'ai tenté de dresser une liste de suspects et je reviens chaque fois à Eric. Il a un problème avec moi depuis le début des répètes, il colporte des ragots sur mon compte *et* il s'est plaint de moi à Palumbo. Il y a aussi Claire, qui raffole des ragots, comme lui. Mais elle n'a aucune raison de me détester. C'est vrai qu'elle est à la dernière rangée du chœur, mais c'est pas *ma faute.*

Je n'ai même pas encore passé une année entière dans le lycée et Eric est le seul qui montre clairement qu'il me déteste. Pourquoi est-ce qu'il fait ça ? Ça n'a aucun sens.

Le plus flippant, c'est que je ne l'ai même pas vu m'espionner. En dehors de Claudia et Lydia, personne ne sait où se trouve mon casier. Il a dû me suivre pour découvrir son emplacement, pourtant je ne l'utilise pas très souvent. La question cruciale, c'est de savoir comment il a appris que j'étais positive. Il aurait fallu qu'il me voie à l'hôpital St Mary ou qu'il consulte mon dossier médical. Mais comment aurait-il pu y avoir accès ? Et pourquoi se donner autant de mal ?

Je monte dans ma chambre et je me jette sur mon lit. La première fois que mon téléphone sonne en jouant *Seasons of Love* de *Rent*, je l'ignore. C'est sans doute Miles. Je lui ai envoyé un texto après la répétition, mais il me cherche peut-être malgré tout. Je ne peux pas lui parler du message, alors qu'il ne sait même pas que je suis séropositive. Je colle un oreiller sur ma tête. La musique cesse, puis reprend aussitôt.

Putain. Ils peuvent pas me laisser tranquille ?! Je sors mon portable de ma poche. Mes épaules se détendent en voyant le nom de Lydia et celui de Claudia. Elles sauront quoi faire, elles. Et même si elles n'ont pas de conseil à me donner, ça me fera du bien de leur parler. Ça me fait toujours du bien.

Elles sont en train de discuter entre elles quand je décroche.

— C'est pas grave, Lydia, déclare Claudia. Je l'ai fait juste pour *savoir.*

— Attendez, je dis en me redressant, fait quoi ?

— Je suis étonnée, c'est tout, avoue Lydia sur l'autre ligne. Waouh.

— Y a des asexuels qui ont des relations sexuelles, tu sais, l'informe Claudia d'un ton agacé. Mais pas moi. Je ne le referai plus jamais. Beurk.

— Quoi ? Tu l'as vraiment fait ? je m'exclame beaucoup trop fort. J'étais persuadée que tu resterais vierge toute ta vie. Je pensais que tu passerais juste du bon temps avec tes petites amies. Je sais pas, c'est vraiment *bizarre.*

— Je n'étais pas vierge avant, précise Claudia.

Je devine qu'elle doit être en train de lever les yeux au ciel.

— Mais c'était officiel cette fois, vu qu'on a utilisé nos doigts et…

— C'est peut-être pour ça que ne t'a pas plu ? je suggère.

— Oui, renchérit Lydia. J'ai détesté ma première fois, mais après c'est devenu bien, une fois que j'ai trouvé un autre partenaire.

— Non, moi, je ne le ferai plus jamais, affirme Claudia beaucoup trop vite.

J'étouffe un rire. Je devrais leur parler du nouveau message de menace, mais c'est tellement plus facile de faire comme si tout allait bien.

— Je lui ai dit que je voulais bien, juste pour voir ce que ça ferait. Et on l'a fait. Maintenant, je n'aurai plus jamais à m'en soucier.

— Et si elle veut recommencer ? je demande, en jouant avec une mèche de cheveux. Tu vas te prendre la tête avec elle ?

— Si elle veut se disputer avec moi, elle peut, mais je ne recommencerai pas, insiste Claudia.

Elle a toujours l'air tellement sûre de tout. C'est un trait de caractère que j'adore chez elle.

— Je ne peux pas être en couple avec quelqu'un qui désire des choses que je ne peux pas lui offrir, vous comprenez ?

— Mais ça serait nul si ça ne s'arrangeait pas, je fais remarquer. Parce que tu l'aimes et tout.

— Oui, je l'aime.

Le ton de Claudia se fait inhabituellement rêveur.

— J'adore ses cheveux, ses yeux et sa façon de rire. Et puis j'adore qu'elle sache tout.

Elle marque une pause.

— Et ses seins. Je les kiffe trop. Peut-être que je les embrasserai et que ce sera ça la partie sexuelle de notre relation.

— Oh là là, si ma mère débarquait et voyait ma tête ! s'exclame Lydia. On n'est pas obligées d'avoir droit à tous les détails.

Cette fois, j'éclate de rire. À en croire Lydia, sa mère ferait une crise cardiaque si notre conversation devenait trop osée, mais c'est plutôt elle que ça met mal à l'aise, à mon avis.

— Elle ne saura même pas de quoi on parle si tu ne dis rien, je signale. T'as qu'à faire gaffe aux mots que tu emploies.

Pendant que Lydia se lance dans un monologue pour nous raconter que le chien de la famille a mangé sa coupe menstruelle, j'active le haut-parleur. Mon cahier de notes sur la comédie musicale est posé sur mon lit et je le tire vers moi. Chaque fois qu'on a une répétition, quand je rentre, j'essaie de trouver des solutions. Mais cette fois, je dois faire appel à toute ma concentration pour penser à autre chose qu'au stupide message.

— Il faut qu'on passe une nuit toutes les trois ensemble, décide Claudia. J'en ai marre d'être à la maison. Je vote pour chez Lydia. Ne le prends pas mal, Simone.

— C'est quoi le problème, chez moi ?

— Tes pères sont toujours en train de rôder. Ils veulent parler et interagir, alors que j'ai surtout envie qu'on passe du temps entre filles.

Elle a raison. Quand mes parents rentreront, je vais devoir rester dans ma chambre si je veux éviter un interrogatoire. Ça m'énerve qu'ils devinent toujours quand quelque chose ne va pas. J'en veux à Eric de m'avoir mise dans cette situation.

— T'exagères, Claudia. Les pères de Simone ne sont pas si relous que ça. Avec mes parents t'aurais droit à une liste de vingt questions, s'ils n'étaient pas aussi occupés avec Matt. Il devrait être capable de se gérer tout seul.

— Il n'a que six ans ! proteste Claudia. T'as vraiment pas de cœur.

Bon, ça suffit. Ignorer le problème ne le fait pas disparaître. J'ai besoin de leur aide.

— Les filles, je commence alors que ma voix se brise. J'ai encore trouvé un mot dans mon casier. Je crois que c'est Eric qui l'a mis là.

— C'est quoi, ce bordel ?

— Oh merde. L'autre connard du club d'art dramatique ?!

Elles crient toutes les deux en même temps. Même si je suis sur haut-parleur, je suis obligée d'éloigner le téléphone. Le nœud dans mon estomac se desserre un peu.

— Tu l'as dit à tes parents ? veut savoir Lydia. Si tu sais qui c'est, tu devrais peut-être leur en parler.

— Pas question. Ils péteraient les plombs. Je ne leur dirai *rien.*

— Pour qui il se prend, ce mec ? s'énerve Claudia. Y a des gens qui croient pouvoir se permettre les pires saloperies. S'il a piraté tes dossiers scolaires ou un truc du genre…

— Je ne sais vraiment pas. Il m'a peut-être vue à l'hôpital ? (Je ne crois pas que je vais fondre en larmes, mais je suis *furieuse.*) L'info figure pas dans mon dossier scolaire. Il faudrait qu'il ait eu accès à mon dossier médical.

— Mais *pourquoi* ? insiste Lydia. Qui a le temps de faire un truc pareil ?

— Ça peut pas être une blague de mauvais goût ? suggère Claudia. Y a des mecs prêts à tout pour se marrer.

— Non, ça colle pas, je conclus en me passant la main dans les cheveux. Je sais qu'il ne m'aime pas, parce que j'ai toujours des remarques à lui faire sur son jeu, mais je sais pas. Je ne… je ne vois pas comment il pourrait me détester assez pour faire un truc pareil.

Je sais qu'Eric me considère comme une emmerdeuse, mais qu'est-ce que ça peut lui faire que je sorte avec Miles ? C'est vrai qu'il avait l'air… *dégoûté* quand il a raconté qu'on s'embrassait tout à l'heure. S'il a découvert que je suis positive, ça pourrait être une façon tordue de protéger Miles.

— Je vais lui casser la gueule, annonce Claudia. Donne-moi juste son nom de famille.

— Tu peux pas le tuer, Claudia. Je te l'ai déjà dit, je martèle en appuyant une main contre mon front. Laissez-moi juste réfléchir une seconde. Il faut que je trouve une solution.

— Quelle solution ? s'impatiente-t-elle. On sait que c'est un connard et que tu refuses d'en parler à tes parents. Je l'attends à la sortie de l'auditorium et je le tabasse.

— Je pourrais t'aider, propose Lydia. Mais je ne suis pas douée pour la bagarre. Je serais la première à prendre des coups.

J'ouvre la bouche pour dire autre chose, mais un texto apparaît sur mon écran. C'est un numéro inconnu. Mes yeux s'écarquillent et je me redresse. Je respire à peine.

Salut, Simone. C'est Jesse de l'équipe technique. J'ai une question sur les décors ! Je sais que tu voulais changer le moment où le décor de l'appartement doit apparaître. C'est à quel moment dans la scène ?

Pendant une seconde, je me demande comment il a eu mon numéro. Puis je me souviens qu'on a créé un annuaire au début des répétitions et je pousse un soupir de soulagement. Ces foutus messages de menace me rendent hyperparano.

— Simone ?

— Je ne sais pas. Je crois que je vais lui en parler.

— Il n'admettra jamais que c'est lui, décrète Lydia.

— Qu'est-ce que je *peux* faire, alors ? Je ne vous laisserai pas vous faire renvoyer pour avoir agressé un type et je ne veux pas que mes parents flippent non plus.

Non seulement Daddy et Papa tailleraient la proviseure en pièces, mais ils voudraient aussi me changer de lycée. Si je peux régler cette histoire sans rien leur dire, je le ferai.

— Tu pourrais en parler à Mme Decker, la proviseure, suggère Lydia. Ou à n'importe quel adulte.

— Qui en informera mes parents, ce qui nous ramène à la case départ.

Je gémis en laissant pendre ma tête entre mes jambes.

— C'est juste... Je ne veux pas que tout le monde le sache. Je ne veux pas que Miles l'apprenne de la bouche d'un inconnu.

Silence. J'ai le cœur gros, mais je ne vais pas pleurer. Pas question.

— Alors ne le laisse pas gâcher ta chance de te confier à Miles. Parle-lui avant qu'Eric en ait l'occasion, me conseille Claudia.

18.

Le mercredi, pour la première fois, je me réjouis à l'idée d'avoir l'avis de mon groupe de discussion. Daddy a raison : ils sont les mieux placés pour comprendre certaines choses. Si je dois annoncer à Miles que je suis positive, le groupe est le meilleur endroit pour demander conseil.

— Bon, y a un garçon qui me plaît, je commence en fixant un point sur le mur du fond.

J'ai l'impression que tous les yeux sont rivés sur moi.

— Mais il n'a pas le VIH, du moins je crois, et je ne sais pas trop comment lui parler de… enfin, de tout ça. Ça me fait flipper.

Julie est assise au centre du cercle et hoche la tête comme si on était dans un épisode de série télé à l'eau de rose. Elle est peut-être étonnée que je sache parler.

— Quelqu'un a-t-il un conseil à donner à Simone ? demande-t-elle en se tournant vers le reste du groupe. C'est très important que les couples parlent des différences de statuts VIH et je suis contente qu'elle ait abordé le sujet. Même si certains d'entre vous ne s'en soucient pas pour le moment, c'est une situation que vous finirez tous par affronter.

Je suis super nerveuse. Mes mains tremblent depuis hier. J'évite Miles depuis que j'ai zappé le match, même si je l'ai vu dans les couloirs et en cours d'histoire. On ne s'embrasse pas contre les casiers en ce moment. Tout ça à cause de ce stupide message. C'est peut-être injuste de le tenir à l'écart, mais j'essaie juste d'y voir plus clair. Si je m'habitue à me comporter comme sa petite amie et qu'il réagit mal quand je lui révèle que j'ai le VIH, ce sera encore pire.

— Tu dois agir en fonction de la réaction que tu attends de lui, déclare Brie.

Son intervention me surprend. Sa frange, qui cache habituellement son visage, est repoussée. Elle me regarde droit dans les yeux.

— Si tu n'es pas à l'aise pour en parler, il va être mal à l'aise aussi. Si t'es détendue, il le sera aussi.

— Ouais, n'en fais pas tout un plat, renchérit Jack en hochant la tête.

Ils se regardent. Si je n'étais pas si préoccupée, je passerais plus de temps à analyser cette soudaine complicité.

— Ne t'excuse pas, t'as aucune raison de le faire. C'est pas ta faute. Envoie-lui un texto.

— Tu ne peux pas lui balancer un texto pour annoncer un truc pareil, s'insurge Ralph.

Normalement, je l'ignorerais par principe, mais il a raison. Ça m'énerve, d'ailleurs.

— C'est… c'est lourd à encaisser. On vit avec tous les jours, mais c'est pas rien pour les gens qui n'ont pas le VIH.

— Alors, dis-le-lui pendant un dîner aux chandelles, peu importe, suggère Brie en levant les yeux au ciel.

Ça me donne envie de la serrer dans mes bras.

— L'essentiel, c'est que si c'est le genre de mec prêt à te rejeter parce que tu es positive, tu ne peux rien y faire.

— Oui et attendre plus longtemps ne changera rien du tout, concède Jack. Lui mentir pour qu'il reste avec toi ne servirait à rien.

— Je ne lui mens pas pour qu'il reste avec moi, je proteste d'une voix faible. J'ai peur d'en parler, c'est pour ça que je repousse sans cesse le moment.

— C'est compréhensible, reconnaît Julie avec une douceur qui apaise la tension. Peu importe comment tu décides de lui en parler, il faut que tu sois honnête. L'honnêteté est le plus important dans une relation, il ne faut jamais la construire sur des mensonges.

Je me penche en arrière sur mon siège et je cesse de l'écouter quand elle passe au sujet suivant. Attendre pour le dire à Miles n'est pas un mensonge. Du moins, ça ne devrait pas.

Je reprends le tram toute seule et j'entre dans notre maison déserte. Daddy devait rester après les cours pour surveiller les élèves collés, ce qui signifie que j'ai encore une heure au moins devant moi. Je me dirige sans réfléchir vers la chambre de mes parents.

Il y a des reproductions de peintures au mur : une de Frida Kahlo et une autre de Basquiat. Celui-là, je trouve qu'on dirait des gribouillis, mais ça énerve Daddy que je dise ça.

Je me jette sur le lit. Je n'ai pas dormi avec eux depuis mes six ou sept ans. Mais rien qu'en étant ici, je me sens reliée à eux. Je sens même une forme de connexion avec ma mère biologique. C'est ici que mes parents conservent mon dossier d'adoption : les papiers légaux, les lettres et quelques albums photo. C'est tout ce que j'ai d'elle. Ça ne m'a jamais dérangée avant. Je ne sais pas si ça me dérange aujourd'hui. J'aimerais pouvoir discuter de tout ça avec elle.

Qu'est-ce qu'elle a ressenti quand elle a appris qu'elle était séropositive ? Quand elle a découvert qu'elle était enceinte de moi ? Je ne me suis jamais posé la question avant. Est-ce que son petit ami l'a laissée tomber ? Est-ce que sa famille l'a abandonnée ? Ses copains ? J'aimerais bien l'imaginer entourée de gens qui l'aimaient, qui l'ont aidée à se sortir d'une mauvaise passe. En réalité, j'ignore comment ça s'est passé.

En général, je n'aime pas penser à elle. Je hais l'idée de ne pas être seulement la fille de mes deux pères. Peut-être que ça fait de moi une personne horrible. C'est juste que je déteste ne ressentir aucun *sentiment* pour cette personne qui m'a créée et qui voulait sans doute se débarrasser de moi.

On est censé être lié à sa mère biologique, ressentir quelque chose. On raconte l'histoire de personnes qui ont suivi la piste de leurs génitrices, parfois même à l'étranger. Quand la mère et l'enfant se retrouvent, ils se serrent dans les bras et s'aiment même s'ils ne parlent pas la même langue.

Il y a deux choses qui me relient à cette femme : elle m'a mise au monde et elle m'a transmis le VIH. Je n'ai jamais eu envie de lui parler avant, mais pour la première fois, je voudrais qu'elle soit présente. C'est la seule chose qu'elle comprendrait mieux que mes parents. Peut-être qu'elle saurait comment réagir. Peut-être que si elle était là, je me sentirais moins seule.

Je serre mes jambes contre ma poitrine et je me mets à pleurer.

19.

Il me faut toute la journée de jeudi pour me décider, mais j'envoie enfin un texto à Miles après les répétitions. On se retrouve dans le parc Dolorès, sur un banc et on se regarde dans les yeux. C'est presque comme la première fois qu'on est venus ici, sauf que là, on se tait tous les deux.

D'habitude, le silence ne me dérange pas, mais aujourd'hui, il m'horripile. Peut-être parce que je sais que c'est ma faute. C'est moi qui évite Miles ces derniers temps, c'est moi qui m'apprête à lui révéler un truc auquel il ne s'attend pas. Je me sens hypermal.

Au moins, on est dans un parc. Il y a tellement de bruit, entre les chiens, les enfants et les inconnus emportés dans le cours de leur propre vie, que même les silences gênants ne sont pas silencieux. Il n'y a pas de brouillard, pour une fois, je devrais profiter de cette belle soirée. C'est ce que je ferais dans d'autres circonstances.

— Ça va ? me demande Miles. On dirait que t'es sur le point de vomir.

Il n'est pas assis aussi près que la dernière fois. S'il voulait toucher mon dos, il faudrait qu'il se penche.

Je déglutis en jouant avec les fiches de notes que j'ai entre les mains. Je n'ai pas utilisé de fiches depuis mon exposé scientifique au collège. Elles sont numérotées et tout… au cas où j'oublierais ce que je veux dire. C'est important de ne rien oublier.

— Bon, je commence en posant les cartes sur mes genoux.

C'est bizarre de faire ça dans un parc, mais au moins personne ne me connaît ici. C'est un des endroits où je me sens en sécurité.

— J'ai des trucs à te dire.

— D'accord.

— Alors, euh, je suis adoptée. Tu l'as sans doute deviné.

Miles esquisse un demi-sourire.

— Euh, oui. Plus ou moins.

— Ma mère biologique avait le VIH. (Je me dépêche de sortir les mots avant qu'un nouveau silence gênant s'installe.) Je suppose qu'elle ne savait pas ou qu'il n'y avait pas de médicaments ou, s'il y en avait, qu'elle ne pouvait pas se les procurer. Je ne sais pas.

Je passe à la fiche suivante sans m'autoriser à établir un contact visuel avec lui. Mes doigts tremblent. J'ai beau me répéter que je ne dois pas avoir peur, que c'est à lui de décider comment réagir, je flippe quand même. Je ne veux pas que Miles pense que le VIH fait de moi quelqu'un de sale.

— Quand je suis née, j'étais très malade. On m'a fait des tests et je suis aussi porteuse du VIH. Ce n'est pas comme si je venais de l'apprendre, je l'ai toujours su, depuis toute petite. Je suis sous traitement depuis toujours, et maintenant je suis en bonne santé.

Je me permets de lever les yeux un bref instant. Il avale sa salive. Sa pomme d'Adam monte et redescend. Il me fixe, ça ne sert à rien de me faire croire qu'il regarde ailleurs. Je détourne les yeux.

— Je suis désolée de ne pas te l'avoir dit plus tôt et je suis désolée de t'avoir évité. Je comprendrais très bien que tu ne veuilles plus me parler, je poursuis, la gorge sèche. J'avais vraiment peur, parce que c'est toujours bizarre quand je le dis à quelqu'un… Du coup, je ne le dis jamais à personne. Je veux que tu saches, parce que je t'aime vraiment bien…

Je me passe la langue sur les lèvres. Il ne m'a pas interrompue une seule fois pendant tout ce temps, comme je m'y attendais. Je jette un coup d'œil dans sa direction : il continue à me fixer.

J'attends. J'entends le bruit des écureuils qui jettent des écorces par terre, des poussettes qui passent. Le soleil se couche lentement, comme s'il s'attardait pour ne rien rater de la scène. Maintenant que je le lui ai dit, plus rien ne sera comme avant. Fini l'insouciance. Je voudrais déjà pouvoir revenir en arrière.

— Euh, fait Miles, je peux te serrer dans mes bras ?

Je n'en crois pas mes oreilles.

— Tu veux me toucher ?

— Ben oui, répond-il, l'air étonné. Pourquoi je voudrais pas ?

— Beaucoup de gens auraient la trouille en ce moment, je lui explique en l'observant avec méfiance. Est-ce que tu… Je sais pas, tu as des questions ? Tu ne réagis pas, c'est bizarre.

— Je réfléchis, admet-il en se mordant la lèvre. Comment ils réagissent, les autres, normalement ?

— Euh, je sais pas. Ils posent beaucoup de questions.

Lydia et Claudia. Sarah en a posé encore plus, mais je ne veux pas y penser en ce moment.

— Je sais pas comment les autres réagissent. Ce n'est pas comme si j'en parlais tout le temps aux gens. Ce serait… je crois que ce serait pas une bonne idée.

Il acquiesce en fixant ses mains. J'aimerais tellement savoir ce qu'il pense.

— Tu le diras à personne, hein ?

Ça ressemble plus à une affirmation qu'à une question.

— Non, m'assure-t-il en secouant la tête et en relevant les yeux. Bien sûr que non.

— Ouf.

Je me sens un peu plus légère.

— Alors, tu vas bientôt être au stade sida ? demande-t-il, l'air mal à l'aise. Ça paraît idiot comme question, mais ça va ? T'es sûre ?

— Oui, je lui assure d'une voix douce. Je vais bien.

— Tu ne vas pas mourir ?

— Quand j'aurai quatre-vingts ans, peut-être, je déclare en haussant les épaules. Mais pas maintenant.

— Tu en veux à ta mère ?

La question me fait réfléchir. Honnêtement, d'habitude, je ne la considère pas vraiment comme ma mère. Peut-être que si elle était encore en vie, ce serait une sorte de tante pour moi. Elle pourrait répondre à des questions sur les rapports sexuels avec le VIH, sur comment s'y prendre pour annoncer sa séropositivité et sur les circonstances dans lesquelles il vaut mieux que ça reste un secret. Mais c'est trop brut, trop personnel, pour que j'exprime tout ça à haute voix.

— Je ne pense pas que je puisse lui en vouloir, je finis par dire en choisissant mes mots avec soin. J'ai été longtemps en colère contre elle, parce qu'elle aurait sûrement pu m'empêcher d'être contaminée par le virus. Mais elle était très jeune et elle a dû faire face à la maladie et à la grossesse. Elle était probablement seule aussi. Ça a dû être dur.

Je regarde Miles du coin de l'œil. Il acquiesce. Je ne sais pas du tout comment interpréter sa réaction.

— Je peux encore te demander des trucs ?

Je hoche la tête, presque trop vite. Je fourre les fiches dans ma poche. Je n'en ai plus besoin.

— Tu prends beaucoup de médicaments ?

— Juste un par jour.

— C'est bien, ça, non ? commente-t-il en posant les mains sur ses genoux.

Je fais signe que oui. J'ai presque envie de sourire. Il semble aussi nerveux que moi.

— Et… Je ne l'attraperai pas en passant du temps avec toi ?

C'est une question plus difficile. J'aimerais que le Dr Khan soit là pour répondre à toutes les interrogations de Miles avec calme et professionnalisme. Il va devoir se contenter de mes réponses maladroites. Bizarrement, je ne me sens pas si mal à l'aise que ça. Je me sens mieux en pensant à mes parents. S'ils m'ont choisie, s'ils m'ont désirée, d'autres voudront de moi aussi.

Miles se mord la lèvre.

— C'était une question stupide ?

— Non, c'est… normal. Transmettre le VIH par contact est fondamentalement impossible et tu peux le neutraliser avec du savon si le sang se répand ou quoi. La seule façon de le transmettre c'est par les fluides corporels, comme le sang ou le lait maternel…

— Ou le sperme.

Ça y est, je suis de nouveau gênée. Mais je réponds :

— Oui, le sperme. Ou le foutre, je ne sais pas, le liquide qui sort, quoi.

Il pouffe de rire. Je m'écarte un peu.

— Quoi ? C'est vrai !

Il secoue la tête d'un air amusé.

— Tu parles comme un médecin, depuis le début. Puis tout à coup, tu dis *foutre*, t'as complètement changé de ton.

— Ben, en même temps, c'est ce que c'est.

Il hausse les épaules.

— Oui, c'est juste que… tu sais…

Non, je ne sais pas, mais je ne crois pas avoir envie de savoir. J'ai déjà trop de trucs en tête pour entendre Miles parler de sexe. C'est drôle, avec Claudia et Lydia, c'est un sujet léger. Alors que quand Miles dit *sperme,* ça me fait rougir. Je m'en veux d'être mal à l'aise.

— Enfin, bref, le virus ne peut pas se transmettre si la charge virale – c'est la quantité de virus qu'on trouve dans le sang – est indétectable.

— C'est ton cas ?

— Oui. (Ma voix s'étrangle.) Ma charge est indétectable, je l'ai appris lundi. Mais ma gynécologue dit que je devrais attendre que ça fasse six mois.

Je ne m'autorise pas à regarder son visage. Le silence est plus présent, maintenant, même si les oiseaux émettent leurs piaillements nocturnes et que j'entends les trams au loin. Il va être temps pour moi de rentrer à la maison. J'aimerais juste que la situation soit plus… je ne sais pas, résolue. Au moins, je l'ai fait. Et personne ne peut m'enlever ça.

Miles m'embrasse la joue et je sursaute un peu.

— Ce n'est pas du sexe, dit-il. Pas de fluides corporels, c'est ça ? Donc, on peut encore se faire des bisous.

Je ne sais même pas quoi dire. Il est *trop* génial.

Je lui adresse un petit sourire.

— Tu as raison. Et le virus ne peut pas se transmettre par la salive. Mais tu devrais réfléchir à tout ça.

— Qu'est-ce que tu veux dire ?

Je soupire.

— Je ne sais pas. Je suis encore vierge.

Il m'observe d'un air surpris.

— Et alors ?

— Y a une raison à ça, je lui explique en essayant de donner du poids à mes mots. Je sais bien qu'il n'y a pas de risque, mais j'ai peur, tu devrais réfléchir…

Il bat des paupières quelques fois. Je suis contente qu'il ne m'ait pas traitée de salope ou qu'il ne se soit pas enfui, mais j'ai un peu l'impression qu'il ne prend pas le problème suffisamment au sérieux.

— On n'est pas *obligés* de faire l'amour tout de suite, déclare-t-il, presque comme un enfant qui boude. Tout le monde ne passe pas son temps à avoir des relations sexuelles, Simone.

Je lâche un petit rire dubitatif.

— Tu vas vouloir attendre, c'est ça ?

— Tu ne sais pas ce que je veux. Même si j'en *ai* envie, je peux attendre.

— Et si tu décides de ne pas attendre ?

Il secoue la tête en s'écartant. Comme il fait un peu plus froid sans lui près de moi, j'enroule mon sweat-shirt autour de mes épaules.

— Tu crois vraiment que je ne suis pas capable de me passer de sexe pendant six mois ?

— J'en sais rien, je réplique sèchement.

Je ferme les yeux. Je ne veux pas le perdre.

— C'est juste que… Je sais pas. Je veux pas… Je pense pas qu'il va se passer un truc grave, mais dans un univers parallèle où ça pourrait se passer, je veux pas que tu me détestes jusqu'à la fin de tes jours.

— Je ne te détesterais pas.

Je rouvre les paupières d'un coup.

— Si tu attrapais le VIH à cause de moi ? Miles, une fois que tu prendrais les médicaments, t'aurais sûrement des effets secondaires comme des vomissements, des maux de tête et des boutons. Et puis certaines personnes t'éviteraient comme si tu avais la peste… peut-être même ta propre famille. La plupart des gens ne savent rien sur le VIH, ils ont juste peur. Je pense pas que tu t'en ficherais, si ça t'arrivait.

Il ne dit rien.

— Je ne dis pas que ça va arriver, je continue en baissant la voix. Je suis pratiquement sûre que non. Mais j'ai tout de même peur que…

— Mon opinion sur toi n'a pas changé.

— Quoi ?

— Tu as l'air de penser que je vais arrêter de te parler ou quoi. Mais ça n'arrivera pas. Où est-ce que je trouverais quelqu'un capable de mémoriser toutes les paroles de la production originale du *Fantôme de l'opéra* ?

J'ai envie de pleurer.

— T'es bête, je dis, même si je ne peux pas m'empêcher de sourire. Je sais que je suis géniale…

Il pose sa main sur la mienne et je ne me dégage pas.

— Tu l'es. Tu es vraiment géniale.

— D'accord, mais les gens t'éviteraient s'ils apprenaient ça, j'insiste en me forçant à le regarder dans les yeux. Tu le sais, non ? Les gens auraient peur de toi. Je veux dire, on sait tous les deux ce que c'est d'être noir. Les gens détestent les *mecs* noirs.

Il émet un ricanement sarcastique.

— Je suis bien placé pour le savoir.

— Eh ben, ils détestent encore plus le VIH. Si tu mets toutes ces choses ensemble, on pourrait vouloir nous mettre en quarantaine sur Mars. Et entre-temps, notre vie deviendrait un enfer.

— Simone, le racisme ne disparaîtra pas si j'arrête de te parler. On ne peut pas contrôler les préjugés des autres.

— Je sais, j'admets en fixant nos mains. Je veux juste que tu saches que ça pourrait mal tourner.

— T'essaies de me convaincre d'arrêter de te parler ?

Oui. Non. Peut-être un peu. Dans un sens, ce serait plus facile d'arrêter de se voir maintenant plutôt que de se faire de la peine plus tard.

— Je suis juste étonnée.

D'avoir flashé sur lui la première et qu'il m'aime bien aussi. Qu'il soit encore là, même après ce que je viens de lui révéler. Et qu'il me serre la main.

— Je ne pensais pas que ça arriverait, j'avoue.

— Je t'aime beaucoup.

Je rougis.

— Il me semblait bien, mais…

— Je veux sortir avec toi parce que tu es intelligente, jolie et drôle. (Il ne se précipite pas pour sortir les mots comme moi. On dirait que ça ne le gêne pas du tout.) Si je n'avais pas autant envie de t'embrasser, je serais jaloux de toi.

— Miles, t'es… t'es trop bizarre ! je m'exclame en me passant la main sur la figure. Je ne sais même pas quoi dire.

— Alors, ne dis rien. Tu as déjà dit beaucoup de choses.

Je me tourne vers lui.

— Pourtant, y a un tas de choses que je pourrais ajouter. Comme : tu es ma personne préférée. Une de mes personnes préférées, en tout cas. (Je pense à Claudia et Lydia. Miles est quelque part au même niveau qu'elles.) Je pourrais aussi dire que je t'aime, mais ce serait ironique.

— Quoi ?

— Parce que je le dis tout le temps à mes meilleures amies. Ce sont mes personnes préférées. Donc, si tu fais partie du club, ça veut dire que je t'aime. Mais il ne faut pas en faire un plat. J'aime la pizza, les brownies, *Aïda* et…

— Et Webber.

— *Et* Sondheim. J'aime un tas de trucs… et tu viens d'être ajouté à la liste.

— Je suis honoré. Enfin, je crois.

Il rit.

— Où est-ce que je me trouve sur cette liste, avant ou après la pizza ?

Je n'arrive pas à détacher les yeux de son sourire. Je n'imaginais pas pouvoir aimer quelqu'un à ce point. Et encore moins que ce soit réciproque.

— J'aime mieux t'embrasser que je ne t'aime toi, je plaisante. D'abord Claudia et Lydia, puis les comédies musicales, puis les baisers, qui viennent juste avant la pizza, et puis toi.

— OK, je vais essayer de m'en souvenir, réplique-t-il en se penchant en avant. Moi, je te préfère à tout ce qui précède. Je pense que ça mérite un prix.

Je ne pourrais rien lui offrir qui soit à la hauteur. Il fait comme si ce n'était rien. C'est la réaction idéale, que personne n'a encore eue avec moi jusqu'à présent. Je me sens tellement heureuse que j'ai l'impression que mon corps est baigné de soleil. Je ne sais pas comment lui faire ressentir la même chose, mais il le mérite. Je voudrais lui offrir le soleil.

— Tu as droit à un secret, je lui annonce en glissant mes bras autour de son cou. En fait, je te préfère à tout le reste.

20.

Quand la sonnerie qui annonce le dernier cours de la matinée du vendredi retentit, je me dirige vers l'ancienne aile des sciences. Même si j'ai envie de voir Miles, ça fait quatre jours que je n'ai pas déjeuné avec mes meilleures amies et elles doivent l'avoir remarqué. Hier soir, Claudia a envoyé un SMS dans notre conversation de groupe : *SIMONE ! Viens déjeuner demain avec l'AGH stp merci.* Ça a été suivi d'un texto de Lydia : *Tu devrais venir, tu nous manques !*

Maintenant, m'y voilà. J'entre dans la salle, mais elles ne sont pas là pour m'accueillir. Il me faut un peu de temps pour les repérer. Pourquoi est-ce qu'elles ont insisté pour que j'assiste à cette réunion ? Je pensais qu'on allait passer du temps ensemble, juste entre nous.

La seule personne que je reconnais à part elles, c'est Jesse, mais il est occupé, il rigole à l'écart avec un groupe de potes. Je me demande ce que je fais ici et je me sens mal à l'aise. Ce n'est pas du tout ce à quoi je m'attendais.

Un bip m'avertit que j'ai un message et m'arrache à mes pensées.

Proposition : Je t'offre une pizza si j'arrive à monter d'un rang dans ta liste.

Il me faut une seconde pour comprendre de quoi parle Miles : ma liste de choses préférées, celle dont on a discuté dans le parc.

T'es déjà au sommet.

Il répond tout de suite :

Je dois tout faire pour rester n° 1, Simone !!!!!

Je ne peux pas m'empêcher de sourire. J'adore son romantisme à deux balles. Et ça ne me dérangerait pas de manger de la pizza plutôt qu'un vulgaire sandwich.

Je relève la tête. Claudia et Lydia sont complètement absorbées par une discussion avec des gens que je ne connais pas. Je ne surprends que des bribes.

— Oui, une personne non binaire peut s'identifier comme lesbienne, lance Claudia. Mais je ne suis pas certaine, vu que je ne suis pas non binaire.

— On peut vérifier, suggère Lydia. Ou tu peux parler à Alex quand iel arrivera ? Iel est non binaire aussi.

À mon avis, elles ne remarqueront même pas si je m'éclipse. La plupart du temps, pendant ces réunions, je reste dans mon coin à hocher la tête pendant que d'autres discutent. Peu de chances que la séance d'aujourd'hui soit différente. On ferait mieux de se voir après les cours plutôt qu'ici.

La porte est toujours ouverte. Je passe mon sac à mon épaule. Si elles se rendent compte que j'ai filé en douce, je trouverai bien un truc pour me rattraper. Je retiens ma respiration et je m'enfuis avant qu'elles aient le temps de me retenir.

21.

Les répétitions se déroulent plus ou moins normalement le samedi, même si je regarde sans cesse ce que fabrique Eric. S'il sait que j'ai passé du temps avec Miles hier, il ne le montre pas.

— Bon, les retours, j'annonce en me passant une main dans les cheveux et en me retenant de soupirer. Eric, comme je te l'ai déjà dit, il va falloir laisser tomber cet accent. Les autres, dans l'ensemble, vous vous en sortez bien, mais certains d'entre vous en font un peu trop. Essayez de la jouer plus cool, surtout si vous êtes à l'avant. Bon, allez, on en refait une.

Tout le monde regagne sa place, sauf les comédiens qui occupent le devant de la scène. Eric lève les yeux. Claire s'approche de lui et lui chuchote quelque chose à l'oreille. Il éclate d'un rire beaucoup trop bruyant. Elle me dévisage en haussant les sourcils, comme si elle me mettait au défi de dire quoi que ce soit. Et si Claire était au courant pour les messages ? Qu'est-ce que je peux leur dire ? *Je sais que vous m'adressez des lettres de menace et je veux que vous arrêtiez* ? Ils nieraient, c'est tout. J'ai pas envie d'accuser Claire ou Eric, ça ne servirait à rien.

Une fois la répétition terminée, j'empoigne mon sac à dos. Miles m'a prêté son sweat à capuche pour que je le porte, comme dans les comédies romantiques des années quatre-vingt, et je suis loin de m'en plaindre. Il est blanc et bleu, les couleurs de notre lycée, et trop grand pour moi. Il est imprégné de son odeur et aussi chaud que lui.

Je lui ai dit de me retrouver dehors, principalement pour qu'Eric et Claire ne nous voient pas. Je repense au regard que Claire m'a jeté et je repense à ce que Sarah a fait juste après que je lui ai avoué que j'étais positive : elle a envoyé un texto à cinq filles différentes pour le leur dire. Sarah a foutu en l'air notre relation en révélant mon secret. Mais comme Claire et moi on se parle à peine, elle n'a rien à perdre en me terrifiant.

Miles apparaît et me prend la main. De la sueur perle sur son front. On a déplacé pas mal de décors aujourd'hui et il a probablement soulevé des trucs super lourds.

— Salut, prête à rencontrer le reste de l'équipe ?

Ah oui, c'est vrai.

Normalement, ça ne me fait ni chaud ni froid de faire une bonne première impression. Ça passe ou ça casse, et basta. Ma première rencontre avec Sarah était tout ce qu'il y a de plus normal. Elle était dans la classe au-dessus et était chargée de me faire visiter Notre-

Dame de Lourdes avant la rentrée. Je ne m'attendais pas à ce que ce soit un monstre, ce qui prouve qu'il ne faut jamais se fier aux apparences.

Mais, cette fois, c'est différent. Ce sont les copains de Miles. Je l'aime bien et j'ai envie que ses amis m'apprécient ou, au moins, qu'ils me tolèrent.

— T'as l'air flippée, remarque Miles devant mon silence. Y a pas de raison. C'est rien du tout.

— Peut-être pour toi, je marmonne en enlevant le sweat pour le lui rendre.

Ce n'est pas lui qui rencontre des inconnus. Si ses coéquipiers me détestent, est-ce qu'il me regardera différemment ? La rencontre ne devrait pas durer plus de cinq minutes ; tout ce que je dois faire, c'est agiter la main de loin et sourire. Je serre les dents et j'enfonce mes mains dans mes poches.

Quand on arrive, il y a déjà des joueurs sur le terrain. J'ai le regard attiré par le numéro 24. Ses mouvements sont gracieux. Il se faufile entre les autres en courant et pousse la balle avec sa crosse, puis il fonce dans un autre gars et le charme est rompu.

J'ouvre la bouche pour dire quelque chose, mais je la referme quand un mec nous rejoint en courant. Il repère le sweat-shirt que Miles tient en main et affiche un sourire moqueur.

— Oh, c'est le sweat à capuche porte-bonheur ? Je parie que maintenant il y a l'odeur de ta chérie dessus, plaisante-t-il. C'est pour ça que tu le lui as prêté ?

— La ferme, proteste Miles en le bousculant. C'est la dernière fois que je te raconte quoi que ce soit, je te jure.

Le type me sourit et j'étouffe un petit rire. C'est marrant de voir que Miles et ses potes ne sont pas si différents de mes amies et moi. Miles me rend le sweat.

— Tiens, prends-le, il porte bonheur.

— Parce qu'il a mon odeur ? je demande en battant des cils. Elle est comment mon odeur, Miles ?

Il se gratte la nuque, comme s'il était mal à l'aise. Je colle le tissu contre mon nez. Son odeur est toujours bien là, un mélange de déodorant et de sueur, puis d'autre chose de chaud, comme du bois.

— Salut les mecs, annonce Miles, je vous présente Simone.

J'ai de la chance, l'entraîneur n'est pas là. Je suis sûre que la scène serait encore plus embarrassante sinon.

Il y a une dizaine de joueurs, tous en maillot et protections. Certains ont des casques qu'ils retirent, pour mieux voir, je suppose. C'est bizarre de penser qu'ils sont en train de m'observer, *moi.* Quand je les croise dans les couloirs, avec leur équipement et leurs énormes crosses qui occupent tout l'espace, je leur jette à peine un coup d'œil.

Je fais un signe de la main.

— Salut. Moi, c'est Simone.

Ils marmonnent en même temps des trucs genre *salut* ou *enchanté* qui se mélangent.

Miles indique un gars au bout du groupe et annonce en suivant la ligne qu'ils forment :

— Ryan, La Bête, Greg, Kevin, Le Poulpe, Tom, Dylan, Will et Chad.

Tom, un Japonais avec qui j'ai cours de maths et avec qui je discute de temps en temps, est le seul non-blanc avec Miles. Je ne sais pas comment ils gèrent ça. Il y a de la diversité au lycée et normalement je ne suis pas la seule à ne pas être blanche dans une pièce, ce qui est une avancée par rapport à mon ancienne école, où j'étais souvent la seule noire. Le fait d'être dans des groupes majoritairement blancs me met mal à l'aise. J'ai l'impression d'être plus vulnérable. D'un autre côté, ce sont les amis de Miles, pas les miens. Il ne traîne pas avec Claudia et Lydia et je ne traînerai pas avec eux. Je me force à sourire et je ne réagis pas aux deux surnoms que je viens d'entendre.

— Oh, Austin a une petite amie, se moque un des joueurs. Tu t'es fait des amis au club d'art dramatique, c'est trop mignon.

Je ne me souviens pas du nom de ce gars, je n'ai pas réussi à suivre. Il remet son casque en place.

— Ta gueule, Greg, riposte un autre en se mettant à courir à l'envers. Enchanté, Simone.

— J'aime bien tes cheveux, déclare un type avec des taches de rousseur. C'est joli.

Je replace une mèche derrière mon oreille, mais elle ne reste pas en place.

— Oh. Merci.

— J'ai toujours voulu sortir avec une black, poursuit-il. Je suis certain qu'on s'amuse mieux.

Je cligne des paupières.

— Quoi ? Ça veut dire quoi, ça ?

Ça fait à peine une minute, et les conneries commencent déjà.

— Ça va pas la tête, Chad, putain ?! s'énerve Miles.

Il fait un pas en avant, comme pour me bloquer.

J'essaie de le repousser avec mon épaule, mais il bouge à peine.

Chad lève les mains d'un air innocent.

— Quoi ? C'est quoi le problème ? Je dis ça comme ça. Les filles noires sont différentes. Elles ont plus de tempérament, tu vois ?

— Non, je vois rien du tout, répond Miles sèchement.

— Je ne suis pas une expérience culturelle pour blancs, je lui rappelle en croisant les bras. Et avant que tu n'en cherches une, je ne connais aucune fille noire qui voudrait tenir un rôle pareil.

Le reste de l'équipe se tait. Je ne sais pas ce que ça signifie. Peut-être qu'ils ne savent pas quoi dire. Ou bien ils pensent la même chose que lui mais ne veulent pas envenimer les choses. Quoi qu'il en soit, ça me rappelle pourquoi je n'aime pas me retrouve exclusivement avec des blancs. Je suis toujours sur la défensive, prête à ce que quelqu'un dise ou fasse quelque chose de débile, même si le lieu semble « sûr ».

— Bah, c'est pas grave si tu ne comprends pas, Austin, continue Chad en haussant les épaules. Moi, je vois la différence.

— J'y crois pas, je soupire. Va te faire foutre.

Je tourne les talons. Je ne peux pas écouter cette discussion une seconde de plus. Je sais où elle mène : il va continuer à faire comme si ce n'était pas grave. Et comme on est entourés de blancs, personne ne va le contredire.

Miles m'appelle, mais je ne m'arrête pas. Je suis furieuse contre lui aussi, même si ce n'est pas sa faute. Ce sont ses coéquipiers. Je suis sûre qu'ils ont déjà fait des tonnes de commentaires sur le fait qu'on s'amuse plus avec des noires. Est-ce que Miles les a repris ? Ou est-ce qu'il est resté planté là à rire avec eux ?

Je retourne vers le lycée. Miles me rattrape.

— Je suis désolé, Simone.

Je ne me retourne pas.

— C'est un gros con, ajoute-t-il.

Je m'appuie contre le mur, le dos tourné.

— C'est sûrement pas le seul.

Il se poste devant moi et m'oblige à le regarder.

— Hé, ça veut dire quoi, ça ?

Je m'écarte.

— Oh, ça va, Miles. Ne me dis pas que c'est le seul à fantasmer sur les noires. Ils ont déjà fait ce genre de commentaires, non ?

— Qu'est-ce que t'en sais ? (Il répond trop vite. Je sais que j'ai touché une corde sensible.) Tu les connais pas. Tu viens juste de les rencontrer.

— Je le sais, c'est tout.

J'essaie de le dépasser, mais il fait un pas de côté pour me barrer la route.

— Miles, ce n'est pas que moi. Ils doivent te dire des conneries tout le temps et tu laisses couler. Je ne comprends pas pourquoi tu es si fan de lacrosse alors que c'est un sport réservé aux blancs.

Ses yeux s'assombrissent et il serre les poings.

— J'adore le lacrosse. Et je suis noir, il me semble, non ? Donc c'est pas « réservé aux blancs ». Et aux répétitions du spectacle, on est quoi, cinq noirs ? Je remarque ce genre de truc aussi, mais je n'en parle pas, parce que je sais que tu es dingue du club d'art dramatique.

— Ne me renvoie pas le problème, je n'y suis pour rien.

Il secoue la tête, stupéfait.

— Qu'est-ce que tu racontes ? Tu es la seule à qui ça pose un problème, Simone.

C'est le genre de réactions auxquelles je suis habituée de la part de blancs. Ils ne comprennent pas pourquoi je déteste qu'on me touche les cheveux ou qu'on trouve que je dramatise quand je signale que le vigile me suit dans un magasin. Mais Miles est noir, comme moi. Je ne sais pas comment il fait pour ne pas piger.

— Laisse tomber, je dis en fourrant mes mains dans mes poches. À plus tard.

Je vais aller trouver Claudia et Lydia, on pourra peut-être manger un bout ensemble.

Il m'attrape le bras, mais je me dégage.

— Non, parle-moi. Explique-moi, je ne comprends pas.

— Tu ne comprends pas ? je répète en haussant le ton. Miles, si un de ces types te voyait devant sa maison la nuit, il appellerait les flics. Tu sais pourquoi ?

— C'est pas une question de racisme. Tout ne doit pas toujours tourner autour de ça. Ce qui compte, c'est le sport.

Je soupire.

— C'est juste que… ça me dérangerait de passer du temps avec eux en sachant ce que je sais.

— Je n'y pense pas tout le temps.

Sa voix est si douce que, pendant une seconde, j'ai l'impression de me comporter comme une imbécile.

— Tu ne me crois pas, mais c'est facile d'oublier sur le terrain. C'est comme quand tu es en répétition. On fait tous partie de la même équipe. Ces histoires n'ont pas d'importance quand on est ensemble.

Je suis un peu plus calme.

— Miles, j'aimerais bien…

Je respire à fond. Comment lui dire ça ?

— Je ne sais pas, je finis par dire. Être noir, c'est pas un détail qu'on devrait oublier.

— Non, c'est pas ça que je veux dire, se défend-il en secouant la tête. Ce que je veux oublier, c'est pas que je suis noir. C'est la façon dont les gens me regardent. Je suis *censé* inspirer la crainte sur le terrain. Ça n'a rien à voir avec les gens qui voient un grand type noir marcher dans leur quartier. Tu vois ce que je veux dire ?

Je comprends très bien ce qu'il veut dire. Parfois, j'aimerais ne pas avoir le VIH, ne pas avoir à m'inquiéter de le dire avant les rapports sexuels, mais j'aimerais surtout pouvoir me débarrasser des réactions des autres. C'est injuste de me mettre en colère parce qu'il aime quelque chose. C'est pas Miles qui débite des conneries.

Je lui attrape la main et je passe doucement mon pouce sur ses articulations. Ses doigts glissent entre les miens.

— T'es vraiment pas du tout comme mes parents, déclare-t-il comme en arrière-pensée. Ils sont… vraiment à fond. Mon père ne voulait pas que je rejoigne l'équipe de basket. C'est aussi pour ça que j'ai choisi le lacrosse.

Je hausse les sourcils.

— Quoi ? Pourquoi ?

— Ils ne voulaient pas que je sois un stéréotype. Ils insistent très fort là-dessus. Ne pas me transformer en stéréotype. Je dois montrer que je suis *au-dessus* de ces choses-là.

— Waouh.

Daddy n'aurait sûrement pas aimé que je fasse du basket, mais ça c'est parce qu'il déteste le sport. Ça lui est égal quelles activités je choisis, tant que je suis heureuse.

— C'est chaud.

Il éclate de rire. Il approche sa main d'une des spirales de mes cheveux. Je me penche pour le laisser jouer avec. Ils commencent à repousser.

— Je comprends. Parfois, c'est pesant. Pour les racistes, c'est pareil que je joue au lacrosse ou au basket, mais mes parents ne sont pas du même avis.

— Parce qu'ils veulent que tu sois le meilleur. Ils ne veulent pas que tu sois un simple stéréotype, je conclus en regardant nos mains. Mais c'est déjà le cas. Ils n'ont pas de bile à se faire.

— Attention, me prévient-il à voix basse, comme s'il avait peur de parler. On dirait que tu m'aimes bien, à nouveau.

— Je n'avais jamais vraiment arrêté.

Il me fixe encore une seconde. Je devrais lâcher un truc drôle, mais mon esprit est étrangement vide.

Miles s'accroupit et retrousse son jean.

— Attends. Je veux te montrer quelque chose.

— Qu'est-ce que tu fais ?

Il ne va quand même pas se déshabiller devant moi, là ?

Puis je comprends ce qu'il voulait que je voie : une énorme cicatrice, d'une couleur si claire qu'elle n'a pas l'air à sa place. La forme n'est pas belle et la blessure n'est même pas entièrement cicatrisée comme celle sur le front d'Harry Potter. Elle pourrait presque s'enfoncer si je touchais sa peau. J'ai l'impression que ça doit encore lui faire mal. Je grimace.

— Les médecins ont dû m'ouvrir pour réparer l'os, m'explique-t-il en tapotant un peu plus haut que la cicatrice. Je pensais que ça serait moins moche une fois qu'on retirerait le plâtre.

— Bon, au moins ton visage est intact.

Merde. Pourquoi je ne réfléchis pas avant de sortir n'importe quoi ? Je le regarde, horrifiée par mes paroles.

Miles me sourit en secouant la tête.

— Ça au moins, c'est une réaction spontanée.

Je hausse les épaules et je m'approche de lui.

— C'est pas grave. Si ça ne te dérange pas, ça ne me dérange pas. Tout le monde a des cicatrices. Tu vois ce que je veux dire ?

— Oui. Je voulais juste te la montrer… J'ai pas le VIH ou quoi, mais je voulais partager avec toi un truc que j'ai jamais montré à personne. Les gars de l'équipe m'ont tous vu me blesser – un abruti d'une autre équipe m'est rentré dedans et ses coéquipiers m'ont piétiné –, mais ils n'ont pas vu la cicatrice.

Ça me touche, même s'il a dû avoir vachement mal.

— Oh. Je suis contente que tu me l'aies montrée. C'est un honneur.

C'est une blague, pourtant il ne sourit pas. Je me rends compte qu'il avait besoin d'entendre ça.

Il est plus près de moi maintenant, ses épaules touchent les miennes. Parfois quand Miles est si près, j'ai l'impression que son corps est capable de tout parer. Comme si sa simple présence suffisait à empêcher qu'il arrive quoi que ce soit de moche.

On reste l'un contre l'autre sans rien dire. C'est un moment important. C'est plus que de la tendresse. Ça me fait penser à… à la façon dont mes parents se regardent parfois, ou à une scène dans une histoire d'amour, débordant de symboles et de déclarations à cœur ouvert.

Peut-être que je prends ça trop au sérieux. Je me racle la gorge.

— Tu sais que tu n'es pas la seule personne au courant pour ma séropositivité, hein ? Mon secret n'est pas aussi secret que le tien. Faut que tu arrêtes l'escalade…

— T'en fais pas, je voulais te montrer ma blessure dans tous les cas.

Il est plus doué que moi pour ce genre de choses : il sait trouver les mots justes. Je tire sa main jusqu'à mes lèvres et j'embrasse ses articulations. Il me fixe de ses yeux noirs. Ce n'est pas parce qu'il est plus doué que moi dans ce domaine que je ne peux pas essayer.

— Allez, je dis en tirant sur son bras, on se casse.

⋆

⋆ ⋆

Fisherman's Wharf, un quartier animé le long de l'eau, est une zone touristique et, s'il y a une chose que je déteste encore plus que les racistes blancs, c'est les lieux touristiques. On y croise des troupeaux de visiteurs qui tournent en rond avec leurs appareils photo, et il y flotte une odeur de poisson mort et de friture. Comme on est samedi, l'endroit est plus bondé que d'habitude et mon irritation est à son comble. Je ne serais jamais venue ici toute seule. Voilà ce qui arrive quand je propose à Miles de choisir notre destination.

Il remarque ma mine boudeuse et passe un bras autour de mes épaules.

— Ne fais pas la tête comme ça. Je voulais faire un truc amusant. Je pensais qu'on pourrait aller chez Ghirardelli, le chocolatier, se prendre une glace.

Ce n'est pas la première fois qu'il me prend dans ses bras, mais je ne m'y habitue pas. J'adore que Miles me touche. J'aime qu'il soit plus grand que moi et que je puisse m'appuyer contre lui. Ça me plaît encore plus que je ne le pensais.

— Simone ? Tu veux rester ? me demande-t-il en me décochant un petit coup de coude pour attirer mon attention.

— Tu trouves pas que San Francisco est étrange ? je dis au lieu de répondre. J'adore cette ville, mais elle est chère sans raison et la plupart des gens qui y vivent sont fauchés. Sauf les mecs friqués de la Silicon Valley.

— Mes parents sont tous les deux dans les affaires. Et pourtant, même comme ça, je ne sais pas comment ils s'en sortent, renchérit-il en secouant la tête. Je ne pourrai pas être comme eux.

— Pourquoi ? T'es intelligent.

Si Miles a peur de ne pas s'en tirer dans le business, comment je pourrais m'en sortir comme metteuse en scène ? Comment est-ce que je pourrais percer à Broadway, tout en ayant à galérer pour me nourrir et pour dégoter un endroit où dormir ?

— Les gens intelligents ne finissent pas toujours riches. Les noirs sont intelligents mais n'ont pas de fric parce que… tu sais pourquoi. Même les noirs les plus riches gagnent moins d'argent que les blancs friqués.

J'aimerais tellement éliminer le racisme une fois pour toutes. Je ne voudrais surtout pas cesser d'être noire, mais si je pouvais maîtriser ce que la société fait de nous, je le ferais.

— Je sais, j'admets en soupirant. Je…

— Simone ? Qu'est-ce que tu fais là ?

Ralph, de mon groupe de discussion, est arrêté devant nous, l'air ébahi. Merde. Si je l'avais vu plus tôt, je me serais cachée. Je n'ai aucune envie d'entendre ses commentaires condescendants alors que je suis avec Miles.

— Salut, Ralph, je réponds entre mes dents serrées. Je te présente Miles. On…

— Miles ? il répète en lui tendant la main. Je t'ai jamais vu.

Et voilà, il m'interrompt encore, comme au bon vieux temps.

— Vous vous êtes rencontrés au groupe ? demande Ralph en secouant le bras de Miles. J'aurais remarqué s'il y avait un nouveau, ajoute-t-il en se tournant vers moi.

Je le fusille du regard. Il sait parfaitement que Miles n'est pas dans notre groupe.

— Non, répond Miles en me jetant un coup d'œil interloqué, Simone et moi, on va au même bahut.

— Oh.

Ralph me fixe, la bouche ouverte. J'ai l'impression d'entendre les engrenages de son cerveau tourner.

— Ça doit être toi, le mec dont Simone parlait la dernière fois.

Je déteste ce type.

— Écoute, Ralph…

— J'espère que tout ira bien pour vous.

Son sourire est aussi artificiel que l'arbre de Noël qu'on utilise comme décor dans le spectacle.

— Content de t'avoir vue, Simone. Et ravi d'avoir fait ta connaissance, Miles.

Ce crétin s'en va avant que je puisse en placer une.

Miles le regarde s'éloigner, stupéfait.

— Attends, c'est qui ? Qu'est-ce qui vient de se passer ?

— C'est juste le pire connard de l'univers, je gémis. On est dans un groupe de soutien ensemble. C'est une longue histoire.

— Tu as parlé de moi à un groupe de soutien ?

— Euh, oui. C'est un groupe de discussion sur le VIH. J'étais hypernerveuse à l'idée de te parler…

— Oh.

J'ai du mal à déchiffrer son expression. Il a les mains dans les poches et observe le vol des mouettes. J'ai les joues en feu. Je n'ai jamais eu honte de faire partie d'un groupe de soutien, mais je n'en avais jamais parlé à un garçon. Pff, quand je pense que j'y parle à peine en temps normal. Je regrette presque d'avoir pris la parole ce jour-là, pourtant je n'aurais jamais eu le courage de tout avouer à Miles sans ça. Il fallait qu'il sache, même si c'était hyperstressant. Je suis contente qu'il soit au courant. Mais je suis gênée quand même. Grrr, quel connard, ce Ralph !

— Attends, Simone.

Sa main frôle la mienne.

Je m'autorise à le regarder en face. Son sourire n'est pas aussi enthousiaste que d'habitude. On dirait qu'il se retient d'afficher une moue boudeuse.

— T'es pas obligé d'avoir pitié de moi, je dis. Et je te jure que je n'ai rien dit de bizarre. Je voulais juste un conseil.

— Je n'ai pas… Non, c'est pas ça.

Il déglutit.

— On dirait que ça a été dur pour toi de m'en parler.

Je me gratte la nuque.

— Oui, on peut le dire.

Son index trace des motifs sur le dos de ma main.

— Je suis content. Que tu l'aies fait, je veux dire. Je suis vraiment, vraiment content.

J'ai une grosse boule dans la gorge. J'ai passé tellement de temps à flipper de ce qu'il penserait, de comment il réagirait. Je n'ai jamais osé rêver que ça puisse se passer aussi bien. Je m'humecte les lèvres et je baisse les yeux vers nos mains. Ça ne fait pas longtemps qu'on est ensemble, mais je suis habituée à les voir entrelacées. Elles se complètent.

— Moi aussi, je réponds la voix rauque. Merci de m'avoir écoutée.

22.

— Tu utilises toujours ton casier ?

— Ben oui, je réponds en formant la combinaison. J'ai jamais dit que j'allais arrêter.

On n'est qu'à la mi-novembre, et on dirait que la saison des pluies a déjà démarré. Les élèves ruissellent dans les couloirs, tout le monde porte un parapluie et un imper. Lydia a réussi à garder le sien toute la journée, comme si c'était la mode. Claudia s'en fiche. En ce moment, elle évite mon regard. Ça dure depuis que je les ai laissées tomber à la réunion de l'AGH.

Je m'attendais à ce qu'elle me coince dans un couloir, qu'elle me sermonne sur le fait que je suis nulle comme amie. Mais, au lieu de ça, elle ne m'adresse plus la parole. Lydia lui jette de temps en temps un coup d'œil, comme pour l'encourager à me parler, ce qui ne marche pas.

Elle ne peut pas m'ignorer éternellement, tout de même, si ?

— C'est pas une bonne idée avec cette histoire de messages, commente Lydia. C'est comme si tu te laissais piéger.

— T'inquiète, je réplique en retirant ma veste.

D'après ce que je vois, il n'y a pas de mot. Je pousse un soupir de soulagement.

— C'est bon, y a rien.

C'est pas mon casier qui devrait tracasser Lydia, vu que la dernière lettre de menace est arrivée chez moi. Mais elle n'est pas au courant. Personne ne le sait. Si je le lui disais, elle préviendrait la proviseure en mon nom, et tout le secrétariat serait au courant de mon histoire. Qui sait à quelle vitesse la nouvelle se propagerait dans la salle des profs ?

— Sérieux. Je gère.

Du moins, c'est ce que j'arrête pas de me répéter.

— Et Miles ?

Je me tourne vers Claudia. Elle me fixe droit dans les yeux, pour la première fois depuis longtemps.

— Euh, quoi ? je lui demande en tirant sur les sangles de mon sac à dos.

— Il est au courant pour les messages ?

— Non.

— Peut-être qu'il devrait.

— Pourquoi ? je l'interroge en étrécissant les yeux.

— C'est *à cause* de lui que tu les reçois.

Puis, plus bas, elle ajoute :

— Et tu nous as laissées tomber à cause de lui aussi.

— Quoi ?

Elle hausse un sourcil, comme si elle me mettait au défi de la contredire. Je retiens un gémissement.

Ce n'est pas la faute de Miles si j'ai sauté la réunion de l'AGH, c'est la mienne. Je ne veux surtout pas qu'elle lui en veuille. J'ai envie de lui expliquer ce que ça me fait de sortir officiellement avec Miles, de lui raconter qu'on se regarde d'un bout à l'autre de la classe, qu'on s'amuse à essayer de ne pas se faire choper. Je voudrais lui parler de l'échange du sweat-shirt porte-bonheur, lui avouer que je le porte tout le temps à la maison, pour être enveloppée dans l'odeur de Miles quand je regarde la télé. Mais je sais que Claudia n'a pas envie d'entendre tout ça.

On marche toutes les trois dans le couloir, Lydia à la gauche de Claudia et moi à sa droite, comme toujours, toutefois la tension entre nous est palpable. Je tiens mes livres dans une main et ma veste dans l'autre.

— C'est dingue comment t'es accro, se plaint Claudia. Tu ne penses jamais à rien d'autre ?

— C'est toi qui as abordé le sujet. Évidemment que je pense à d'autres choses.

— Ah oui ? Du genre ?

— Genre… les comédies musicales. La bouffe. Je pense tout le temps à manger.

— C'est pour ça que tu sors avec lui ? me taquine Lydia. Parce qu'il t'achète à manger ?

Son ton un peu irrité me surprend. Elles étaient amies avant que j'arrive. Si quelqu'un est capable de dire à Claudia de me lâcher, c'est elle. Mais elle ne fait aucun commentaire sur la distance qui s'est installée entre nous ou sur la réunion d'où je me suis enfuie. Elle prend un livre sur la pile que je porte.

— Je paie des trucs, je proteste. D'ailleurs aujourd'hui, je vais payer mon repas.

— Ouais, c'est ça, ironise Claudia. J'en suis sûre.

— Ça veut dire quoi, ça ?

— Je suis étonnée que Miles ne soit pas encore fauché. Tu sors tellement pour déjeuner. Il a dû dépenser une fortune.

Je m'immobilise.

— Bon, c'est quoi le problème ? Tu râles encore pour vendredi ? Engueule-moi un bon coup, qu'on puisse passer à autre chose.

Claudia fronce les sourcils.

— C'est pas…

— Euh, les filles…, l'interrompt Lydia.

Elle tient dans une main mon exemplaire de *Hamlet* ouvert et dans l'autre un morceau de papier carré. *Merde.* Mes jambes flageolent et mes manuels m'échappent.

Claudia s'empare du message et lit à haute voix :

Thanksgiving est dans moins de deux semaines. Largue-le.

— C'est qui, ce connard, déjà ?

Mon estomac se soulève. J'ai envie de vomir.

— Je suis désolée, Simone, dit Lydia, en se penchant pour m'aider à ramasser mes affaires. Je croyais que tu ne recevais plus de menaces.

C'est ce que j'espérais. J'ai peur de toucher les autres livres. Comment le mot a-t-il pu se retrouver dans *Hamlet* ? Il n'a pas pu être glissé par les fentes d'aération comme les autres.

Je croyais qu'après avoir révélé ma séropositivité à Miles, les menaces allaient avoir moins d'impact sur moi, mais ce n'est pas le cas. Ça ne suffira pas à empêcher le corbeau de révéler mon secret à tout le monde. Ça pourrait finir encore plus mal que dans mon ancien lycée. Non seulement, tout le monde me tomberait dessus, mais mes amies et Miles en subiraient les conséquences eux aussi.

Un frisson me parcourt l'échine. Je n'ai toujours pas vu Eric rôder près de mon casier.

— Pourquoi tu ne parles pas à la proviseure ? insiste Lydia. Ça ne va pas se régler tout seul. Je sais que tu es contre, mais ce ne serait pas si grave qu'une personne soit au courant, surtout si elle peut aider à résoudre le problème.

Je finis de ramasser mes livres et je me relève en soupirant.

— Hors de question, sauf si je n'ai vraiment plus d'autre choix.

— Qu'est-ce que tu pourrais faire d'autre ? objecte Claudia.

— Je sais pas. J'en ai pas la moindre idée.

Elles se regardent. Mes amies sont les personnes les plus intelligentes que je connaisse et elles ne savent pas quoi faire non plus. En parler à la proviseure n'est pas une mauvaise idée, mais je ne peux pas me résoudre à le faire.

— Il se passe un truc ?

En entendant la voix de Miles, je froisse le message dans ma main. Il ne faut pas qu'il voie ça.

— Non, rien. J'ai juste fait tomber mes livres, je mens en indiquant la pile du menton. Tu connais Claudia et Lydia, non ?

— Oui, répond-il en fronçant les sourcils.

Ça doit être évident qu'il y a quelque chose qui cloche, mais rien ne m'oblige à l'admettre.

— C'est sympa de vous voir, ajoute-t-il. Vous voulez venir déjeuner avec nous ?

— Non merci, dit Claudia. On a une réunion de l'AGH.

Elle arrive à faire comme si tout allait bien. C'est un de ses talents. Elle sourit, mais je n'arrive pas à lui rendre la pareille.

— J'avais oublié, je réponds, vous pouvez venir quand même, si Miles est d'accord.

Au lieu de répondre, Claudia pince les lèvres. On sait parfaitement toutes les deux que je ne m'attends pas à ce qu'elle accepte. Je le devine au tressaillement nerveux sous ses yeux, au regard un peu stressé que Lydia lui jette. Elles peuvent comprendre, quand même, non ? Je sais bien qu'on passe moins de temps ensemble qu'avant, mais ce n'est pas comme si je les ignorais. J'ai bien le droit de déjeuner avec quelqu'un d'autre que Claudia. C'est pas simplement parce que j'ai un petit ami.

— On peut aller chez moi, propose Miles d'un ton hésitant, comme s'il réalisait qu'il s'immisce dans une dispute. C'est pas loin et il y a de quoi faire des sandwichs.

— Non, c'est bon. On doit aller à la réunion, tranche Lydia. Pas vrai, Claudia ?

— Oui, allez-y sans nous. Amusez-vous bien, déclare-t-elle d'une voix cassante.

Elle me fixe avec froideur. Je ne sais pas ce qui se passe ni pourquoi elle choisit de me faire une scène maintenant.

Je lève les yeux au ciel en enfilant mon manteau. Lydia fronce les sourcils. Claudia s'éloigne sans se retourner.

23.

— J'ai droit à un indice ?

— Aucun, répond Miles au bout du fil. Fais-moi confiance. Et rejoins-moi au parc Dolores dans une heure. Mais n'apporte pas de sièges !

— J'avais aucune intention d'en apporter.

— Tant mieux. À tout à l'heure.

Je suis un peu méfiante, surtout parce qu'il a passé toute la journée d'hier à m'envoyer des textos bizarres (*C'est quoi ton snack préféré ? Sur une échelle de un à dix, comment tu trouves Hugh Jackman ?*) et qu'il m'a souri pendant toute la répétition de ce samedi matin. Il me sourit aussi d'habitude, mais là c'était différent.

— Envoie-moi un SMS dès que tu arrives, m'ordonne Daddy. Il y a toujours du monde partout le samedi et je n'aime pas ces cachotteries.

— On va juste au parc, je lui rappelle en empoignant mon sac.

— C'est ça, ironise-t-il. C'est une nouvelle expression d'ados ?

— Rhoo. Au revoir, Daddy.

La foule au parc Dolores n'est pas si étonnante ; ce qui est inhabituel, c'est que les gens portent tous des paniers de pique-nique et des couvertures. Il y a un pique-nique géant ou quoi ? Ça n'aurait rien de surprenant à San Francisco.

Miles m'attend près de l'entrée. Il porte lui aussi un panier. Je me mords la lèvre pour réprimer un sourire.

— On participe à un pique-nique collectif dans le parc ?

— Quoi ?

Son visage se plisse.

— Non. Je veux dire, j'imagine qu'on pourrait voir les choses comme ça, mais c'est pas exactement ce qui est au programme. Allez, viens.

Je ne sais pas combien de temps la surprise est censée durer. On ne marche qu'une minute ou deux avant que j'aperçoive l'écran géant extérieur. Des gens sont étendus sur des couvertures, ils discutent et mangent.

— Waouh ! Je ne savais pas qu'il y avait une projection de cinéma en plein air !

— Le lieu change d'une fois sur l'autre, c'est pas toujours ici.

Il hésite et quelques personnes nous dépassent.

— Attends, tu es vraiment surprise ? Je croyais que tu avais deviné avec mes messages.

— Euh, ben, non, je lui assure en riant. Comment j'aurais pu ?! *N'apporte pas de siège.* Je ne savais pas à quoi m'attendre.

— On n'a pas le droit de venir avec un fauteuil, m'explique-t-il en indiquant les gens installés sur les couvertures. Ça me semblait évident que c'était pour le parc.

— M'enfin, Miles, pourquoi j'aurais apporté un siège ici ?

— Je ne sais pas. Je voulais juste être sûr que tout serait parfait.

Je sens mon cœur fondre.

— Je suis sûre que ça le sera, je lui assure avec douceur. Tant que c'est pas un film aussi horrible que *Cats*.

— *Cats* a été adapté au cinéma ?

— Quelle horreur ! J'espère que non !

On trouve une place au fond et on s'étend sur une couverture bleu et vert. Je n'arrive toujours pas à croire qu'il ait apporté un panier de pique-nique. Qui ressemble à celui de *La Mélodie du bonheur*, en plus. J'ai envie de le prendre en photo et de l'envoyer à mes amies, mais je ne peux pas à cause de notre stupide dispute. Je me contenterai de sourire jusqu'à ce que ma mâchoire se décroche.

— Alors, il y a du pop-corn, commence à énumérer Miles en sortant la nourriture et en la déposant sur la couverture. Du soda orange.

— Le meilleur.

— Tout à fait, admet-il en souriant. Et j'ai essayé de préparer des sandwichs à la dinde, mais si ça se trouve, ils sont dégueu.

Je jette un coup d'œil à l'objet phallique enveloppé dans du papier d'aluminium et j'essaie de ne pas rire.

— Comment peut-on rater un sandwich ?

— *Tsss,* tu en poses des questions aujourd'hui…

J'en ai plein d'autres, par exemple, je voudrais savoir quand il a commencé à planifier cette sortie, mais une image se met à trembloter sur l'écran.

— Attends, c'est quel film ?

Miles pose la main sur son cœur, comme s'il était mortellement vexé.

— Simone, tu ne veux quand même pas que je gâche la surprise ?

— Tu ne gâcherais rien. On est déjà là.

— Je ne te le dirai pas, décrète-t-il, en enfournant du pop-corn dans sa bouche.

La mise au point n'est pas encore faite, mais la foule se met à applaudir.

— Si tu détestes, je ne veux pas le savoir avant la fin.

— Je te promets que je ne détesterai pas. C'est impossible.

Il me sourit et je souris de toutes mes dents en retour, comme une petite fille.

— Bonjour parc Dolorès ! tonne une voix.

Quelqu'un est venu se poster devant l'écran et poursuit :

— Bienvenue à la soirée cinéma ! Vous êtes prêts pour… *Les Misérables* ?

Les spectateurs poussent des acclamations. Je m'attendais à un film plus entraînant, comme *Mamma Mia.* Je regarde Miles avec surprise.

— Je ne sais pas si ça te branche, dit-il en s'allongeant sur la couverture. Mais Hugh Jackman est un très bon Jean Valjean…

Je lève la main.

— Attends, tu sais qui est Jean Valjean ?

— Je suis pas ignorant à ce point-là, proteste-t-il, l'air un peu vexé. C'est pour ça qu'on a inventé Google, tu sais.

Les premiers violons s'élèvent dans le parc et tout le monde se tait. Sauf moi.

— Mais t'as dit que Hugh Jackman était bon, j'insiste en enfonçant mon doigt dans son torse, t'as regardé une comédie musicale sans moi ?

— Ça m'est arrivé…

— Chut, souffle une femme à côté de nous. Ça commence !

Miles s'excuse avec un sourire, que j'ignore.

— Il y a une énorme différence entre *Grease* et *Les Misérables,* Miles.

Ce sont des petits trucs comme ça qui me rappellent pourquoi j'étais emballée à l'idée de sortir avec lui.

— Je suis hyperfière de toi. Tu progresses dans le monde du spectacle ! Oh, je sais, je vais te faire un quiz !

Il lève les yeux au ciel, en inclinant la tête sur le côté, pour la première question.

Je chuchote :

— Pourquoi Jean Valjean a-t-il été jeté en prison ?

— Parce qu'il a volé un pain.

Je bats des mains. Notre voisine me fusille du regard, elle enrage tellement qu'on dirait que de la fumée lui sort des oreilles.

— C'est juste ! Bon, une autre.

— Simone…

— C'était quoi son numéro au bagne ?

— 24601.

Miles attrape son sandwich en secouant la tête.

— Là, je suis en train de regretter mon choix.

— Oh, allez, je l'encourage en m'étendant à côté de lui. Je ne t'ai même pas encore posé de question sur Javert.

Organiser cette sortie est la chose la plus craquante qu'on ait jamais faite pour moi. Lui dire *merci* n'est pas suffisant, mais je ne sais pas quoi faire d'autre. J'aimerais pouvoir me concentrer sur le film, mais Miles me chauffe l'intérieur du ventre et j'ai du mal à croire que je lui fais le même effet.

— Miles ?

Il ne tourne même pas la tête vers moi.

J'essaie un peu plus fort.

— Hé, Miles

— Hm ? Quoi ? demande-t-il sans détourner les yeux de l'écran.

Il exagère ! Hugh Jackman est super, mais les chansons dans la version cinéma n'arrivent pas à la cheville d'une version sur scène de qualité moyenne. Voilà ce qui arrive quand il n'y a que trois acteurs connus qui ont une expérience en matière de comédie musicale. Ça n'empêche pas Miles d'être à fond dedans. Quel noob !

Bon. Je me penche et je l'embrasse sur la joue.

Il hausse les sourcils.

— C'était pour quoi ça ?

— Rien. Enfin, si, pour ce que tu as fait. C'est génial. Je… tu…

Il est encore plus formidable que je l'imaginais. Il est incroyable.

— T'es génial, je conclus. Merci.

— Pas de problème, je suis content que ça te plaise.

Il prend ma main, le brun de ma peau se fond dans le sien.

24.

— Je ne comprends pas pourquoi tes parents gays t'ont envoyée dans un internat catholique. Ça n'a aucun sens.

— Brie, lui rappelle Julie en s'arrêtant devant notre groupe. Je te rappelle que nous sommes dans une zone sans jugement.

Elle hausse les épaules.

— Qui dit que je la juge ? Je dis juste tout haut ce que tout le monde pense tout bas.

Sa remarque me fait rire. Julie nous a divisés en petits groupes pour qu'on puisse discuter d'un article qu'elle nous a distribué. Mais évidemment, ce n'est pas ça qu'on fait. Le groupe est plus animé que d'habitude ce soir et le fait que Julie ait apporté un énorme paquet de friandises n'y est pas pour rien. Les assortiments de mini-barres chocolatées et de bonbons stimulent l'envie de participer.

— C'est rien, je lui assure en plongeant la main dans le paquet quand il revient devant moi.

On parlait d'amis et d'école quand tout à coup l'attention s'est portée sur moi.

— Je sais bien que c'est bizarre. C'est juste que mon père est catholique et qu'il voulait genre « partager cette expérience » avec moi.

Julie s'éloigne en soupirant.

— T'étais pas stressée avant d'y aller ? demande Jack, qui tient consciencieusement l'article à deux mains. Ça a l'air chaud quand même.

Brie plie son papier pour lui donner la forme d'un crabe chelou avec des pattes qui lui sortent de la tête. Heureusement, Ralph n'est pas là aujourd'hui.

— Personne n'a jamais vraiment vu mes parents à Notre-Dame de Lourdes parce que c'était, genre, à deux heures d'ici.

J'aligne les bonbons par couleur sur mes genoux. Sauf les orange que je mets à l'écart.

— Et j'étais petite quand j'ai commencé, onze ou douze ans. Je croyais que ça allait se passer comme dans la série *Zoey*, avec la fille qui débarque dans une école qui n'acceptait que les garçons avant.

— Ça fait des siècles que j'ai pas regardé, signale Jack. Ton collège était vraiment comme ça ?

Je ne sais pas comment il fait, mais il a toujours l'air intéressé par ce que les autres racontent.

Je déballe un bonbon et le fourre dans ma bouche.

— Non. Il n'y avait que des filles et on avait une heure de prière et tout. Pas de motos impressionnantes, de foyer luxueux ou quoi.

— Je ne sais pas comment t'as tenu, commente Brie en déposant son crabe et en me chipant un bonbon orange.

Pardonnez-la, Seigneur, elle ne sait pas ce qu'elle fait, j'ironise intérieurement.

— Mes parents essaient de me traîner à la messe, reprend-elle, surtout pour me punir. Comme la fois où j'ai essayé de voler la voiture de mon père.

— Quoi ?

Les sourcils de Jack se dressent jusqu'à la racine de ses cheveux. Brie hausse les épaules encore une fois, mais je devine qu'elle est fière de son coup. Épater les garçons en leur racontant des histoires de vol est une excellente façon d'attirer leur attention, je dois l'admettre.

Je reprends la parole :

— Dans mon cas, c'était pas une punition. Je sais pas. Ils m'ont demandé si je voulais y aller et mon père m'a dit que c'était important pour lui, alors j'ai accepté. C'est pas comme s'ils m'avaient obligée.

— OK, fait Brie d'un ton sarcastique. T'es en train de me dire que tout s'est bien passé ? Que t'as fait tout le collège là-bas et que personne n'a rien su pour tes parents ?

Je me mords la lèvre. Personne n'a appris que mes parents étaient homosexuels quand j'étais à Notre-Dame de Lourdes, mais tout le monde a su que j'étais séropositive et je ne sais pas ce qui est pire. Comme j'hésite avant de répondre, je déballe un autre bonbon.

Je décide de regarder Jack au lieu de Brie. Son visage est ouvert et bienveillant. Brie n'est pas méchante, pas comme Ralph, mais elle n'a pas toujours l'air compatissante.

— Ce n'était pas seulement mes années de collège. En fait, je ne suis partie que l'année dernière. Je suis dans un autre lycée maintenant.

— Oh, dit Jack.

En même temps, Brie demande :

— Pourquoi ?

Ils se fixent tous les deux. Je ne sais pas s'ils ont un moment romantique ou s'ils s'affrontent du regard. Peut-être un peu des deux.

— Eh bien, je...

Qu'est-ce que je vais dire ? Je pourrais leur mentir, ils n'y verraient sûrement que du feu. Mais j'ai déjà mon compte de secrets. J'en ai marre d'être seule, à patauger dans cette merde.

— Vous avez déjà eu des problèmes à l'école ?

Je me racle la gorge. Sans le vouloir, je me rapproche du sujet initial de débat proposé par Julie.

— Avec les gens qui découvrent que vous êtes séropositifs, par exemple ?

C'est la première fois que je vois Brie avoir l'air triste pour quelqu'un.

— Oh merde, lâche Jack. Je suis désolé que ça te soit arrivé.

C'est aussi la première fois que j'entends Jack jurer.

— C'est juste que… (J'ai la gorge nouée, la voix qui se brise.)… ça craint.

Brie déplace sa chaise pour que son épaule touche la mienne. Jack se lève et revient avec tout le paquet de friandises. Je fais tout pour contenir mes larmes. Ça devrait être interdit d'être aussi gentil.

— Personne n'a jamais su pour moi, me confie Brie pendant que je déballe un mini-Snickers. Mais je sais que ça peut être la merde. Par exemple, en cours de SVT, mon prof vient de passer toute une leçon à raconter des conneries sur le VIH qui ravage l'Afrique et sur le danger de mort que ça représente. Aucune mention des médicaments qu'on peut prendre pour rester en vie ni du fait que les médecins peuvent empêcher la transmission de la maladie.

Je hoche la tête, mais je n'ai plus envie de parler. Peut-être parce que je n'aime pas revenir sur les détails de ce qui s'est passé à Notre-Dame de Lourdes ou de ce qui se joue en ce moment. C'est réconfortant d'être entouré de gens qui me comprennent vraiment.

— Ça me rend dingue, renchérit Jack en secouant la tête. J'essaie de corriger les profs quand ils se trompent, mais on ne devrait pas se charger de ça. S'ils ne présentent pas *tous* les faits, ils ne devraient pas aborder le sujet du tout.

— Vous imaginez le Dr Khan parler à mon prof ? enchaîne Brie. Elle lui botterait le cul avec ses douze diplômes, je le jure devant Dieu.

Je me bidonne tellement que je manque de m'étouffer avec ma barre chocolatée.

— Hé, l'interpelle Jack entre deux rires. Ne dis pas ça devant Simone. Elle est catholique. C'est pas poli.

— Je m'en fiche, je lui assure. Sérieusement.

— J'emmerde la politesse, assène Brie. Simone n'en a rien à foutre que je sois polie.

— Nan, t'en fais pas, Jack, je lui assure en avalant un bonbon de plus. Vous me servez juste de prétexte pour bouffer des friandises.

Les joues de Jack sont rouges à force de rire. Brie me décoche un coup de coude un peu violent. Je ne m'arrête pas de rigoler pour autant. Dans le fond, il est pas si mal que ça, ce groupe de discussion.

25.

Le lendemain, au début de la pause-déjeuner, je décide de manger avec Miles tous les jours et d'arrêter de faire l'impossible pour rentrer dans les bonnes grâces de Claudia. On est tous les deux sur un trottoir près de chez lui, de la glace à la fraise dégouline le long de mon bras, et une sensation chaude et agréable fait vibrer ma poitrine de l'intérieur.

Il me flanque un coup de coude, en faisant attention de ne pas faire couler son cornet.

— Hé, la tienne est en train de fondre.

Si je lèche la glace sur mes doigts, ça va être un carnage, je vais coller de partout, mais je le fais quand même. Miles m'observe d'un air à la fois désapprobateur et amusé. Il y a des trucs géniaux quand on est en couple, notamment le fait que Miles paie pour tout, même si je fais semblant de vouloir l'en empêcher. Peut-être que ça me rend moins féministe, mais je m'en fiche. Mettre la main à la poche quand on sort, c'est peut-être l'équivalent pour Miles de la taxe rose, ce surcoût ajouté aux produits soi-disant féminins, genre les rasoirs jetables « pour femmes ». Du coup, notre relation est plus égalitaire.

Mais, au-delà de l'aspect financier, le plus formidable, c'est de pouvoir l'observer dans des moments comme celui-ci : quand il est plié en deux par un fou rire, les yeux plissés.

Je sais que laisser tomber mes amies pour le déjeuner n'arrangera rien à nos relations, mais je ne vois pas ce que je pourrais faire d'autre. Claudia ne répond pas à mes textos ; Lydia, si, mais avec des heures de décalage. Ce n'est peut-être pas une vraie dispute, mais c'est la première fois que ça se passe mal entre nous.

— Viens, m'ordonne Miles, en me tirant par le bras. Tu peux te laver les mains chez moi.

On devait de toute façon repasser chez lui. Miles a proposé d'aller à son garage chercher les outils nécessaires pour la répète de tout à l'heure. Il n'avait pas besoin d'aide, mais j'ai quand même pris le tram pour l'accompagner.

Je ne sais toujours pas si on est juste venus « chercher des outils ». Ça pourrait être un prétexte. Si j'en crois les sources extrêmement fiables que sont les sites porno sur Internet, un nombre impressionnant d'activités peuvent conduire à des relations sexuelles : une salade qu'on prépare, des cours particuliers, un match de foot… En réalité, les possibilités sont infinies. La question n'est pas de savoir si Miles regarde du porno, plutôt si on regarde les mêmes trucs.

Le trajet jusque chez lui n'est pas long, mais je jette sans cesse un œil par-dessus mon épaule. Je ne sais pas si je m'attends à apercevoir Eric en train de nous filmer avec son téléphone ou un de ses amis. À moins qu'il se contente de ragots pour ses lettres de menace. Je ne sais pas ce qui lui sert d'élément déclencheur.

J'ai envie de passer du temps avec Miles, de manger une glace, de regarder des comédies musicales et de quitter le lycée main dans la main avec lui. Mais est-ce que c'est plus important que le secret que je ne veux pas voir divulgué ?

— L'objectif d'une glace, c'est de la manger, pas de la boire, me rappelle Miles en ouvrant la porte d'entrée.

Sa maison a l'air assez grande pour une famille plus nombreuse que la sienne. Il y a même un garage et tout. En comparaison, la nôtre ressemble plutôt à un bungalow. Travailler dans les affaires a ses avantages, à ce que je vois.

— C'est toi qui dis ça.

Je vais peut-être devoir lécher de la glace fondue de mon cornet, mais les traces de vanille sur la main de Miles la font ressembler à une chemise à rayures.

— Pourquoi est-ce qu'on est si nuls avec les glaces ?

— *On* ?! s'insurge-t-il. Moi, je fais juste ça pour que tu ne te sentes pas trop minable.

Je le suis dans la cuisine, tout en acier inoxydable comme celles qu'on voit à la télé. Papa serait jaloux de sa propreté. On n'est que trois chez nous, mais entre les expériences culinaires de Papa et la passion de Daddy pour le shopping, notre maison est vachement encombrée. Miles m'indique du menton un rouleau de papier absorbant sur le comptoir. J'avale la fin de mon cornet et je prends le rouleau entre mes mains collantes.

— Quand je t'ai rencontrée, j'aurais jamais imaginé que tu mangeais ta glace comme un enfant de quatre ans.

Pour lui prouver ma maturité, je lui tire la langue. Il se penche pour m'embrasser, il en a mis partout aussi et une boule s'échappe de son cornet et vient s'écraser sur ma cuisse nue.

Il devrait s'excuser, mais il éclate de rire tellement fort que son explosion de joie résonne dans mes oreilles pendant plusieurs secondes. C'est dur de ne pas rire avec lui. Je veux attraper le Sopalin, mais il me devance, arrache plusieurs feuilles et jette sa glace à la poubelle.

— Quel gâchis, je dis.

Il se penche pour m'essuyer la jambe. Je sens la chaleur de sa main à travers le papier absorbant. Je m'apprêtais à faire une réflexion, mais tout ce que j'arrive à sortir, c'est un *je peux le faire moi-même* faiblard.

Il me dévisage d'un air coquin. Il a essuyé presque tout, et ses mains, chaudes et rugueuses, sont encore posées sur mes cuisses.

— T'inquiète, je répare les dégâts que j'ai causés.

Ça, pour le coup, c'est un prétexte. Sans lâcher mes jambes, il s'agenouille devant moi. Je m'appuie contre le comptoir pour mieux voir. Il y a tellement de choses à regarder : ses lèvres, ses longues jambes pliées, la façon dont il observe mes cuisses comme un objet de désir. Quand il me surprend en train de l'épier, il ne détourne pas les yeux.

Puis sa bouche se pose sur ma cuisse, elle goûte ma peau, elle explore, elle laisse des baisers dans son sillage. Ça chatouille un peu. Il prend son temps pour attraper la fermeture Éclair de mon short et mes mains tremblent quand je l'aide à me l'enlever. Ses yeux sont plus foncés, plus grands, quand il les lève vers moi.

— T'es d'accord ?

J'acquiesce en rougissant si fort que mon visage brûle, mais quand il plonge entre mes jambes, je ne pense plus à rien. J'oublie qu'on est dans sa cuisine et que j'ai lâché mes amies une fois de plus ce midi.

J'enfonce mes ongles dans mes cuisses, mes jambes tremblent. Il attrape une de mes mains et la guide jusqu'à sa tête. Je serre ses cheveux entre mes doigts en renversant la nuque.

De la chaleur irradie de partout : de moi, de lui, du plus profond de mon ventre. J'ai du mal à respirer, le sang bat dans mes tempes. Je sais que j'émets toutes sortes de bruits, que je halète et que je gémis. Je m'en fiche. Miles me rend toujours heureuse, mais là…

Je n'ai jamais rien ressenti de pareil.

*
* *

Quand je retrouve enfin mes esprits, on est sur le sol de sa cuisine, affalés contre un placard.

— Ça va ? me demande-t-il.

On dirait qu'il est à bout de souffle, lui aussi.

Je lui presse la main, en me penchant pour récupérer mes sous-vêtements.

— Je ne savais pas que je pouvais ressentir un truc pareil.

Ce n'est pas ce que j'imaginais, seule dans mon lit, la nuit. C'est tellement mieux. J'ai l'impression de flotter, les idées claires, les yeux exorbités. Je veux partager ce moment avec lui.

— Maintenant, à ton tour.

Je le pousse contre le comptoir. Il ouvre des yeux comme des soucoupes.

— T'es pas obligée, si t'as pas envie. C'est pas comme si tu devais me rembourser. C'est pas une transaction commerciale. Je voulais juste…

Au lieu de terminer sa phrase, il colle ses lèvres contre les miennes. Ce n'est plus du tout comme la première fois qu'on s'est embrassés. Au début, c'était comme envoyer un texto à quelqu'un qu'on vient de rencontrer : on utilise la bonne ponctuation, on fait attention à l'orthographe, on évite les sujets déplacés. À présent, c'est beaucoup plus spontané, plus désordonné, comme si on se connaissait bien.

— T'es sûre ? insiste Miles avec douceur.

— Oui. Et c'est pas pour te rembourser. C'est parce que je veux que tu te sentes bien aussi.

— Je me sens déjà bien avec toi.

Je lève les yeux au ciel, même si je souris.

— Boucle-la, Miles, je lui ordonne en tirant sur sa fermeture Éclair.

26.

Plus que deux semaines avant la première et Mme Klein est en train de complètement péter les plombs. Je ne peux pas faire un pas en répétitions sans qu'elle me suive à la trace. Je comprendrais qu'elle soit stressée si on était en retard, mais on s'en sort plutôt bien. Les décors sont peints et tout le monde connaît ses répliques. Je considère ça comme un succès.

— On devrait tout reprendre, annonce Mme Klein en claquant des doigts.

Les pauvres élèves sur scène semblent la détester presque autant qu'Eric me déteste.

— Vous devez mettre plus d'émotion dans vos voix. Même dans le chœur, vous devez accentuer les expressions sur votre visage. N'oubliez pas que les gens vous regardent !

Claire boude ouvertement et ça la fait ressembler à un poisson. Je ricane. Mme Klein fait volte-face et je reprends mon sérieux. Je ne peux même pas respirer sans qu'elle me fusille du regard. N'importe quel prof ferait le boulot mieux qu'elle.

— Tu as des retours, Simone ? me demande M. Palumbo à voix basse, en se tournant vers moi. Je te trouve bien silencieuse.

C'est parce que je ne veux omettre aucun détail. J'aimerais qu'on laisse le spectacle filer de bout en bout pour prendre de nouvelles notes qui auraient du sens. J'aimerais voir ce à quoi le public assisterait si la première avait lieu demain. Ça me permettrait de regarder les scènes sous un nouvel angle. Mais on s'arrête tout le temps pour régler des détails.

— Je ne sais pas trop, je réponds en croisant les bras. La seule chose qui me dérange, c'est la reprise de *I'll Cover You,* je ne sais pas si j'aurai l'occasion d'en placer une.

Dès que les mots sortent de ma bouche, je les regrette. Personne n'aime Mme Klein, mais ça reste la prof. Palumbo risque de me reprocher de lui avoir manqué de respect.

En fin de compte, je m'inquiète pour rien.

— T'es trop drôle, s'esclaffe-t-il. Qu'est-ce qui te tracasse ?

J'enfonce les mains dans mes poches en soupirant. Ça me fait toujours un peu bizarre de donner des indications aux comédiens et c'est plus compliqué encore depuis ce qui s'est passé avec Eric. Je ne sais ni chanter ni danser, de quel droit est-ce que je joue les expertes ? D'un autre côté, le fait que j'adore cette comédie musicale pèse en ma faveur, mais parfois j'hésite quand même. C'est pas du tout pareil d'être sur scène ou dans la salle. Les deux côtés voient des choses différentes.

Je me concentre sur mon point de vue. Qu'est-ce que je vois ? Les élèves qui interprètent Angel et Collins sont de bons chanteurs ; c'est pour ça qu'ils ont été choisis. Toutefois la façon dont ils récitent leurs dialogues est trop rigide pour un spectacle aussi émouvant. Même quand ils chantent, ça manque de vie. Les chansons doivent servir à porter l'émotion. Les spectateurs devraient sentir le chagrin, la tristesse et la nostalgie qui s'en échappent.

— L'émotion ne passe pas. Je ne sais pas à cause de quoi. Peut-être que les chanteurs n'ont pas écouté l'enregistrement de la distribution originale ? Personne ne peut écouter ça sans avoir l'impression de se prendre un train en pleine face. S'ils ne l'ont jamais *ressenti*, c'est difficile à faire comprendre… Vous voyez ce que je veux dire ?

— Eh bien, soupire Palumbo, le mieux est sans doute de relier la situation sur scène à une expérience concrète. Tout le monde n'a pas une expérience personnelle concernant le VIH/sida, mais tout le monde a connu le deuil à un moment donné.

— C'est vrai.

Je pourrais essayer de leur parler de la mort. C'est un sujet que tout le monde comprend : c'est humain de vouloir l'éviter. Mais ce ne serait pas suffisant.

— Pourquoi c'est si difficile ?

— Parce que ça te tient à cœur, sourit Palumbo. Ce sera toujours aussi dur quand tu travailleras à Broadway, mais imagine combien ce sera exaltant !

Ce n'est qu'un rêve, pourtant Palumbo en parle comme si mon avenir était tout tracé.

— Y a aucune certitude à ce stade, je tempère en tripotant mes cheveux. Il n'y a pas grand-monde qui finit par percer à Broadway.

— Tu y parviendras, m'assure-t-il sans la moindre hésitation. Ne doute jamais de toi.

— Je ne me remets pas en cause. C'est juste que... Je ne sais pas si c'est réaliste. J'étudierai peut-être le théâtre, si on ne m'oblige pas à monter sur scène, mais je ne sais pas si c'est le meilleur choix. Je pourrais devenir infirmière ou quelque chose comme ça.

— *Infirmière ?*

Je hausse les épaules sans le regarder. Les profs qui soutiennent à fond les élèves et qui sont sympas me font flipper. Ils finissent par en savoir trop sur vous. Et, en plein cours, ils peuvent vous regarder rêvasser et deviner exactement à quoi vous pensez. Je tiens à préserver mon jardin secret.

— Je ne veux pas étudier une discipline artistique. C'est difficile et je croulerais sous les dettes. Mon père n'a fini de rembourser ses prêts étudiants qu'à l'âge de trente ans.

Il pince les lèvres.

— Chacun sa voie. Tu devrais étudier quelque chose qui te passionne ou ne pas faire d'études du tout.

Il vaut mieux être passionné et fauché que riche et déprimé.

— Et si je finis passionnée *et* déprimée ? Je ne voudrais pas me retrouver à dormir dans une boîte à chaussures quand j'aurai cinquante ans et être forcée d'appeler mes parents pour qu'ils me prêtent de quoi m'acheter des nouilles instantanées.

— Ça n'arrivera pas. Quoi que tu fasses, que tu écrives, que tu fasses de la mise en scène ou que tu chantes, tu seras heureuse.

— Vous ne pouvez pas en être sûr.

Mes amis sont convaincus que je m'en tirerai, mes parents aussi. Mais ils ne sont pas objectifs. M. Palumbo ne me connaît que depuis la rentrée et il a déjà super confiance en moi. Je m'abreuve de ses compliments comme une plante assoiffée d'eau.

— Il y a toujours des élèves qui ont ce qu'il faut en eux pour réussir, me confie-t-il en baissant la voix. Tu en fais partie, Simone. Tu dois juste avoir confiance en toi.

Je suppose qu'il a raison. Si je parviens à gérer mon changement de lycée, le VIH et ces maudites lettres, je serai capable de faire face à tous les défis que la vie me lancera. C'est plus ou moins de ça dont *I'll Cover You* parle, en fait : de ne plus parvenir à surmonter les obstacles de la vie. Les personnages nous parlent des victimes du sida, physiques et psychologiques, à une époque où personne ne voulait en entendre parler. Je ne sais pas si ça a tellement changé depuis.

— Je crois que j'ai une idée, j'annonce à M. Palumbo.

Mme Klein est toujours sur scène quand je monte sur les planches.

— Fais vite, me demande-t-elle quand je passe. On voudrait finir un filage complet du spectacle avant qu'il ne soit l'heure de rentrer.

Je l'ignore et fais signe à tout le monde d'approcher.

— Les gars, je viens de trouver comment on va faire cette chanson. C'est déjà presque parfait, mais on va l'améliorer. Vous me faites confiance ?

Ils se regardent. Le plus dur pour un metteur en scène, c'est d'obtenir la confiance des acteurs. Heureusement, je suis trop remontée par le discours d'encouragement de M. Palumbo pour suranalyser la situation.

— C'est quoi l'idée ? veut savoir Rocco.

Il est ouvert, prêt à m'écouter. C'est ce qui me plaît chez lui. C'est probablement pour ça que je pensais qu'il serait excellent dans le rôle d'Angel.

Derrière lui le reste des comédiens manifestent différents niveaux de motivation. On dirait plutôt des spectateurs. Je prends une profonde inspiration.

— Je pense vraiment qu'il faut puiser à fond dans le désespoir de la chanson.

J'ai du mal à contenir mon émotion quand je leur explique ce que ça devait être d'être atteint du VIH/sida dans les années quatre-vingt, alors que ça équivalait à une condamnation à mort. C'est difficile de ne pas penser à mes pères, qui auraient pu mourir, et qui ont perdu tant d'amis.

— En gros, c'était un génocide. Personne ne l'a organisé, personne ne l'avait prévu, mais c'était une épidémie qui ciblait un groupe particulier de personnes. Une fois que le virus a commencé à toucher les hétéros et les blancs, il a commencé à devenir important, mais à peine plus. Être en couple avec une personne du même sexe ou être une personne de couleur atteinte du VIH, c'était une situation désespérée, parce que tout le monde s'en fichait. Trouver enfin quelqu'un qui comprend, qui vous aime puis qui vous perd, parce que personne ne se soucie de ce que vous endurez… il n'y a pas de mots pour ça. Les chansons évoquent toutes cette situation, mais les mots ne racontent qu'une partie de l'histoire. C'est pour ça qu'on doit entendre le reste dans vos voix. Vous voyez ce que je veux dire ?

— Je comprends, fait Laila. Je pense qu'on peut le faire. Pas vrai, Eric ?

Eric ne dit pas un mot. Il mâchouille sa lèvre d'un air pensif.

— On est prêts à tout reprendre ? intervient Mme Klein derrière nous. Je ne veux pas te presser, mais on doit démarrer.

Je serre les dents, mais je ne quitte pas la scène. Je ne sais pas si je l'ai bien expliqué, ni même s'il est *possible* de partager quelque chose qui me tient à ce point à cœur. C'est probablement pour ça qu'une chanson fonctionne si bien : il n'y a plus besoin d'expliquer l'émotion quand elle irradie. On la *sent*, on l'éprouve, même si on est incapable de l'expliquer.

— Ouais, acquiesce Eric. Allons-y.

Tandis que l'orchestre dans la fosse se met à jouer, les émotions me submergent. Les voix des chanteurs sont chargées d'angoisse, de désespoir, de passion. Peut-être qu'ils arrivaient déjà à toucher les auditeurs par moments avant, mais l'émotion se lit dans leurs voix à présent. En les écoutant, on dirait qu'ils ont compris. On croirait qu'ils l'ont vécu.

— Waouh, s'exclame Jesse, debout à côté de moi. C'est magnifique.

Je ne peux m'empêcher de sourire. Même si je ne peux pas chanter comme eux, même si je n'ai pas la moitié de leur talent, j'ai contribué au résultat. Je me sens à ma place. Après tout, c'est aussi ça, le théâtre.

*

* *

Je ne m'attends pas à ce que la voiture de Claudia soit la seule sur le parking quand je quitte le lycée. Je ne sais pas l'heure qu'il est, mais vu comme le soleil est bas, j'en déduis que les autres clubs ont terminé leurs activités depuis un moment. Claudia devait venir me chercher ? Je ne m'en souviens pas. Je mets mon sac à dos sur une épaule et je jette un coup d'œil à mon portable. J'ai deux messages d'un numéro que je ne reconnais pas, formé uniquement de zéros. Le premier est une photo : Miles et moi assis dans sa voiture. Le second est un simple texto : *La semaine prochaine.*

Ma gorge se contracte. J'étouffe.

Ça ne se limite plus à des lettres, maintenant. Je me doutais que quelqu'un devait me suivre, mais les photos rendent la situation beaucoup trop réelle. Comment est-ce qu'on a pu prendre des photos sans que je m'en aperçoive ? Eric ne pouvait pas quitter le lycée au beau milieu de la journée pour m'espionner. Peut-être que j'avais raison et qu'il s'est trouvé un complice, mais alors qui ?

Je rejoins la voiture de Claudia, les jambes tremblantes. Lydia et elle vont sûrement me conseiller une fois encore de parler à la proviseure, mais ce numéro, 000-000-0000, est un faux. Je doute que la proviseure soit capable de remonter jusqu'à l'expéditeur. Peut-être que Lydia ou Claudia sauront comment faire. Si je parviens à identifier le complice d'Eric, je peux arrêter ça.

— Salut, je lance en me glissant sur le siège arrière.

J'ai encore du mal à respirer et parler ne fait pas du bien à mes poumons.

— Désolée d'être en retard. J'avais complètement oublié que vous m'attendiez et il s'est passé un truc…

Je surprends Claudia en train de lever les yeux au ciel dans le rétroviseur. Mon estomac se noue.

— Quoi ? je demande en me tournant vers Lydia. J'ai dit que j'étais désolée.

J'ai chaud et ma poitrine se soulève maintenant que je respire à nouveau. Je vois que Claudia est énervée contre moi, c'est vraiment pas le moment.

— Je sais, concède Lydia sans se retourner pour me regarder. Mais tu aurais pu m'envoyer un texto. Tu sais bien que c'est le genre de choses qui rend Claudia complètement folle.

Oui, je sais, j'ai pas fait exprès. Parfois on se laisse emporter par les événements et on oublie de prévenir. Ça m'arrive aussi de les attendre et je n'en fais pas tout un fromage. Ce que je constate, c'est que mes amies me laissent tomber au moment où j'ai le plus besoin d'elles. Je perds patience :

— C'est quoi le problème, Claudia ? Désolée de ne pas avoir été souvent là ces derniers temps, OK ? On est toutes occupées.

Ses mains se crispent sur le volant.

— Évidemment. T'entends ça, Lydia ? On ne la voit plus parce qu'elle est occupée. Comme si elle était la seule à avoir des trucs à faire.

J'essaie d'implorer l'aide de Lydia, qui fixe ses cuisses. J'ai envie de crier, pourtant je me contente de donner un coup dans le dos du siège de Claudia. Elle sursaute à peine.

— C'est quoi ton problème ? J'essaie de t'en *parler*.

— Peut-être que tu pourrais en parler à Miles. Ça m'étonnerait que tu sois en retard quand c'est lui qui t'attend.

— Sérieux ?

Je voudrais l'obliger à me regarder.

— C'est des conneries, Claudia. Miles n'a rien à voir là-dedans.

Elle se tourne enfin vers moi.

— Ah non ? On sait très bien toutes les trois que ça a tout à voir. Tu ne parles plus que de lui, t'es tout le temps avec lui. Tu ne nous appelles plus. T'as annoncé que tu venais à la réunion de l'AGH et tu t'es éclipsée. On n'a pas dîné chez toi depuis deux semaines et tu n'as répondu à aucun de mes textos pour organiser notre nuit entre filles. Tout ça parce que tu sors avec un mec.

— C'est pas n'importe quel mec.

Ça m'énerve d'entendre ma voix trembler. Miles ne lui a jamais rien fait et elle n'a pas le droit de dire du mal de lui.

— Quoi, ça te fait chier que je sorte avec un garçon et pas avec une fille ?

— Allez, Simone, tu sais très bien que c'est pas ça, intervient Lydia.

Claudia hausse les épaules de façon théâtrale.

— Peut-être qu'elle ne sait pas. Elle est tellement obnubilée par sa petite personne qu'elle s'imagine opprimée parce qu'elle est hétéro.

— Et si j'étais pas hétéro ?

Elle se fige un instant. Je ne respire plus.

— Tu ne peux pas faire semblant d'être *queer* pour qu'on ait pitié de toi, finit-elle par décréter avec une moue dégoûtée. T'es sérieuse ? T'as tellement envie d'être opprimée que t'inventes n'importe quoi ?

Lydia lève la main.

— Attends, Claudia, ce n'est pas...

— Va te faire foutre, Claudia.

Ma voix est si aiguë qu'on dirait la soprano de Christine dans *Le Fantôme de l'Opéra*.

— T'écoutes jamais personne, Claudia. Tu sais quoi ? Je *suis* opprimée. Je suis noire et probablement bisexuelle, mais je n'ai eu qu'une petite amie, donc je suppose que ça ne compte pas, c'est ça ?

Je ne l'ai jamais vue avec les yeux aussi exorbités. Sa bouche s'ouvre, mais aucun son n'en sort.

— Simone, me demande Lydia avec douceur, c'était qui ?

Je retiens mes larmes. Je n'ai parlé à personne de ce qui s'est vraiment passé avec Sarah et c'est le *pire* moment pour le faire. Je n'en ai jamais parlé à Claudia parce que je redoutais sa réaction. Je n'ai jamais imaginé qu'elle m'accuserait de mentir.

— Simone, commence Claudia d'une voix tremblante. Je ne...

— Tais-toi, je lui ordonne d'une voix rauque. Juste tais-toi.

— Claudia ne le pensait pas. Elle était juste étonnée, la défend Lydia.

Elle prend un long moment pour avaler sa salive.

— Tu peux nous dire qui c'était. Je te le promets.

— Pourquoi je devrais te croire ? je réplique en me tournant vers elle. Tu es restée plantée là et tu l'as laissée me crier dessus.

— C'est parce que…

— Je m'en fous.

Les larmes sont coincées dans ma gorge.

— J'ai un petit ami et je ne sais pas trop comment gérer mes relations, et au lieu de m'en parler, vous vous retournez contre moi. Les amies ne sont pas censées faire ça. Les amies, ça reste des amies. Claudia est tout le temps dans la merde et je ne lui dis jamais de rompre avec sa copine.

Claudia se mord la lèvre.

— C'est pas…

— Et, oui, j'ai eu une petite amie. La première personne que j'ai embrassée, ma première petite amie, s'appelait Sarah… Je pensais pouvoir lui avouer que j'avais le VIH, mais elle a dit que j'étais égoïste d'avoir gardé le secret et a envoyé un SMS à cinq filles pour les mettre au courant. Le lendemain, tout le monde le savait. C'était partout sur ces stupides groupes de parents sur Facebook. D'un coup, plus aucun de mes amis ne voulait m'adresser la parole.

Je prends une profonde inspiration, mais mon menton tremble. Ce n'est pas comme ça que je voulais leur raconter mon histoire avec Sarah. Je ne comprends toujours pas ce que ça signifie. Est-ce que le fait d'être sortie avec elle et de l'avoir aimée fait de moi une bisexuelle ou une pansexuelle ou encore une hétérosexuelle ? Est-ce que je dois attendre d'être attirée par une autre fille avant de me déclarer autre chose qu'hétéro ? Est-ce que je dois exclusivement aimer les nanas ? Est-ce que je peux aimer des personnes qui sont féminines, mais ne sont pas des filles et être *queer* quand même ? Ce sont des questions auxquelles j'ai toujours cherché des réponses, mais maintenant je voudrais juste tout oublier.

Pourquoi je ne peux pas avoir un copain, une copine, une personne, comme tout le monde ? La première fille qui m'a embrassée a fini par être dégoûtée par moi. Le premier garçon avec qui je suis sortie était un connard. Et puis il y a Miles, qui me touche tout le temps parce qu'il n'a pas peur, qui m'embrasse sur la bouche, dans le cou et sur les jambes, qui fait disparaître toutes mes hésitations et… je n'ai même pas le droit de le garder. Pas avec un corbeau qui nous suit partout. Pas une fois que tout le monde au lycée saura que j'ai le VIH.

C'est comme ça que je redoutais que mes amies réagissent en l'apprenant. J'espérais que Claudia et Lydia comprendraient, mais peut-être que notre relation a changé. Tout allait bien tant que j'étais seule et que je fantasmais sur des stars, maintenant qu'il y a une chance que je puisse avoir des relations sexuelles, elles gâchent tout.

Une pensée horrible me vient à l'esprit.

— Comment je sais que c'est pas vous qui m'envoyez ces messages ? je demande en fermant les yeux.

J'entends un cri étouffé. Quand je rouvre les paupières, je vois la lèvre de Lydia trembler. Claudia est blême.

— Vous ne voulez pas que je passe du temps avec lui, c'est ça ? j'ajoute en serrant mes bras autour de mon ventre.

Les mots se bousculent à toute vitesse.

— Ça ne peut être que vous. Vous êtes les seules à pouvoir le faire. Tout le monde se fiche pas mal que je sorte avec lui. C'est vous qui me hurlez dessus comme si j'avais commis un meurtre, qui me traitez de menteuse en manque d'attention et...

Claudia secoue la tête, stupéfaite.

— J'arrive pas à y croire. On est tes meilleures amies, Simone. Pourquoi on ferait ça ?

— Je sais pas.

Je me cache les yeux derrière mes mains. Je ne veux pas les regarder. Je ne veux même pas être dans cette voiture.

— Vous ne me dites plus la vérité. Vous me cachez des trucs. Vous avez parlé de moi dans mon dos.

— On ne ferait jamais ça, m'assure Lydia avec véhémence. Simone, je te jure...

Claudia s'est mise à pleurer, mais je l'ignore. Je sors de la voiture et je titube jusqu'au banc le plus proche. Quand je me laisse tomber dessus, j'arrête de lutter contre la boule qui me bloque la gorge. Je relève mes jambes contre ma poitrine et je sanglote au creux de mes bras.

27.

La semaine de Thanksgiving passe à toute vitesse. Je suis en pilotage automatique, j'assiste aux cours, je fais mes devoirs et je reste au lycée pour les répétitions. Miles me conduit le matin et me ramène chez moi en fin de journée. Si Papa est là, il invite Miles à entrer, lui offre une collation et lui pose des questions sur l'école ou le lacrosse. Quand Daddy me demande où sont Claudia et Lydia, je ne sais pas quoi lui répondre.

J'étais tellement habituée à sortir mon téléphone et à leur envoyer des textos. Tout semble différent maintenant que je ne peux plus le faire, comme si des fils électriques sectionnés m'avaient coupée du reste du monde. J'ai toujours mon téléphone et Internet, mais sans mes amies, ça n'a plus vraiment d'intérêt. Penser à elles me fait aussi mal que penser à Sarah. Chaque fois que je reçois un texto de Claudia ou Lydia, ça me fait de la peine, mais je l'ignore.

La fête de Thanksgiving ne suffit pas à me remonter le moral. D'habitude, j'adore qu'on ait des invités.

On n'a qu'une chambre d'amis (il faut mettre ça sur le compte du prix de l'immobilier à San Francisco) et la maison est tellement pleine qu'on dirait qu'elle va éclater.

Cette année, je ne pense pas aux *tamales* d'Abuela ni aux anecdotes que Tía Camila va nous raconter. Je ne pense qu'à mes amies et je me demande si c'est vraiment possible que ce soient elles qui m'aient adressé les lettres de menace. C'est plus logique qu'Eric. Abuela ne me laisse pas longtemps seule dans ma tête. Elle est comme ça.

— Ne te tracasse pas, tu ne dois pas me céder ton lit, déclare-t-elle en jetant son manteau sur le portemanteau. Je peux dormir sur le canapé cette fois-ci. Tu es en train de devenir une grande fille, je ne veux pas confisquer ta chambre.

— Elle est jeune, contre-attaque Abuelo en tirant les valises. Une nuit par terre ne va pas la tuer.

— C'est super que vous soyez tous là, leur lance Papa en me tirant la langue dès qu'ils ont le dos tourné. J'ai préparé la chambre d'amis. Camila, tu peux dormir dans le bureau, on a mis un matelas pneumatique. Et Dave peut dormir dans la chambre de Simone.

— Je n'ai pas besoin de dormir, lui assure Tía Camila.

Elle porte un trench qu'elle a sûrement acheté à Paris. Elle voyage tout le temps pour le boulot.

— Mony, je te raconterai tout sur l'Angleterre, me promet-elle. Tu adorerais West End, le quartier des théâtres de Londres. Il faudra que je t'y emmène un jour.

— Peut-être cette année, je réponds en me forçant à lui sourire. Je vais devoir supplier, mais mes parents accepteront peut-être. On sait jamais.

Tía Camila est la personne la plus cool de la famille... après moi, bien sûr. Je suis timide avec elle, comme si c'était une star que j'avais enfin la chance de rencontrer. Elle replace une mèche de cheveux derrière son oreille en m'attirant auprès d'elle.

Juste à ce moment-là, Papa et Dave arrivent. L'un à côté de l'autre : on dirait une photo avant-après. Ils se ressemblent comme deux gouttes d'eau. Les mêmes yeux foncés, le même air studieux, même sans les lunettes. La seule différence, c'est la barbe qui pousse sur le visage de mon demi-frère. Je ne me souviens pas à quoi ressemble sa mère. J'ai dû la rencontrer une fois, il y a longtemps. Ça doit être bizarre pour elle d'avoir tout le temps un sosie de Papa sous les yeux.

Toute cette branche de la famille est un joyeux bordel.

— Salut, toi, je dis en passant les bras autour de Dave.

Nos grands-parents nous font des reproches s'ils remarquent qu'on ne passe pas de temps ensemble. En général, je commence tout de suite avec des marques d'affection. Lui me touche à peine.

— Comment ça va, Dave ?

— Bien. Comment ça se passe au lycée ?

— Bien. Et toi, la fac ?

— C'est cool, m'assure-t-il en jetant un coup d'œil à Papa. Beaucoup d'intellos.

C'est pas seulement mon père, mais *notre* père, ce qui me fait toujours halluciner. La plupart du temps, je n'ai pas besoin de le partager. Seulement quelques fois par an : pendant les vacances d'été et les fêtes.

— Arrêtez un peu de jacasser et venez mettre la table, nous lance Abuelo, qui est déjà dans la salle à manger. Je ne suis pas venu en Californie pour rater Thanksgiving avec mes petits-enfants.

— N'oublie pas mon spectacle, Abuelo, je lui rappelle en déposant un baiser sur sa joue et en sortant les assiettes. Même si tu loupes tout le reste et le pont du Golden Gate, il faut que tu restes pour voir ma comédie musicale. Ça en vaut la peine, je te promets.

— J'adore ta modestie, ironise Tía Camila en s'asseyant. C'est ta plus grande qualité.

— T'es jalouse, c'est tout.

Dave regarde autour de lui, les bras ballants. Il me faut une seconde pour réaliser qu'il ne sait pas où se trouve la vaisselle. Je laisse les assiettes sur la table, lui faisant signe de ne pas bouger. Je vais chercher les couverts pour qu'il ne se paume pas.

Dans la cuisine, Abuela discute en espagnol à toute allure avec Papa pendant qu'elle vérifie si ses *tamales* sont chauds. Daddy dépose le reste sur le plan de travail : dinde, patates douces, farce au chorizo, salade de chou vert, macaronis au fromage, riz et haricots. Les tartes aux pommes et aux noix de pécan reposent sur des grilles. Daddy ouvre le frigo et sort un plat couvert de papier d'aluminium. Le flan est mon dessert favori, mais il n'en prépare que pour les grandes occasions. J'en ai l'eau à la bouche.

— Je parie que le flan de ton Papa n'est pas aussi bon que le mien, hein, *mi amor* ? me lance Abuela en me serrant contre sa poitrine. (Quand je me pelotonne contre sa chaleur, j'ai l'impression d'avoir à nouveau cinq ans.) Mais c'est bien de sa part d'essayer, tu ne trouves pas ?

— Merci beaucoup, proteste l'intéressé en levant les yeux au ciel. J'apprécie vos encouragements.

— On arrive, annonce Daddy en retirant ses gants de cuisine. Donnez-nous juste une minute.

Traduction : *S'il vous plaît, ne restez pas dans mes pattes.* Abuela semble comprendre le message, elle me tire vers la salle à manger avec elle.

— Tu as pris les fourchettes et les couteaux ? me demande Dave.

Il hésite près d'une chaise. C'est le seul encore debout.

Je jette un coup d'œil à mes mains vides, je hausse les épaules d'un air penaud et je retourne vers la cuisine. Quand j'arrive dans le couloir, j'entends des éclats de voix. Je ralentis. Évidemment, mes parents se disputent comme des gens normaux, et en général, ils ne crient pas. Aujourd'hui c'est l'exception. Ils sont bruyants et ils ne s'envoient même pas de vannes. Qu'est-ce qui se passe ?

— Ce n'est pas nouveau, dit Daddy au milieu de cliquetis métalliques. Tu savais qu'ils ne me soutiendraient pas quand tu m'as épousé, Javier. Les choses ne vont pas changer juste parce que notre fille grandit.

— J'aurais bien aimé, se plaint Papa d'une voix suraiguë. Je pensais que tu continuerais à essayer de les contacter. Tu sais à quel point la famille est importante. Simone a ma famille, mais je ne veux pas qu'elle ne voie que des gens qui ne lui ressemblent pas.

— Ce n'est pas le cas et tu le sais très bien, souligne Daddy. Elle m'a moi, elle a ses amis, elle a son *copain*. Ce n'est pas comme si on l'élevait au milieu d'un champ de maïs. En plus, je ne veux pas que les principaux noirs qu'elle fréquente soient de ma famille. C'est pas un modèle pour elle.

Je devine de quoi ils parlent. J'ai un oncle, Omar, et deux grands-parents du côté de Daddy, mais je ne les ai pas vus depuis ma petite enfance. Mon seul souvenir avec eux, c'est d'être assise dans un coin pendant que d'autres enfants jouaient et couraient pieds nus dans l'herbe fraîche en été. Les parents avaient fini par avoir pitié de moi : ils avaient éloigné leurs enfants avant de m'inviter à jouer avec eux.

Rien de tout ça ne me manque, mais j'aimerais que Daddy ait sa famille auprès de lui comme Papa. Papa a un fils d'un précédent mariage, bon sang ! Il a une tonne de liens, forts comme du béton, tandis que Daddy a coupé tous les ponts.

— Les gars ? je dis en passant la tête dans l'embrasure de la porte. Je crois qu'il est temps de passer à table.

— Bien sûr.

Papa pâlit et se tourne vers Daddy.

— Il faut qu'on apporte la nourriture, Paul.

Daddy se tourne sans rien dire.

*

* *

Mes parents sont toujours un peu bizarres quand Dave est là, ce que je comprends, mais ça ne rend pas la situation moins gênante. On fait passer les plats autour de la table et on commence à manger en silence. Abuela, qui trouve l'absence de conversation inconfortable, se lance dans une histoire.

— Les gamins traînent devant chez nous et font un boucan pas possible, déplore-t-elle. J'ai vu des garçons l'autre jour sur des scooters avec ces machins, là…

— Avec quoi, Abuela ?

Je suis incapable de lui parler en espagnol, mais je ne parviens pas toujours à la comprendre quand elle parle anglais.

— Tu vois ce que je veux dire. Les téléphones qui filment.

Elle me fait un geste de la main.

— Et aucun n'avait de casque. J'étais sûre qu'il y en aurait un qui allait se tuer, et que j'allais devoir nettoyer sa cervelle dans notre allée.

— Ce n'est pas dégoûtant du tout, murmure Dave dans sa barbe.

Abuelo grimace, comme s'il avait entendu. Je ne suis pas sûre que ce soit le cas. Il essaie de nous faire croire qu'il devient dur d'oreille, mais je pense que c'est en fait son sens le plus affûté. Il attire mon attention en clignant de l'œil.

Maintenant que la glace est brisée, la conversation se poursuit avec naturel pendant un moment. Daddy rit de quelque chose qu'Abuelo raconte et Papa le regarde avec tendresse. Le nœud dans mon estomac se dénoue un peu.

— Si tu as un petit ami, tu devrais lui offrir des fleurs, me chuchote Dave à l'oreille.

La cuisse de dinde que j'étais en train de manger pendouille de ma bouche. Je jette un coup d'œil alentour, mais personne d'autre ne lui prête attention.

— Je vous assure, Londres c'est pire qu'ici, est en train d'expliquer Tía Camila.

Abuelo secoue la tête.

— Il y a tellement de smog, et c'est très différent du brouillard. Il fait toujours sombre. Vous auriez dû voir l'appartement où la société m'avait installée. C'était vraiment ridicule.

— Ne sois pas si snob, Cami, la taquine Papa. On ne peut pas tous se permettre de faire le tour du monde comme la jet-set.

Je regarde Dave du coin de l'œil.

— Qui a dit que j'avais un petit ami ?

— Papa en a parlé sur le chemin en venant de l'aéroport, m'explique-t-il en levant les yeux au ciel comme si j'étais complètement idiote. J'entends des choses. Mais, de toute façon, ça arrive que les garçons aiment les fleurs. Et s'il n'aime pas ça, tu devrais lui en offrir quand même, juste pour te débarrasser de lui.

J'éclate de rire et Abuela se tourne vers moi.

— Qu'est-ce qui est arrivé à tes tresses, *mi amor* ? me demande-t-elle en passant ses ongles dans mes boucles.

Je sens qu'ils restent coincés, même si elle fait mine de rien.

— Je les trouvais élégantes, insiste-t-elle.

— Abuela..., commence Dave.

C'est ce qu'il y a de cool avec mon demi-frère : je n'ai pas toujours besoin de dire les choses pour qu'il comprenne.

— Laisse Simone tranquille, renchérit Abuelo. Elle n'a pas demandé à avoir tes mains dans les cheveux pendant le repas.

J'adore mes grands-parents, mais il y a des choses qu'ils ne comprennent pas. Abuela est relou avec mes cheveux alors qu'Abuelo est relou avec le VIH. Il hésite encore avant de m'embrasser. Il croit sûrement que je ne le remarque pas, mais c'est flagrant. Il tient ma tête entre ses mains et me regarde, comme s'il se demandait si c'était bien prudent.

On sonne à la porte. Papa se tourne vers moi, attendant que je me lève.

Je jette un coup d'œil autour de la table.

— Quoi ? Tout le monde est déjà là.

— Miles devait venir pour le dessert, me rappelle Daddy en détachant bien les mots, tu as oublié ?

Merde ! À force de m'apitoyer sur mon sort, j'ai complètement zappé. C'était l'idée de papa, mais Miles était partant. Ça ne me dérange pas de le voir. C'est juste que j'ai l'impression que ça va me porter malheur que ce soit justement aujourd'hui. Je me lève en soupirant et j'entends Abuela s'interroger derrière moi.

— Simone a un petit ami ? Mais c'est encore un bébé !

Je souris et j'ouvre la porte.

— Salut.

Miles se tient sous le porche. Il porte une chemise blanche, un bouquet de lys à la main.

— Je ne suis pas trop en avance, c'est bon ?

Ses yeux sont écarquillés quand il jette un coup d'œil dans la maison. Je crois que c'est la première fois que je le vois nerveux.

— Non, non, ça va.

Je me retourne vers l'intérieur. Ma famille attend que je m'écarte pour dégager la vue. Je sors et je tire le battant derrière moi pour ne laisser qu'un entrebâillement. Miles se fige, même quand je me penche en avant.

— Tu es parfait. Ne t'inquiète pas.

Personne ne devrait nous voir sur le porche, pas si on se dépêche. Je l'embrasse doucement, les fleurs se froissent entre nous. Il a un goût de sauce. Sa main est dans ma nuque et la caresse. Après l'épisode dans sa cuisine, je me suis dit que je devais me calmer, mais j'ai à nouveau envie d'instants intimes. J'ai envie de moments où il est à genoux, de temps dans sa chambre, de longues minutes à se toucher, le regard trouble, à trouver ce qui fonctionne et ce qui ne fonctionne pas.

— J'arrive toujours pas à croire que je puisse faire ça, je chuchote en m'écartant.

Il a encore un suçon de la dernière fois qu'on s'est vus. Je remonte son col et je laisse ma main s'attarder près de son cou.

— J'adore t'embrasser.

— Ouais, tu te débrouilles pas mal, plaisante-t-il.

Je le pousse. Il examine mon visage.

— Simone…

— Venez ici, vous deux ! nous crie Tía Camila. On vous attend pour le dessert !

Je soupire et je fais signe à Miles de me suivre.

— Bon, tu connais mes parents. Mon abuela parle tout le temps : n'essaie pas d'en placer une. Tía Camila est vraiment chic, comme Victoria Beckham, en plus souriante. Tu dois juste faire gaffe à mon abuelo et peut-être à Dave.

— C'est ton frère ?

— Exact. Tu apprends vite, je constate en lui caressant le dos.

À l'intérieur, tout le monde a migré vers le salon, où les albums photo sont de sortie. L'odeur du café se mêle à celle de pommes, de noix de pécan et de caramel. Tía Camila tient une assiette de flan et nous sourit.

— C'est donc toi le fameux petit ami, constate Dave.

Abuelo plisse les yeux. Miles s'éclaircit la gorge.

— Euh, oui. Miles Austin. Ravi de vous rencontrer.

— Ces fleurs sont pour nous ? demande Papa en se levant.

Il prend le bouquet en tapotant Miles dans le dos.

— C'est très gentil.

— J'espère que tu traites bien Simone, commence Abuelo en remuant son café. J'ai plein d'histoires sur ce qu'on faisait aux petits amis de Camila quand elle était jeune.

— On les pendait par les orteils, renchérit Tía Camila en hochant la tête et en cognant sa fourchette contre son assiette. À côté du drapeau mexicain, comme ça tout le monde dans le quartier pouvait voir qu'on n'était pas du genre à plaisanter.

Miles déglutit. Si c'était quelqu'un d'autre, ça ne me dérangerait pas de le voir mal à l'aise. Mais c'est Miles, alors je passe mon bras autour de sa taille et je tire la langue à ma tante.

— Si Simone l'aime, je suis sûre que c'est un jeune homme bien, tranche Abuela pour couper court à la discussion. Venez vous asseoir. On regarde des photos de Javier.

— C'est Papa, j'explique à Miles, en m'installant à côté de ma grand-mère.

Il se perche sur l'accoudoir du canapé et regarde par-dessus mon épaule.

— Daddy, c'est Paul, je précise encore.

— M. Hampton, commente Daddy, les yeux fermés. C'est toujours mon nom.

Abuela est trop occupée par ses albums photo pour commenter. Elle montre du doigt une photo de Papa quand il était bébé, perdu dans une robe de baptême blanche.

— Il était tellement mignon, déclare-t-elle en secouant la tête. Dire que ça aurait pu être Valeria.

Je hausse les sourcils.

— Quoi ?

— Tout le monde pensait que ce serait une fille, raconte Tía Camila en jetant un coup d'œil à son frère.

Il ne dit rien, mais avale une gorgée de son cognac.

— J'étais tout excitée d'avoir une petite sœur. Maman avait choisi un prénom et tout.

— J'aimais bien Valeria, mais ton Abuelo avait choisi Camila pour ta tante, détaille Abuela en fixant son mari. Moi, je pouvais choisir pour le deuxième enfant. Je pensais que ce serait encore une fille, mais on a eu Javier.

— Tu as l'air tellement déçue, constate Dave d'un air amusé.

— On l'aime quand même, ajoute Abuelo en levant son verre. Et pas seulement parce qu'on est obligés.

Daddy rigole et passe à la page suivante. C'est une photo de mes pères, sur laquelle ils ont l'air assez jeunes pour avoir mon âge. J'exagère peut-être un peu, mais ils étaient hyperjeunes quand même. Papa porte un blazer et Daddy a une coupe afro. Plus réussie que la mienne.

— Ah ! les belles années, s'exclame Camila avec un sourire attendri. Je n'arrive pas à croire que vous étiez si jeunes.

— C'est quand vous vous êtes rencontrés ? je demande.

J'avais déjà vu toutes ces photos, mais ma mémoire est un peu floue, parfois. C'est dingue de voir comme ils ont mûri et depuis combien de temps ils se connaissent. Ils sont appuyés contre un mur, comme des frères. Je ne sais pas combien de temps cette période a duré.

— Je suis venu à New York quand Javier y était, relate Daddy en lui caressant le menton. C'était la première fois que je quittais la Caroline du Nord et je ne connaissais personne. Sa famille a été ma deuxième famille pendant la fac et le reste, c'est de l'histoire ancienne.

— Tu étais déjà comme notre fils à l'époque, reconnaît Abuela. Je savais que tu t'intégrerais dès que tu es arrivé.

— Au début, il n'y avait rien entre nous, précise Papa, l'air presque mal à l'aise. On a été amis pendant un moment, puis j'ai rencontré Miriam.

Je jette un coup d'œil à Dave. Quand on mentionne le nom de sa mère, c'est souvent parce que c'est *lui* qui en parle, rarement quelqu'un d'autre. J'ai du mal à deviner ce qu'il pense en ce moment. Il reste de marbre. Daddy passe à la page suivante. C'est le mariage de mes parents. J'ai trois ou quatre ans et je n'ai pas de souvenirs précis.

— Waouh, t'étais tellement petite ! s'exclame Miles comme s'il avait lu dans mes pensées. Regarde tes cheveux !

C'est la coiffure que toutes les filles noires ont à un moment donné dans leur vie : des petites tresses africaines avec des perles multicolores au bout. J'entends encore le clic-clac qui accompagnait chacun de mes pas.

— Oui, elle était toute petite, renchérit Daddy en me regardant, je ne sais pas ce qui s'est passé.

Je le pousse en riant.

— *Dios mío*, le mariage, soupire Abuela. Quelle journée ! Je l'ai vu venir dès le moment où vous vous êtes rencontrés. Même quand vous n'étiez pas ensemble, c'était clair que vous étiez faits l'un pour l'autre.

Dave repose son verre avec une telle violence qu'il se fend. Je me raidis. Le silence qui se fait dans le salon est assourdissant. Sa mâchoire tremble et il a les poings serrés. Je l'ai déjà vu énervé et irrité, mais pas en colère à ce point.

— Je ne veux pas entendre parler de ça, gronde-t-il. Et j'en ai marre de t'entendre parler de ma mère et moi comme si on était que des erreurs de parcours sur le chemin du bonheur éternel.

Il se lève et sort de la pièce. Je suis tellement abasourdie que je ne sais pas quoi dire.

— Je reviens, grommelle Papa. Donnez-moi une minute.

Il retrousse ses manches et s'éloigne d'un pas lourd. Miles me donne des petits coups sur l'épaule, mais je ne le regarde pas. Je me focalise sur le verre brisé sur la table. On n'utilise ces coupes que quand on a des invités.

— *No me mientas,* crie Dave depuis l'autre pièce.

Sa voix est assez forte pour faire vibrer les murs ; il explose vraiment.

— Tu veux me faire croire que t'es pas plus heureux dans ta nouvelle vie ?

Je n'entends pas la réponse de notre père, juste un murmure. Je me demande bien ce qu'il peut dire pour apaiser la situation. Ça va nous pourrir tout le week-end.

— Je n'ai *pas* trompé ta mère, cingle papa. Et ne me manque pas de respect…

— Pourquoi je devrais avoir du respect pour quelqu'un qui n'en a pas pour *moi* ?

— Qui reprendra du dessert ? demande Abuela en se frottant les mains pour qu'on n'ait pas à écouter ça.

Abuelo grince des dents, comme Dave et Papa. C'est bizarre de voir la même bouche sur trois personnes différentes.

— C'est normal qu'il soit fâché, constate Daddy d'une voix si basse que je l'entends à peine. Ça doit être dur.

Il ne tolérerait jamais cette attitude de ma part. Mais, contrairement à Dave, je suis son enfant. Pour mon demi-frère, Daddy est le gars qui a débarqué et a bousillé sa famille. Je n'aime pas penser que notre maison, où les disputes sont rares, jamais trop graves et où je me sens bien, existe parce que Dave a grandi sans Papa.

Une partie de moi en veut à Dave d'avoir mis tout le monde mal à l'aise. En même temps, c'est injuste, je le sais. J'aimerais tellement qu'ils ne se disputent pas, surtout en présence de Miles.

Mon téléphone sonne. Je le sors de ma poche, ravie de cette distraction. C'est Jesse. Ça m'étonne. On s'envoie souvent des textos ces derniers temps, mais c'est bizarre qu'il m'appelle le jour de Thanksgiving. Je m'excuse et je sors dans le couloir. Le temps d'y être, mon portable a cessé de sonner, mais j'ai reçu un SMS de lui : *Miles est chez toi ?* J'ai aussi quatre appels manqués. Tous de Jesse.

Il s'est passé un truc ? Je le rappelle, appuyée contre le mur.

— Salut. Miles est là ?

Il va droit au but, d'un ton un peu cassant.

— Euh, pourquoi ?

Je jette un coup d'œil à la salle à manger. Tía Camila fait des gestes avec sa fourchette pendant que Miles l'écoute attentivement. Abuelo secoue la tête.

— Y a quelque chose qui ne va pas ?

— Je suis passé à sa maison pour traîner avec lui et il venait de partir. Ça n'a aucun sens, puisque c'est Thanksgiving. Je me suis dit qu'il ne pouvait être que chez toi.

De quoi il se mêle ? Un frisson me parcourt la colonne vertébrale. Je pose un bras sur mon ventre.

— Écoute, ça ne te regarde pas Jesse.

— Ben si.

Il respire lourdement avant d'ajouter :

— Faut bien que quelqu'un veille sur lui.

— Quoi ?

Qu'est-ce qu'il raconte ?

— Qu'est-ce que tu veux dire, Jesse ?

— Tu fais tout le temps semblant de rien, déclare-t-il.

Les mots se bousculent à toute allure.

— Tu ne peux pas lui mentir, Simone. C'est pas juste. Il pourrait tomber malade.

Merde. J'ai soupçonné plein de gens, mais jamais Jesse. On était censés être amis. Pas depuis longtemps, mais je ne m'attendais pas à ça de sa part. J'ai la nausée. Mes oreilles bourdonnent.

— Ce ne sont pas tes affaires. Jesse, on est dans le spectacle ensemble. Si tu voulais en savoir plus sur moi, pourquoi tu n'as pas... ?

— Il ne s'agit pas que de toi. Si tu tenais vraiment à lui, tu ne serais même pas...

Ma main se crispe autour du téléphone quand je comprends enfin.

— Oh, je vois. Je ne suis pas la seule à l'aimer, hein ?

Il ne répond pas, mais je sais que j'ai raison. Jesse était là quand Miles et moi on s'est embrassés devant l'auditorium et dans le couloir. Il habite à côté de chez lui, donc il me voit chaque fois que j'y vais. C'est pour ça qu'il m'a laissé les messages de menace. Il est amoureux de Miles. Toutes les fois où je lui ai parlé pendant les répétitions, il n'était pas du tout intéressé par ce que j'avais à dire. Il voulait juste en savoir plus. Et il prétend protéger Miles...

— Peu importe, soupire-t-il comme s'il avait un poids énorme sur les épaules. C'est Thanksgiving et ton temps est écoulé.

— Qu'est-ce que ça veut dire ?

Il a raccroché.

Putain.

28.

Après que Jesse a raccroché, je vérifie mes textos pour voir si les ennuis ont commencé. Je n'ai pratiquement aucune notification. C'est logique, puisque je ne parle plus à Claudia et Lydia et que Miles est dans le salon, mais c'est étrange, mon écran ressemble à une ville fantôme numérique.

Allez, Simone, réfléchis. Si tu étais Jesse, comment tu annoncerais quelque chose comme ça au plus de gens possible ? Sarah a envoyé un texto à tous ceux qu'elle connaissait quand elle a appris que j'avais le VIH, mais ça ne semble pas être le style de Jesse.

Je passe en revue les applis de mon portable. Instagram ? Non, pas assez de gens pour le voir en même temps. Il aurait pu utiliser Snapchat, mais quand je l'ouvre, je tombe juste sur des vidéos de gens qui chantent à des fêtes ou qui sont à table en famille pour le dîner. Avec quelle appli est-ce qu'il pourrait atteindre le plus de gens d'un coup ?

Oh, merde. J'appuie sur l'icône Twitter, mais l'écran d'accueil bleu met plus de temps à apparaître que d'habitude. Le chargement n'est jamais aussi long. Je frappe l'écran avec mon pouce. Allez, allez, allez.

Le tweet en haut de mon fil d'actualité vient du compte du département d'art dramatique de Sacré-Cœur.

Simone Garcia-Hampton, la nouvelle élève qui fait la mise en scène, a le VIH. Je l'ai vue se faire soigner à l'hôpital St Mary, donc je sais que c'est vrai. Vous voilà prévenus.

Il y a déjà une centaine de commentaires sous le tweet original, et ça n'arrête pas de tomber.

@MattlegQuagga : [GIF de Steve Carell en train de faire la grimace]

@Purebob7777 : OMG est-ce que je dois me faire tester ?

@TinyAngel : C'est peut-être une rumeur, mais je sais pas.

@Heydayfix_97 : Oh bouhouhou !!! On s'en fiche qu'elle ait pris de mauvaises décisions, non ?

@Bellswas : C'est ce qui arrive quand on couche avec n'importe qui, on sait même pas d'où elle vient.

Mon téléphone tremble entre mes mains, des larmes me brouillent la vue. J'ai continué à faire semblant que ça n'arriverait pas jusqu'à ce que ça se concrétise. Je croyais pouvoir empêcher ça en… en faisant quoi ? En étant *fière* d'avoir embrassé un garçon ? Quelle idiote !

Mes pieds me conduisent vers le salon en mode automatique. Je suis incapable de regarder qui que ce soit.

Je ne veux pas me trahir. Il ne faut pas que je pleure devant Abuela, qui me serrera dans ses bras jusqu'à ce que toutes mes larmes aient coulé.

— Simone ?

Miles essaie de m'attraper le bras, mais je m'écarte. Je ne sais pas comment lui expliquer. Il ne comprendrait pas. Personne ici ne comprendrait. Je ne comprends pas moi-même.

Dave et Papa s'engueulent encore dans la pièce d'à côté. J'entends quelqu'un me parler, mais les mots ne s'impriment pas. J'ai l'impression que tout est à l'envers. Je me traîne dehors et je sors dans la fraîcheur de la nuit. Je serre mes bras autour de mon torse en me retenant de sangloter. Mes yeux brûlent, les larmes roulent déjà le long de mes joues.

Je suis tellement conne. Conne, conne, conne. Ça va se passer comme à Notre-Dame de Lourdes et je ne peux rien y faire. Où est-ce que je vais aller maintenant ? Je vais devoir finir ma première année, probablement, parce qu'il est trop tard pour commencer ailleurs. Et *l'année prochaine*, où est-ce que je pourrai aller ?

— Simone, m'appelle Daddy d'un ton exaspéré.

Il a dû me suivre dehors.

— On doit déjà gérer Dave. Tu ne peux pas piquer une crise toi aussi.

Une crise ? J'ai envie de lui balancer une réplique bien cassante, mais je suis épuisée.

Je me retourne. Il se masse le front, une main sur la hanche. Je ne dis rien, j'essuie mes larmes du revers de la manche. Moi non plus, j'ai pas envie de gérer sa mauvaise humeur envers moi. Pas maintenant. Je ne sais même pas ce que je vais faire. Comment est-ce que Jesse a pu faire un truc aussi horrible juste parce que j'ose aimer Miles ?

— Daddy, j'annonce en reniflant. Ils sont au courant.

Son regard est dur.

— Ils ? Qui ça ils ? Au courant de quoi ?

— Un… un mec du club de théâtre.

J'ai l'impression que ma gorge est en feu.

— Il… il a tweeté là-dessus. Sur moi. Maintenant tout le monde sait que je suis positive et ils pensent tous que je suis répugnante.

J'arrive à peine à raconter l'histoire à travers le rideau de mes larmes et je me sens plus petite que jamais, là, à l'extérieur dans mon T-shirt à manches courtes.

Le VIH aurait pu me tuer, mais il n'en a pas eu l'occasion. Je parviens à résister au VIH, pourtant je suis incapable de supporter quelques tweets d'élèves que je ne connais même pas.

Le visage de Daddy se liquéfie quelques instants, puis il décrète :

— J'appelle ce putain de lycée.

Il rentre d'un pas furieux sans attendre que je le suive.

Peut-être que si j'étais plus jeune, je pourrais croire qu'il va tout arranger. Quand j'étais petite, j'étais persuadée que rien n'était impossible pour lui. De toutes les choses que j'ai gardées de mon enfance – mes souvenirs, mes rêves, mes peurs… – j'aimerais pouvoir m'accrocher à cette illusion. Peut-être qu'alors, j'aurais moins l'impression que la fin du monde vient de s'abattre sur moi.

29.

Inutile de dire que Thanksgiving cette année a dévié de la tradition et de la routine. Abuelo m'a raconté qu'il avait fallu une éternité pour que Miles se décide à partir après que j'ai disparu à l'étage avec Daddy. Ce dernier a passé la plus grande partie du week-end au téléphone et à discuter avec Papa à voix basse au rez-de-chaussée. Tout le monde semblait vouloir me parler – ma tante, mes grands-parents… –, mais personne ne savait quoi dire. Tía Camila a signalé le tweet à Twitter, sans pour autant réussir à le faire supprimer. Ça n'aurait de toute façon pas aidé. Je suis sûre que les captures d'écran auraient quand même continué à circuler, comme des chewing-gums qu'on fait passer en cours quand on s'ennuie.

J'envisage un moment de couper mon téléphone. Il explose sous les textos d'élèves du club d'art dramatique ou de gens à qui j'ai emprunté des devoirs et qui disent des conneries du genre : *Est-ce que je dois me faire tester ?* et des messages étonnamment gentils, comme *Mes prières sont avec toi <3*. Même M. Palumbo m'a envoyé : *Je suis là si tu as besoin de parler, ma grande.*

Dès que je vois le nom de Miles, je détourne les yeux. J'ai pleuré dans la salle de bains le jour de Thanksgiving pendant qu'Abuelo lui demandait de partir, parce que je ne me sentais pas en état de le faire. J'y repense tout le temps, je m'en veux.

Je n'ai pas envie de savoir ce qu'il en pense. Je n'ai pas envie qu'il soit super gentil, surtout que les autres ne le traiteront plus jamais comme avant au lycée. Je ne veux pas qu'il se retrouve aussi isolé que je vais l'être.

Je jette un coup d'œil à l'un de ses textos, espérant presque qu'il a écrit quelque chose de désagréable. Ça rendrait les choses plus faciles… Mais le premier affiche un émoji en cœur. Je jette mon portable au fond d'un tiroir.

Je ne sais pas ce qui est le pire : ses SMS ou ceux de Claudia et Lydia, qui proposent de venir me voir, comme si on ne s'était pas engueulées. De toute façon, je refuse d'en lire un seul de plus. Penser à mes amis, c'est comme toucher une plaie ouverte. Tant qu'il n'y a pas de croûte, la frotter ne fera qu'empirer les choses.

À ma grande surprise, Dave contribue à rendre la situation moins insupportable. Papa nous laisse emporter les restes dans leur chambre. On s'assied tous les deux sur le grand lit et on regarde les deux versions de *Hairspray*, puis *Mamma Mia !* et *Billy Elliot*. Je doute que cette séance soit super marrante pour mon demi-frère, mais il ne se plaint pas. Par moments, je sens monter une subite envie de pleurer, comme quand j'ai mes règles. Dave en profite pour trouver d'autres films : *West Side Story* et *Chantons sous la pluie* et même *The Rocky Horror Picture Show.* Il se plante devant le lit et imite la danse de *Time Warp* en agitant les bras et les jambes dans tous les sens de façon ridicule. Je ris si fort que j'ai le visage en feu.

— Si tu racontes que j'ai fait ça à qui que ce soit, déclare-t-il en se jetant sur le matelas, je nierai et personne ne te croira.

Je jette mes bras autour de son cou, il se raidit, mais il finit par me serrer en retour. Ça doit être tellement nul pour lui d'être ici, en ce moment. Au moins il ne se dispute plus avec Papa. Pour une fois, on est frère et sœur et pas juste le temps de la fête.

Dimanche, on me tend une embuscade.

— Qu'est-ce que vous faites ici ? je demande en voyant Ralph, Brie et Jack entrer dans la chambre de mes parents.

Mes pères doivent se sentir vraiment mal pour laisser entrer n'importe qui.

— Comment vous avez eu mon adresse ?

— Twitter, dit simplement Brie, en sautant sur le lit. Et Julie nous l'a donnée aussi. Même si c'est sûrement contraire au règlement.

Je devrais être furieuse que Julie communique mon adresse, mais mon énervement s'ajoute à la pile « à traiter » qui s'entasse dans mon estomac. Il se passe tellement de trucs dans ma vie que la bande passante de mes émotions est saturée.

— On s'est dit qu'il fallait pas te laisser seule, ajoute Jack en posant un sac plastique sur le matelas.

Il en sort un paquet de Doritos et une boîte d'Oreos double crème vanille.

— On a apporté du ravitaillement.

C'est pas normal pour un ado d'être aussi gentil. Jack doit être un mutant. Miles aussi, d'ailleurs. Je m'assieds et je tire les collations vers moi. Brie tapote la place à côté d'elle, mais Jack se jette sur ses genoux. Ils s'écroulent de rire.

Ma bouche affiche un sourire mais mon cerveau pense à Miles. Je me revois rire avec lui des grimaces d'Eddie Redmayne dans *Les Misérables*, se moquer de notre façon zarbi de manger de la glace et la nostalgie du soleil qui inonde ma poitrine quand je suis avec lui me submerge.

La douleur est trop forte. Je me concentre sur les Doritos.

— J'ai apporté mon ordinateur, signale Brie en continuant à pouffer. On peut regarder ce que tu veux, tant que c'est pas naze.

— Alors c'est pas ce qu'elle veut, souligne Jack. Tu trouves tout naze.

— Pas *tout*.

Oh là là, je me sens si mal que j'ai envie de vomir. Ralph a la décence de se tenir à l'écart. Il fait un peu pitié, tout seul dans son coin. Je soupire et lui fais signe de venir à côté de moi. Ça reste un connard, mais il est venu ici et n'a pas encore fait le malin. C'est plus que je n'aurais osé espérer.

Pour une fois, j'ai eu ma dose de comédies musicales, alors je dis à Brie de mettre *Campus Show.*

— Qu'est-ce que c'est ? demande Jack en regardant par-dessus l'épaule de Brie.

— Je sais pas, réplique-t-elle en lui balançant des petits coups de poing. Et je m'en fiche, tant que c'est bien.

Je lève la main.

— Attendez, vous êtes en train de me dire que vous n'avez jamais vu cette série ? C'est de Bill Cosby, c'est un classique et elle est dispo en streaming !

— Tu ne crois quand même pas que tout le monde connaît tes vieux machins ringards, se défend Ralph, en haussant les épaules.

Je le fusille du regard.

— J'arrive pas à y croire, j'insiste. J'ai pas assez d'amis noirs.

Brie lève les yeux au ciel en cliquant sur *Campus Show.*

— M'enfin, Simone, ça date d'avant notre naissance. On a pas tous ta passion pour la culture des années quatre-vingt.

— C'est les années quatre-vingt-dix ! je corrige par réflexe. Et c'est un classique noir. Vous avez sûrement tous vu au moins un classique noir, *Le Prince de Bel-Air,* par exemple.

— C'est différent, rétorque Ralph. Ça passait sur toutes les chaînes.

— *Campus Show* aussi. Enfin je crois.

Jack jette un regard terrifié en direction de Brie.

— Si c'est un truc noir, ça expliquerait pourquoi aucun de nous…

Je bascule la tête en arrière :

— Rhooo, c'est juste un classique, point. Je suis sûre que vous avez vu *Friends*, et ça date d'avant notre naissance.

— C'est pas la même chose, *Friends* passe tout le temps à la télé, contre-attaque Ralph.

— Et ça a commencé quelques années à peine avant notre naissance, renchérit Brie. Donc ça ne compte pas vraiment.

— Mauvaise comparaison, conclut Ralph.

— *Friends*, c'est nul à chier, surtout, je décrète en croisant les bras. Comment ils ont pu vivre à New York pendant toutes ces années et ne rencontrer qu'une seule personne noire ? C'était la série la plus blanche de la télé. Et Ross, quel abruti ! Rachel aurait dû finir avec Joey. Il était gentil avec elle.

Silence. Ralph a l'air un peu perplexe, mais il ne veut pas se lancer dans le débat. Jack a les yeux écarquillés.

— Eh ben, t'as pas tort, admet Brie en me montrant du doigt.

— On ne dit pas qu'on ne veut pas regarder ta série, explique Jack en fixant les Doritos. On la connaît pas, c'est tout.

— C'est un spin-off du *Cosby Show.* La fille Cosby va dans une fac traditionnellement noire, Hillman, mais elle était jouée par Lisa Bonet, qui est tombée enceinte de Zoë Kravitz. Les scénaristes se sont débarrassés du personnage et se sont concentrés sur Dwayne et Whitley…

— Attends, Cosby ? m'interrompt Brie en plissant le nez. Ce mec est un salaud et…

— Je sais, je soupire. Mais il n'est pas dans la série et tous nos programmes préférés posent problème.

Ralph hausse les sourcils.

— T'es fan du *Cosby Show* ?

Je secoue la tête.

— Non, c'est cette série-ci ma préférée, mais il y a des trucs qui clochent dedans. Il y a toujours quelque chose qui cloche dans tout. Allez, mets le premier épisode.

On se regroupe autour de l'écran de l'ordinateur, en se partageant les friandises. Ralph se plaint de l'absence de serviettes tandis que Brie tombe sous le charme de Lisa Bonet (pareil pour moi, évidemment). Vers le troisième épisode, mon téléphone se met à sonner. Comme pratiquement tout le monde a renoncé à tenter de me joindre, j'attrape mon portable pour voir de qui il s'agit. Lydia.

Je laisse tomber le téléphone à côté de mon genou et Jack jette un coup d'œil dans ma direction.

— Ça va ? chuchote-t-il.

Je hoche la tête et j'attrape les Oreos. Il m'a fallu tout ce temps pour me changer les idées, ou du moins pour les repousser à l'arrière-plan de mon cerveau. Je ne laisserai pas Lydia gâcher ça.

Pas de chance, on dirait qu'elle s'est donné pour mission de m'avoir à l'usure. Sans exagérer, elle m'appelle presque vingt fois de suite. Je fixe l'écran. Il s'éteint un instant, puis se rallume presque automatiquement. Mon cœur se serre rien qu'en voyant sa photo. J'ai envie de lui parler, mais je lui en veux toujours d'avoir laissé Claudia me hurler dessus.

Tant pis, je décroche et je colle le portable contre mon oreille.

— Simone ? Simone, ça va ?

Il y a du bruit derrière elle, comme si elle était dans un café ou un resto. Les larmes me montent aux yeux en entendant sa voix. Elle m'a manqué, mais je ne m'attendais pas à pleurer avant même de la revoir. Sa voix m'a manqué, ses câlins et son air inquiet pour moi. J'ai l'impression que le barrage de mes émotions va céder, mais je parviens à me retenir. Je cours dans la salle de bains et je m'y enferme.

— Oui, ça va, je réponds d'une voix chevrotante. C'est juste qu'il s'est passé plein de trucs.

C'est l'euphémisme de l'année.

— J'espère que tu tiens le coup. On était super inquiètes.. Claudia…

Elle s'arrête, se racle la gorge.

— Tu peux nous retrouver quelque part ? Pour qu'on puisse parler ?

— Oh.

Je me mordille la lèvre. Je suis en train de m'amuser avec mes amis du groupe de discussion. Qui aurait cru que ça pouvait arriver ?

— En fait, je suis avec des potes, je peux pas. Mais c'est justement le problème, non ?

— Qu'est-ce que tu veux dire ?

— On a commencé à se disputer parce que je vous lâchais tout le temps, je lui rappelle en passant une main dans mes boucles. Et j'ai aggravé les choses en vous accusant pour les lettres. Je suis désolée de m'être comportée comme une connasse.

— Tu t'es pas comportée comme une connasse.

Je sens qu'elle le pense vraiment.

— Écoute, on était toutes fâchées les unes contre les autres. On pensait que tu nous ignorais à cause de Miles, mais en réalité t'avais un tas de trucs à gérer. Et c'est encore le cas. C'est juste que… Ça m'a fait mal que tu aies cru que ça pouvait être nous qui soyons derrière ces messages.

Je m'appuie contre le lavabo.

— Je sais. La dernière fois que je me suis retrouvée dans ce genre de situation, quand Sarah l'a annoncé à tout le monde, je n'aurais jamais cru…

Je ravale les sanglots qui m'étouffent.

— Tu lui faisais confiance, ajoute Lydia avec douceur. C'était ta première petite amie.

— Oui, je réponds avant de déglutir. J'ai cru que… que si elle avait été capable d'un truc pareil, vous l'étiez aussi… Je sais pas. C'est…

— C'est naturel. Je comprends.

— Oui.

Je hoche la tête, oubliant qu'elle ne me voit pas.

— Mais t'as raison, Lydia. On devrait en parler. Tu peux venir ici, si tu veux.

— Je peux amener Claudia ?

J'hésite. Elle m'a quand même accusée de me faire passer pour ce que je ne suis pas.

— Elle veut vraiment s'excuser, insiste Lydia comme si elle lisait dans mes pensées. Mais je peux venir toute seule si tu préfères.

— Non, c'est bon.

Toute ma famille est ici, et Brie et Jack sont toujours absorbés par la série. Je suppose que Ralph compte aussi. Si Claudia a quelque chose de négatif à dire, je pourrai compter sur le soutien des autres.

— Venez toutes les deux.

— Oh ? D'accord. Cool !

Je l'entends sourire à travers le haut-parleur.

— À tout à l'heure, alors ?

— Je viendrai vous ouvrir.

Ma voix se fendille.

Un quart d'heure plus tard, quand la sonnette retentit, je m'attends à les trouver toutes les deux sur le porche, mais Claudia est seule. Elle me regarde droit dans les yeux, même si elle n'en mène visiblement pas large. Moi aussi je suis stressée, j'essuie mes mains moites sur mon jean. Elle jette un coup d'œil vers sa voiture, probablement à Lydia, avant de se tourner vers moi.

— Pourquoi t'as accepté que je vienne ? demande-t-elle en enfonçant les mains dans ses poches. Je pensais pas que tu serais d'accord.

Je me concentre sur ses cheveux. Ils sont plus courts, presque comme ceux d'Anne Hathaway dans *Les Misérables*. Elle a dû les couper récemment. Je suis sûre que ses parents lui ont fait une scène quand ils l'ont vue. Je suis triste pour elle en y pensant, mais je me force à ne pas détourner les yeux.

— Honnêtement, je ne sais pas, je déclare avec un haussement d'épaules. Je suis étonnée que tu sois venue.

Elle me fixe pendant une longue minute. Si elle s'attend à ce que je dise autre chose, elle peut toujours courir.

— Tu m'as vraiment manqué, lâche-t-elle enfin d'une voix rauque. Et je suis vraiment nulle d'avoir réagi comme ça, alors que tu essayais de me dire quelque chose d'important. Je sais que c'est dur d'annoncer sa bisexualité. Je n'aurais pas dû te sauter dessus comme ça. C'était hypernul de ma part et je ne m'attends pas à ce que tu me pardonnes. Je… je suis désolée.

Elle a le front plissé par l'inquiétude. Au moins, ça veut dire qu'elle a pensé à tout ça, à moi. Autant que moi à elle. J'ouvre la porte plus grand et je sors la rejoindre.

— Je voulais vous le dire plus tôt, mais je me doutais…

— … que je réagirais comme ça.

Elle soupire en tripotant ses cheveux et répète :

— Je suis nulle.

Mon visage s'adoucit.

— Juste un peu, je concède en passant un bras autour de ses épaules.

Elle cligne des paupières, surprise.

— Et, de toute façon, je ne sais pas si je peux vraiment être considérée comme bi.

— Mais si, décrète-t-elle avec autorité.

En voyant mon air étonné, elle s'arrête une seconde.

— Je n'ai pas… Je sais que j'ai vraiment mal réagi, mais tu *es* bi si c'est ce que tu ressens. Lydia avait beaucoup de sentiments contradictoires aussi quand elle a avoué qu'elle était bi. Peut-être que vous pourriez en discuter.

Difficile d'imaginer Lydia traverser une crise d'identité sexuelle. Elle m'a parlé d'autres garçons avec qui elle est sortie, notamment un certain Kevin en première année, avant mon arrivée. Elle parle aussi tout le temps des filles sur qui elle a des crush.

C'est peut-être en partie pour ça qu'on est devenues amies si vite. Lydia et Claudia sont *queer* et ne se prennent pas la tête avec ça. Sous cet angle, elles sont un peu comme mes pères. Je savais déjà qu'on se ressemblait avant même qu'on évoque la bisexualité.

— Je suis vraiment désolée, répète Claudia. Et je comprendrais que tu sois toujours fâchée, mais je suis contente que tu m'aies laissée venir.

Je lui donne un coup d'épaule. C'est la première fois qu'elle s'excuse de quoi que ce soit, du moins auprès de moi. J'accepte ses excuses.

— Tu veux rentrer ? je lui propose en désignant la maison d'un mouvement de tête. Si on continue à parler comme ça, je risque de me mettre à pleurer.

Elle rit. Je ne plaisante pas.

Claudia adresse un signe de la main à la voiture et Lydia nous rejoint. Elle jette ses bras autour de mon cou. Je la serre contre moi. Si je n'avais pas une si grosse boule en travers de la gorge, je leur dirais à quel point elles m'ont manqué.

⋆
⋆ ⋆

Je suis sûre que Brie et Claudia seraient déjà mariées si elles étaient célibataires. J'ai à peine fait les présentations qu'elles pouffent ensemble dans un coin. *Brie et Claudia.* En train de *pouffer.*

— Quoi ? Elle vous a fait regarder *Campus Show* ? s'exclame Claudia, la poitrine secouée de rire. Oh non. Je me suis endormie quand elle me l'a montré la première fois. Au moins, elle ne vous a pas collés devant sa comédie musicale française déprimante.

— *Les Misérables* est un classique !

Brie hausse les sourcils.

— T'en connais un rayon en classiques, dis donc.

— Je ne savais pas que tu aimais bien les comédies musicales, déclare Jack en se tournant vers moi. C'est trop cool !

— *Aimer bien* ? répète Claudia en gloussant. C'est l'euphémisme du siècle !

— Simone met en scène *Rent* pour le lycée, explique Lydia en me serrant l'épaule. La première a lieu début décembre. Vous devriez venir.

Ça fait une éternité que je n'ai pas pensé au spectacle. Je me demande bien ce qui va se passer…

— Euh, je tempère, je ne sais pas si ce sera franchement incroyable…

— Non, c'est trop cool, insiste Brie, la tête tournée vers moi. J'adore ce film.

Le *film* ? Pas la comédie musicale révolutionnaire de Broadway qui a tout déclenché ? Bon, par où commencer… ?

— On devrait tous y aller, annonce Ralph. Moi j'adorerais en tout cas.

Je me retiens de gémir. Il n'a pas le droit d'être gentil avec moi. Je ne peux pas pleurer devant Ralph.

— Beurk, le salopard qui a révélé que t'étais positive bosse sur le spectacle, non ? demande Claudia d'un air dégoûté en attrapant le paquet de Doritos. J'espère que la direction du lycée le taillera en pièces.

Mon estomac se noue. Je n'ai même pas réfléchi à la réaction de l'administration. C'est une des nombreuses choses que j'ai repoussées dans les coulisses de mon cerveau.

— Attends, intervient Lydia en se penchant vers moi. Il faut que tu me racontes tout ce qui s'est passé depuis jeudi.

Brie jette un œil dans ma direction.

— Oui. Tu veux bien en parler ?

Pas particulièrement. Penser à Twitter et au fait que tout le monde est au courant – même si certains pensent que ce n'est qu'une rumeur – me donne envie de vomir. Toutefois, avec Claudia et Lydia d'un côté et mes amis du groupe de l'autre, je me sens suffisamment en sécurité pour aborder le sujet. Je n'ai pas l'impression d'être seule pour gérer ça.

Je soupire.

— OK, je concède tandis que la colère monte en moi. Laissez-moi vous parler de ce connard de Jesse.

30.

Avec les disputes à répétition et les va-et-vient incessants dans la maison, j'ai à peine fermé l'œil la nuit de dimanche. Même si Papa et Dave ne sont plus fâchés, d'autres discussions animées leur ont succédé : mes parents s'engueulent à mon sujet, mes grands-parents s'en mêlent et ma tante ordonne à tout le monde de se taire. Peu importe. Même sans les invités, j'aurais probablement mal dormi de toute façon.

C'est moi qui avais eu l'idée de passer chercher mes devoirs avant notre réunion de lundi avec la proviseure. Je me disais que ce serait plus facile de rester à la maison et qu'il valait mieux passer après les cours que demander aux secrétaires de rassembler mon travail, ce qui aurait forcément entraîné des ragots. Manifestement, j'avais tort.

Il ne me faut que quelques instants pour franchir la porte, ce qui suffit pour qu'un million d'yeux se posent sur moi. Le silence se fait dès que j'entre dans le couloir, flanquée de Lydia et Claudia, mes deux gardes du corps. En temps normal, personne ne prête attention à moi. Les élèvent parlent, rient et s'intéressent à leur propre vie. Mais là, tout est chamboulé.

— C'est peut-être pas nécessaire de passer à ton casier, suggère Claudia en regardant Lydia pour qu'elle confirme. Il y a du monde par là. On peut aller récupérer tes affaires pour toi.

— Non, c'est bon. Je veux juste prendre mes trucs et me tirer d'ici.

Je ne veux pas revenir, une fois que ce sera fini. Je suis sûre que des parents ont déjà réclamé mon départ. Ils seraient ravis d'exiger qu'on m'interdise l'accès aux bâtiments.

Ma théorie se confirme quand on arrive devant mon casier. Quelqu'un y a griffonné en rouge vif les mots : PAS DE SALOPE AU LYCÉE. Je ne sais pas si je dois crier ou pleurer, mais aucune des deux options ne se présente naturellement. Je cligne des yeux. Honnêtement, je m'y attendais. C'est du même goût que ce que j'ai vu sur Twitter.

— Simone, commence Lydia. Peut-être…

Je me contente de secouer la tête et je m'éloigne. C'était une mauvaise idée de me montrer. J'espérais au fond de moi que ce serait moins grave que je ne l'imaginais, que les gens n'en feraient pas tout un foin. Ou qu'ils croiraient que c'était une fausse rumeur. J'étais complètement à côté de la plaque.

Les portes de l'auditorium sont ouvertes quand je passe devant. Une répétition est en cours, j'avais oublié. C'est vrai que la première a déjà lieu le week-end prochain. Je jette un coup d'œil à l'intérieur. Mme Klein est sur scène, en train de s'adresser aux élèves. M. Palumbo se tient derrière elle, les bras croisés. Je devrais être soulagée que l'équipe technique ne soit pas là, mais ça ne change rien en réalité. J'entre, en mode pilotage automatique, attirée par les acteurs sur les planches.

Mme Klein regarde dans ma direction et se fige brusquement, me fixant comme si j'étais un fantôme.

— Simone, dit-elle avec douceur, est-ce que je peux te parler en privé ?

En entendant ces mots, des têtes se tournent et des chuchotements s'élèvent. Je gémis intérieurement. Si elle n'avait rien dit, j'aurais pu ressortir sans me faire remarquer.

Mme Klein descend de scène et s'avance vers l'entrée. Je me dépêche de la suivre. Tous les yeux sont rivés sur moi pendant la marche de la honte.

— Écoute, déclare-t-elle une fois dehors. Ça doit être un moment très difficile pour toi. Je voulais te dire qu'on a retiré les tweets et suspendu le compte.

— Oh, merci.

Ça ne change pas grand-chose maintenant, mais elle n'a jamais été aussi gentille avec moi.

— Tu n'es pas seule, m'assure-t-elle en posant une main sur mon épaule. Nous sommes tous derrière toi.

Je lui adresse un sourire crispé.

— Tu n'es pas obligée de voir ça comme une mauvaise chose, ajoute-t-elle.

— Quoi ?

Je ne sais pas s'il y a un malentendu ou si elle essaie d'être profonde.

— Je ne vois même pas comment ça pourrait…

— Certaines personnes auraient pitié de toi si elles apprenaient ce qui s'est produit, poursuit-elle en baissant la voix comme si elle s'apprêtait à me révéler ce que je vais recevoir pour mon anniversaire. Surtout certains membres du jury des Prix du théâtre…

Je cligne des yeux. Pendant une seconde, je reste sans voix. Je finis par lui lancer :

— Allez vous faire foutre !

Elle a le culot d'avoir l'air choquée.

— Simone…

— Madame Klein, tonne M. Palumbo.

On se tourne toutes les deux vers lui. Il est devant nous et bloque la porte pour que personne ne puisse nous voir. Il a dû nous suivre jusqu'ici.

— Je vais vous demander de quitter la répétition pour aujourd'hui. Ce lieu est un environnement sûr et cette règle s'applique à *tous* les élèves.

— Vous n'êtes pas mon supérieur, proteste-t-elle, le rouge montant le long de son cou et sur ses joues. J'ai encore un tas de choses à faire et je n'apprécie pas qu'on me parle comme si j'étais une élève.

— On peut aller en parler à la proviseure, si vous préférez.

Des *ooohhh* s'élèvent dans la salle. Même d'ici, un coup d'œil de M. Palumbo suffit à les faire taire.

— Ça ne me dérange pas de reporter la fin de la répétition, précise-t-il.

— Très bien, allons-y, réplique sèchement Mme Klein en se mettant en route.

Il la suit, puis s'arrête devant moi.

— Tu es très courageuse, Simone.

Je n'ai pas l'occasion de répondre avant sa sortie, mais tout le monde m'observe. J'ai l'impression d'être un poisson rouge pris au piège dans son bocal. Avec beaucoup plus de spectateurs. Quelques élèves sautent de la scène et s'approchent. On dirait presque que je suis devenue une Kardashian.

— Simone, commence Eric. Tu n'as pas à...

— Ne...

Je m'interromps. Je ne sais pas quoi dire. Je ne sais pas comment je suis censée leur parler alors que j'ignore quoi penser moi-même.

— J'ai besoin d'être seule un moment.

Je sors de l'auditorium. Après quelques secondes, j'entends des pas derrière moi et j'accélère. Je reconnais la démarche de Lydia et Claudia. J'aurais dû me douter qu'elles ne m'accorderaient pas plus de quelques minutes seule.

Je me réfugie dans les toilettes des filles. Il y flotte un mélange de parfum, de laque et de déodorant, mais on dirait qu'il n'y a personne. Malgré tout, je m'enferme dans une des cabines. C'est plus facile de pleurer ici. C'est quelque chose que tous les lycées ont en commun.

Je ne me suis jamais sentie aussi bête. Mes genoux entrent en contact avec mon menton, alors que je m'accroupis sur le siège pour éviter le sol mouillé.

Sérieusement, comment les gens ont-ils réagi à l'apparition du sida ? Quand les malades mouraient vraiment et que tout le monde ignorait le problème ? Je ferme les yeux. Ryan White, le garçon qui a été renvoyé de son école parce qu'il était séropositif, est devenu la figure emblématique de la lutte contre le VIH/sida, et son diagnostic remonte aux années quatre-vingt. Il était stigmatisé et a dû se battre pour pouvoir aller en cours. Sa mère a dû expliquer aux gens qu'elle n'avait pas peur de toucher son fils. Il n'y avait même pas la possibilité de cacher la maladie, parce qu'il n'existait pas encore de médicaments pour la garder sous contrôle. Je ne devrais pas me mettre dans un état pareil, je n'endure rien de comparable à ce que Ryan White a dû traverser.

— Simone ? T'es là-dedans ?

C'est Miles. Je pose une main sur mes yeux. Ça fait une éternité que je ne l'ai pas vu.

Je tousse pour que ma voix ne tremble pas :

— Qu'est-ce que tu fiches ici ? C'est les toilettes des filles. Tu vas passer un sale quart d'heure si tu te fais choper.

— Tes amies m'ont dit que je te trouverais ici. Je leur ai dit que j'allais essayer de te parler.

Évidemment.

— Je ne pensais pas que tu viendrais au lycée aujourd'hui. T'étais pas en cours d'histoire avancée.

— Je suis venue récupérer des trucs.

— Dans les toilettes ?

Je pousse un gros soupir, je m'assieds et j'ouvre la porte. Il a mauvaise mine, c'est sûrement parce que l'éclairage est pourri, ici. Seul un rai de lumière du soleil pénètre par la fenêtre et les plafonniers clignotent.

— C'était pas une bonne idée, j'admets. Mais je ne veux pas retourner dehors. Je dois attendre la réunion. T'y vas ?

Ses mains sont enfoncées dans ses poches.

— Je suis censé y aller. Mes parents m'ont dit que la proviseure est persuadée que c'est moi qui ai lancé toute cette histoire.

Je lève les yeux vers lui.

— T'inquiète, je leur expliquerai que c'est faux.

— C'est pas ça la question.

Il serre les lèvres avant de poursuivre :

— Simone, je suis vraiment désolé. Rien ne serait arrivé si tu ne sortais pas avec moi.

— C'est pas vrai, je corrige en glissant une main dans mes cheveux.

Je ne veux pas qu'il s'excuse pour des choses qui ne sont pas de sa faute.

— Ça serait sans doute arrivé de toute façon. Le gars qui l'a révélé à tout le monde me détestait.

Peut-être pas moi précisément, mais l'idée que Miles et moi soyons ensemble.

Il s'approche.

— Tu sais qui c'est ? C'est qui ?

Je n'ai pas envie de lui révéler l'identité du corbeau. Jesse et lui bossent ensemble sur le spectacle depuis le début de l'année. Si je le lui dis, il me faudra faire face à toutes les émotions que ça pourrait déclencher : la colère, la tristesse et le choc. Alors que je suis déjà incapable de gérer mes propres émotions.

Mais, maintenant qu'il est là, je ne veux pas qu'il parte. Comme Claudia et Lydia, je n'avais pas réalisé à quel point il me manquait.

Je hausse les épaules.

— Je ne veux pas en parler. Je vais devoir trouver un moyen de gérer la situation.

— Comment ?

— Probablement en changeant de lycée une fois de plus, je réponds en fixant le dallage.

Je remarque qu'il porte des chaussures à crampons. Je relève la tête, stupéfaite.

— Tu jouais au lacrosse ?

— Je me défoulais, c'est tout.

Il secoue soudain la tête.

— Comment ça, changer d'école ?

— Il m'est arrivé le même genre de chose à Notre-Dame, je lui explique en me concentrant à nouveau sur ses chaussures.

Je ne peux pas m'empêcher de me demander de quoi il a l'air quand il joue, même si le moment est mal choisi pour y penser.

— C'est pour ça que je suis venue ici. Comme j'ai presque terminé ma première, je vais peut-être juste postuler à la fac avec un peu d'avance.

— Ta réaction, c'est de t'enfuir, c'est ça ?

Dans un établissement plus grand encore, il y aura plus d'élèves différents, peut-être même d'autres personnes séropositives. Je sais qu'il en existe. Ils vont au lycée, puis décrochent un emploi et fondent une famille.

Par exemple le gars qui interprétait le rôle-titre dans *Hamilton*, celui que Jesse déteste tant, Javier Muñoz. Je ne comprends pas comment il a pu dire à tout le monde qu'il était positif sans que ça lui explose à la figure. Les spectateurs ont continué à venir voir le spectacle, ils faisaient la queue sur des kilomètres pour le rencontrer – pour lui serrer la main, pour le toucher – parce qu'ils admiraient son talent. Je bats des cils pour contenir mes larmes.

Les gens qui sont allés voir Javier Muñoz à Broadway ne sont pas comme Jesse ou les autres élèves d'ici. J'espère que c'est juste un phénomène qui se limite au lycée, dans des bâtiments pleins de gamins qui n'ont pas vécu grand-chose. J'espère que ça ira mieux un jour. Mais je n'en sais rien.

Peut-être que je pourrais aller à New York et laisser tout ça derrière moi comme on abandonne un vieux manteau. Je pourrais faire comme Papa : il a quitté la

Caroline du Nord, où tous ses amis et sa famille lui en voulaient d'être sorti du placard. Il s'est installé dans une ville où personne ne lèverait un sourcil s'il embrassait son petit ami en pleine rue. Je ne crierais pas sur tous les toits que je suis positive, mais je n'aurais peut-être plus à me cacher. C'est différent. Ce n'est pas *s'enfuir.*

— Tu ne comprends pas, je proteste en m'éloignant de Miles. Tu n'as aucune idée de ce que c'est.

— Tout ce que je dis, c'est que tu ne devrais pas baisser les bras simplement parce que certaines personnes se comportent comme des connards.

— Évidemment, pour toi, c'est aussi simple que ça.

Je lève les yeux au ciel et je me dirige vers la porte. Il me retient par le bras.

— Attends, explique-moi alors, si je ne comprends pas.

Je le regarde droit dans les yeux.

— Ce n'est pas abandonner, ce que je fais. J'essaie de me protéger. T'as vu mon casier ? On ne veut plus de moi dans cette école : je refuse de rester dans un endroit où je ne suis pas la bienvenue. Je ne vais pas continuer à venir ici et me laisser dévisager chaque fois que j'entre dans une classe, comme un paria. Je ne suis pas…

Ma voix se coince dans ma gorge et je ferme les yeux.

J'ai passé tellement de temps à essayer d'enfouir les souvenirs le plus profondément possible. Maintenant, ils remontent à la surface.

— T'étais pas là. Quand tout le monde a appris que j'étais positive dans mon ancien lycée. Je me suis cachée dans les toilettes toute la journée. Des parents ont lancé une pétition pour que je sois dans une pièce séparée. Personne ne voulait me parler. Je n'avais personne…

Je ne suis pas Ryan White ni Javier Muñoz. Je ne suis que moi. Je veux juste être normale, c'est tout.

— Je ne sais pas quoi te dire… (Il tend la main comme s'il allait me toucher et finit par la poser sur mes épaules.) Je vais leur casser la gueule.

— À tout le monde ?

— Oui, à tout le monde, confirme-t-il en hochant la tête. Chacun d'entre eux. Je… je ne sais pas. Je vais m'occuper d'eux. T'inquiète pas. Je vais arranger ça, tu n'en entendras plus parler.

— Tu ne peux pas, je lui fais remarquer avec un léger sourire. Tu ne peux pas changer la façon de penser des gens.

— Moi peut-être pas, mais toi si, insiste-t-il en m'observant avec soin. Si les gens te connaissaient, ils ne pourraient pas te détester.

Oh, non, là, c'est sûr, je vais pleurer.

— Miles…

— Je peux te serrer dans mes bras ?

Je pose ma tête sur sa poitrine au lieu de répondre. Il dégage une odeur de sueur et de lessive. Ses bras glissent autour de mon dos et je le laisse me tirer vers lui.

— Je suis désolé, répète-t-il. Je voudrais tellement savoir quoi faire.

— Moi aussi.

Je ne sais pas combien de temps on reste comme ça. Mes battements de cœur ralentissent progressivement et ma respiration s'apaise, jusqu'à ce que cet instant parfait soit gâché.

— *Simone Garcia-Hampton, veuillez vous présenter au bureau de la proviseure. Veuillez vous présenter au bureau de la proviseure.*

Je me raidis. Pourquoi est-ce qu'ils font une annonce ?

— T'en fais pas, on va y aller ensemble, me chuchote Miles en me serrant plus fort. Et je vais chercher le sweat-shirt porte-bonheur dans mon casier. Ce ne sera pas si horrible, je te promets.

J'essaie d'y croire, mais c'est peu plausible.

31.

Miles et moi arrivons ensemble devant le bureau de la proviseure. Mes bras flottent dans son sweat porte-bonheur. Une secrétaire nous fait entrer dans une salle de réunion sans nous faire attendre. C'est sans doute ici que les profs se réunissent pour parler des élèves à problèmes ou planifier les séances d'information sur la consommation de drogue. En ce moment, à moi seule, je suis un problème majeur pour tout le lycée.

Une table en bois ovale occupe presque toute la pièce. Mes parents se tiennent la main et sont assis près de la porte. Les parents de Miles se tiennent face à eux. Je ne comprends pas ce qu'ils font ici. Je suis tellement stressée que j'ai envie de vomir. J'ai l'impression qu'ils lui ressemblent, mais ils sont aussi un peu pareils tous les deux : ils ont les mêmes cheveux bruns et les mêmes yeux foncés. Ils se tiennent bien droits. La mère a les doigts croisés, le père les sourcils froncés.

— Bonjour, ma chérie, me lance papa en tapotant la chaise à côté de lui. Viens t'asseoir.

La proviseure, Mme Decker, préside. Elle porte un chemisier bleu clair et a chaussé ses lunettes.

— Comme vous le savez, l'objectif des enseignants de Sacré-Cœur est d'offrir à tous les élèves un environnement propice à l'apprentissage, commence-t-elle. Je vous ai convoqués aujourd'hui parce qu'un incident inacceptable s'est produit et qu'il empêche des élèves comme Mlle Garcia-Hampton d'atteindre pleinement leur potentiel.

Elle joint ses mains et les pose sur la table.

— Je ne sais pas si vous êtes au courant de ce qui se passe ici, monsieur et madame Austin, mais nous craignons que votre fils ne soit impliqué dans ces événements.

Pourquoi a-t-elle convoqué *Miles* ? C'est une idée pourrie. On devrait discuter de la punition de Jesse.

— Attendez, j'interviens, la voix rauque.

La mère de Miles se tourne vers moi et croise mon regard pour la première fois, son père quant à lui ne veut même pas m'adresser un coup d'œil.

— Combien de gens sont au courant ? Et qu'est-ce qu'*ils* font ici ?

Ce n'est pas du tout dans ces circonstances que j'imaginais rencontrer les parents de Miles. Mais encore une fois, si je dois quitter cette école, ça n'a pas la moindre importance.

— Simone, commence Papa d'une voix douce, Mme Decker nous a expliqué que les captures d'écrans des tweets ont aussi été postées sur un groupe Facebook de parents d'élèves. Elle pense que Miles pourrait les avoir diffusées.

— Je suis sûre qu'il n'a pas…, je commence.

— Je peux vous assurer que mon fils ne ferait jamais une chose pareille, m'interrompt M. Austin.

Il a la voix d'un commentateur sportif. Il ajoute :

— Miles n'a rien d'un…

— … monstre, termine Mme Austin à sa place. Je ne sais pas qui est capable d'inventer un mensonge pareil.

Daddy se mord la lèvre. Papa et lui se regardent, stupéfaits.

— Ce n'est pas un mensonge, je déclare.

Si je dois partir, autant que ce soit la tête haute.

— En fait, j'ai le VIH. Et Miles ne l'a dit à personne. Je le sais.

Mme Austin me fixe en clignant des yeux plusieurs fois. Miles la toise durement, comme s'il voulait qu'elle le regarde, même si, à mon avis, il ne saurait pas quoi dire à sa mère. Elle a l'air horrifiée. Heureusement qu'elle n'a aucune idée de ce qu'on a fait dans sa cuisine. Je l'imagine attachant Miles dans sa chambre pour l'empêcher de me voir, comme la mère de Penny dans *Hairspray*.

— Simone, me demande la proviseure, tu sais qui a posté ce message ?

— J'ai mon idée, oui. Un mec était au courant de ma séropositivité et menaçait de la révéler à tout le monde si Miles et moi n'arrêtions pas de sortir ensemble. Il disait que je le mettais en danger.

M. Austin lève la main.

— Une seconde. Tu es séropositive et tu sors avec mon fils ? Miles, comment peux-tu être aussi irresponsable ?

S'il m'avait frappée, ça m'aurait fait moins mal.

— Pardon ? s'insurge Papa.

Il se lève d'un bond, la fureur dans sa voix est à peine contenue :

— Écoutez, mon vieux. Pourquoi vous n'allez pas… ?

— Docteur Garcia, monsieur Austin, intervient Mme Decker, je ne tolérerai pas ce genre de comportement dans mon bureau. Si ça peut vous apaiser, monsieur Austin, sachez qu'il est impossible que Simone transmette le virus aux élèves…

— Et si elle saigne ? l'interrompt Mme Austin. Ça arrive que les jeunes de cet âge tombent, se blessent… Elle pourrait contaminer n'importe qui.

— Je ne cours pas dans les couloirs en répandant mon sang partout, je me défends en essayant d'être ferme. Et si j'ai une coupure, c'est moi qui m'en occupe. Au cas où vous ne le sauriez pas, le savon inactive le virus.

— Et le sexe ? insiste M. Austin en s'adressant à Papa. Ce sont des adolescents, après tout.

— On n'est pas là pour parler de la vie sexuelle de notre fille, décrète sèchement Daddy. On est ici pour voir si c'est votre fils qui a diffusé ces informations privées sur Internet.

— Daddy, c'est pas lui qui…

— Pourquoi j'aurais fait ça ? demande Miles. Elle compte énormément pour moi.

C'est bizarre d'entendre à quel point sa voix ressemble à celle de son père, surtout quand il hausse le ton.

Je me mords la lèvre. Je ne peux pas laisser Miles se faire engueuler pour un méfait qu'il n'a pas commis, surtout que je suis la seule ici à connaître toute l'histoire.

— Ce n'est pas lui, je répète en espérant que ma voix soit assez forte. C'est un élève du club d'art dramatique, Jesse Harris. Il m'a dit qu'il m'avait vue à l'hôpital. Il dépose des lettres de menaces dans mon casier depuis des semaines.

— Pourquoi tu ne nous l'as pas dit ? m'interroge Papa. Simone, pourquoi… ?

— Parce que je ne pensais pas qu'il commettrait une horreur pareille. Il voulait que je rompe avec Miles, je croyais qu'il lui en parlerait, je pensais pas qu'il serait aussi vicieux.

Le silence se fait dans la pièce. Je ne pourrais jamais être actrice : je ne supporte pas d'être au centre de l'attention.

— Jesse ? finit par répéter Miles. Jesse, mon voisin ?

— Oui.

La proviseure griffonne furieusement sur son bloc-notes.

— Jesse Harris ? demande Mme Austin en secouant la tête. Il n'a pas pu faire ça. C'est un garçon très bien.

— Simone ne mentirait pas, assène Daddy. Si elle dit qu'il l'a menacée, c'est que c'est vrai.

— Mais elle n'en a jamais parlé avant maintenant, souligne le père de Miles. Pourquoi ? Si elle l'a caché, qui sait si elle n'a pas menti sur d'autres choses ? Bon, je reconnais que Miles est en faute, il aurait dû nous parler de cette situation…

— *Situation* ? je m'insurge.

Je me tourne vers Miles, mais il ne me regarde pas.

La mère de Miles se penche vers lui, comme s'ils étaient seuls dans la pièce.

— Voyons Miles, commence-t-elle en baissant la voix. Tu sais que nous avons travaillé dur pour arriver là où nous sommes. Tu as pourtant assez de jugeote.

Je ne m'attends pas à ce que Miles bondisse sur la table et prononce un discours pour me défendre. Je ne m'attends pas à ce qu'il engueule ses parents. Mais son silence me surprend. Il reste assis entre sa mère et son père et les laisse débiter des horreurs. Je déglutis. J'ai l'impression d'avoir des cailloux coincés dans la gorge.

— Assez de jugeote pour quoi ? aboie Papa.

Je sursaute. C'est seulement genre la quatrième fois que je l'entends hurler de ma vie.

— Les médicaments et le traitement du VIH ont fait des progrès énormes, mais l'opinion publique n'a pas avancé. Vous savez pourquoi ? À cause de l'ignorance crasse. À cause de gens comme vous.

— Papa, s'il te plaît, arrête. J'en ai parlé à personne, parce que je voulais justement éviter ce genre de scène. Je ne voulais pas que les gens sachent et je ne voulais pas que ça crée des disputes.

Mme Austin pose un regard sévère sur moi.

— Alors tu as décidé de mentir ? de mettre mon fils en danger ?

— Ce n'est pas de lui qu'on doit discuter.

Ma voix est plus douce que la sienne, mais elle porte dans la pièce. La proviseure me laisse parler, même si la réunion ne se déroule sans doute pas comme elle l'avait prévu.

— Je tiens beaucoup à Miles et je n'ai jamais eu l'intention de lui faire de mal. C'est pour ça que je lui ai parlé du VIH. Mais c'est de moi qu'on doit discuter. De moi et de Jesse.

Le silence dans le bureau est oppressant. Je jette un coup d'œil à Miles, juste une seconde. Il m'adresse un petit sourire. Je détourne les yeux. Ses parents le fixent maintenant et leur silence est encore plus violent que leurs cris.

— Je peux vous assurer que notre personnel est dévoué à la santé et à la sécurité de Simone, déclare Mme Decker. Nous allons convoquer Jesse Harris et aller au fond des choses. Monsieur et madame Austin, merci d'être venus.

Ses parents se lèvent déjà, tandis que Miles reste assis. Je suis contente qu'il s'attarde, mais je lui en veux aussi. Je l'ai défendu. J'ai fait en sorte que tout le monde dans cette pièce sache que ce n'est pas lui qui a écrit les lettres de menace. Et lui ne m'a pas défendue, pas à la fin. Je ne le regarde pas directement, mais en restant tournée vers la table, je l'aperçois du coin de l'œil tandis qu'il quitte la salle de réunion.

— Alors, reprend la proviseure en attrapant le bloc-notes et le stylo devant elle. Simone, si tu me racontais toute l'histoire ? Depuis le début.

Je prends une grande inspiration.

32.

Quand je rentre chez moi, je réalise que je n'ai pas rangé ma chambre depuis que Miles est entré dans ma vie. Ça fait à peu près deux mois. Si on avait eu moins de problèmes, Daddy m'aurait fait la leçon depuis longtemps en voyant le chantier.

Honnêtement, je suis étonnée de ne pas être punie. Cacher un truc aussi important à mes parents m'aurait normalement valu une punition quelconque. Mais j'ai fondu en larmes quand on est montés dans la voiture et je suis sûre que ça a aidé. Ça et le fait que toute la famille soit toujours à la maison.

Dave et Papa semblent se reparler, Abuela fait frire des bananes plantains avec Tía Camila. Je les entends rire, un peu pompettes. Ils me manqueront tous quand ils repartiront après la première, mais je n'arrive pas pour autant à me résoudre à les rejoindre en bas. Si je mets le pied dans le séjour, l'ambiance va changer, tout le monde va se taire parce qu'ils ne sauront pas quoi me dire.

Rester dans ma chambre me semble être la meilleure solution.

Je fais défiler la discussion du groupe avec les filles. Elles m'ont proposé de passer me voir, mais ce ne serait pas juste qu'elles ratent les activités de leurs clubs extrascolaires par ma faute.

J'envoie un texto : *Vous venez toujours voir* Rent *vendredi ?*

Claudia me répond tout de suite : *La question, c'est : et toi, t'y vas ?*

Je tapote l'écran. Si je mens, elle le saura. C'est pour ça que j'ai décliné leur invitation sur Google Hangout. J'ai désactivé les notifications sur toutes mes applications, surtout parce que Miles n'arrête pas de m'envoyer des excuses stupides. Je ne veux pas penser à lui. Et pourtant je ne peux pas m'en empêcher.

Je ne sais pas où on en est. Je ne sais pas si on a rompu, si je peux continuer à l'ignorer ou si on doit discuter de tout ça. Peut-être que je vais changer de lycée, tout simplement, et que je n'aurai plus à m'en soucier.

Je soupire dans mon oreiller. Rompre paraît tellement *définitif.* Il y aura d'autres personnes, bien sûr, mais il n'y aura jamais d'autre Miles. Dave a évoqué des filles avec qui il est sorti, mais il parle d'elles de la même façon que les adultes parlent de leurs petites amies du lycée : ce n'étaient que des relations en attendant.

Je ne veux pas finir par oublier Miles. Je ne veux pas effacer de ma mémoire son sourire ou les textos qu'il envoie quand il regarde une comédie musicale ou son obsession pour ce sport débile, le lacrosse. Tant de trucs me manqueraient : son air sérieux quand on regarde des films ensemble et sa voix de ténor. Mais, chaque fois que je pense à lui, mon cœur se serre. Il a réagi de façon hypercool quand je lui ai annoncé que j'avais le VIH. Comme si ce n'était pas un drame pour lui. Mais quand ses parents l'ont appris, on aurait dit qu'on avait appuyé sur un interrupteur, il ne paraissait même plus capable de parler. Peut-être qu'il n'en avait pas envie. Peut-être qu'au final, il s'est dit que je n'en valais pas la peine.

— Tout va bien ici ?

Je sursaute. Papa est avec Daddy sur le seuil de ma chambre. C'est étonnant de voir Papa ici. Il a dû trouver quelqu'un pour le remplacer au travail, et pourtant je sais que c'est un vrai casse-tête.

J'indique mon téléphone d'un geste.

— Oui, je regardais juste un truc marrant.

— Bon, fait Daddy en entrant. Jesse Harris.

— Ouais, je réponds en tripotant mes ongles.

Daddy brandit une enveloppe.

— Il t'a écrit une lettre d'excuses. C'est la proviseure qui le lui a suggéré.

— Elle lui a parlé, alors ? Comment il a su ? Il mentait à propos de l'hôpital ?

— Eh bien, répond Papa. Je crois que tout est là-dedans.

Je fixe mon couvre-lit en clignant des paupières.

— Oh, c'est... Waouh.

Je ne sais pas à quoi je m'attendais, mais pas à ça.

— Ça n'a aucun sens d'essayer de reconstituer l'affaire, tranche Daddy en s'asseyant sur mon lit. Ce gamin doit avoir des problèmes.

Jesse est *amoureux* de Miles. Peut-être que s'il n'était pas aussi méchant, je parviendrais à avoir de la peine pour lui. Je pourrais même le révéler à Miles, mais je me sentirais encore plus mal. Ce serait super bizarre. Et puis... je ne sais pas. C'est privé. Je respecte ce genre de choses.

— Oui, t'as sans doute raison.

— C'est vrai, renchérit Papa en s'installant à côté de lui. Les gens bien dans leur peau ne s'abaissent pas à ce genre de choses.

Ils analysent le problème avec leur approche scientifique et détachée, comme toujours. Je ne me souviens plus de ce qu'ils m'ont dit à propos de Sarah : je crois que Papa a essayé de m'expliquer qu'elle était jalouse de moi, ce qui n'a rien arrangé. Tout ce que je me répétais en boucle, c'est que j'aurais pu empêcher tout ça en gardant mon secret pour moi.

Dans le cas présent, je ne sais pas ce que j'aurais pu faire pour que ça se passe bien. J'aurais mieux fait d'aller voir la proviseure dès que les embrouilles ont commencé, c'est certain. Et puis j'aurais dû zapper aussi la partie où j'accuse mes meilleures amies d'être des manipulatrices et d'avoir trahi ma confiance.

— Tu n'auras plus à t'inquiéter de ce garçon, même si je sais que ça n'aide pas, précise Daddy en glissant la lettre vers moi. Il est renvoyé jusqu'à la fin de l'année scolaire et la proviseure a même dit qu'elle n'était pas sûre qu'il serait réadmis l'année prochaine.

— C'est bien.

J'observe l'enveloppe. En janvier de l'année prochaine, je saurai dans quelle université aller.

— Vous trouveriez ça bizarre que je veuille étudier le théâtre à la fac ?

Je n'arrive pas à croire que je viens de leur demander ça. En ce moment, en plus.

— Bien sûr que non, répond Daddy.

J'entends la surprise dans sa voix et un coup d'œil me suffit à reconnaître la même expression dans ses yeux.

— Pourquoi ce serait bizarre ?

— C'est juste que…

Je ne sais pas comment m'expliquer. Pourquoi ça serait bizarre ?

— Parce que je m'aventurerais sur une voie incertaine, où je risque de ne pas bien gagner ma vie, alors que vous avez tous les deux de très bons boulots et que San Francisco est hypercher, sans même parler de New York.

— *Cariño,* dit Papa.

Comme il n'ajoute rien d'autre, je relève la tête.

On dirait qu'il a les larmes aux yeux. Merde, je déteste quand il pleure devant moi.

— Tu sais que je n'ai pas toujours été médecin ?

— Non. Je croyais que tu avais su que c'était ta vocation quand Tía Camila a failli tomber enceinte ? C'est ce qu'elle m'a raconté.

— Quoi ? s'étonne-t-il. Non. Je… j'allais devenir entrepreneur. Ton abuelo voulait que je travaille avec lui. C'est ce qu'on attendait de moi dès mon plus jeune âge. Mais quand j'ai commencé à travailler, j'ai remarqué que les affaires n'étaient pas toujours florissantes. On empruntait beaucoup d'argent pour rester à flot.

— Oui, c'est logique, y a rien qui marche *toujours* super bien.

— Exactement, renchérit-il en me prenant la main. C'est à ce moment-là que j'ai réalisé que je pouvais échouer en faisant quelque chose que je n'aimais même pas et, quitte à échouer, je préférais le faire dans un domaine qui me passionnait.

Il a mille fois raison. Je réfléchis. Est-ce que la réponse peut vraiment être aussi simple ? J'ai l'impression que la plupart des adultes font des boulots qui les rendent malheureux. Passer sa vie à souhaiter autre chose paraît presque être un rite de passage. Pourtant, ce n'est pas une obligation. Le Dr Khan a l'air d'aimer ce qu'elle fait, M. Palumbo aussi, tout comme tante Jackie, l'infirmière de l'hôpital.

— Simone, intervient Daddy, tu es la personne la plus forte que je connaisse. Et c'est pas rien de dire ça, n'oublie pas que j'ai été dans l'*armée.*

Sa remarque me fait rire.

— Et, ajoute Papa en jetant un coup d'œil hésitant à Daddy, ta mère biologique serait fière de toi aussi. J'aimerais pouvoir t'en dire plus sur elle, mais on ne sait pas grand-chose.

— On sait qu'elle t'aimait, affirme Daddy. Ça se voyait. On a essayé de rester en contact le plus longtemps possible.

— Je me souviens que vous me parliez d'elle.

Les souvenirs sont vagues, mais toujours présents.

— Elle aimait vraiment bien le prénom Simone, hein ? Quand vous lui avez dit comment vous m'aviez appelée, elle a dit que ça lui rappelait…

— … Nina Simone, complètent-ils ensemble.

C'est un peu chelou. Ils se regardent à nouveau droit dans les yeux avant que Papa ne se racle la gorge.

— On est tellement fiers de toi, décrète-t-il en serrant ma main entre les siennes. Tu le sais, hein ? On ne le dit pas tout le temps, mais tu dois le savoir.

J'examine mes parents, ces gens à qui je ne ressemble pas, mais qui m'aiment, m'ont élevée et m'ont appris à gérer mes émotions.

— Je sais, je réponds en leur adressant un petit sourire. Je vous aime.

J'attends qu'ils soient partis pour lire la lettre.

Chère Simone,

Je ne sais pas ce que je peux t'écrire pour rendre les choses moins pires, mais on m'a dit que, parmi les choses que je devais faire, il fallait que je t'écrive…

Alors voilà, je suis désolé. Je ne voulais pas te faire de mal. En fait, si, je voulais que tu souffres un peu. Mon père est mort l'année dernière, mais avant ça je l'accompagnais à tous ses rendez-vous chez le médecin. Je te voyais tout le temps à l'hôpital. Quand Palumbo t'a présentée le premier jour des répétitions, j'étais persuadé de t'avoir déjà vue quelque part. Je me promenais en attendant mon père et je te croisais souvent. Je ne sais pas pourquoi ça m'énervait de te voir rire avec d'autres jeunes patients. Quand mon père m'a annoncé qu'il avait le VIH, je ne pensais pas qu'il allait mourir, mais il n'a jamais pris ses médicaments. C'est arrivé super vite. Depuis sa mort, c'est la pagaille. Ma mère a un deuxième boulot et la maison paraît vide sans lui. Rien n'est plus pareil, même si je fais semblant que tout va bien. J'avais l'impression que tu faisais semblant aussi.

Je te voyais dans le couloir avec tes amies et ça ne me paraissait pas juste que tu te comportes aussi normalement. Pour moi, les personnes qui ont le VIH sont malades. Tu étais censée te comporter comme une malade. Et les personnes positives sont malheureuses. En tout cas, mon père l'était, alors je croyais que tu l'étais. Ça ne semblait pas juste. Je ne sais pas comment l'expliquer autrement. Je connais Miles depuis longtemps. Il a toujours habité près de chez moi, mais j'ai eu l'occasion de mieux le connaître cette année. Ça n'arrange rien que j'aime les mecs et qu'il ne ressente pas la même chose pour moi.

On m'a dit que je devais t'écrire que c'est pas ta faute, et c'est vrai que tu y es pour rien. Je ne sais pas non plus pourquoi je t'explique autant de trucs, sans doute parce que tu mérites des réponses. Je ne sais pas vraiment ce que je peux dire pour réparer ce que j'ai fait, comme je l'ai écrit plus haut. Je suis désolé de t'avoir mise dans une sale situation. Je ne peux pas prétendre que je ne savais pas que ça arriverait, parce que je n'avais pas vraiment réfléchi aux conséquences. Je n'arrivais pas à croire que tu étais positive et que tout allait si bien pour toi, c'était tellement différent de ce que mon père a vécu. Ça me paraissait injuste. Bref. Je suis viré du lycée et tu vas sûrement partir. C'est comme le retour à l'équilibre à la fin de Hamlet *dont on a parlé en cours de litté.*

Encore une fois, je suis désolé.

Jesse

33.

Quand arrive le vendredi, je ne suis pas prête du tout. J'ai passé trois mois à imaginer dans quel état je serais le soir de la première... Je sais qu'on n'est pas à Broadway, mais on m'a fait confiance pour mettre en scène tout un spectacle. Je me *dois* d'être présente. C'est ce que je me répète tout le long du trajet.

J'inspire à fond en remontant mon sac sur mon épaule. Tous les élèves qui participent à la pièce sont censés entrer par la porte latérale de l'auditorium. À mesure que j'approche, je ralentis le pas. Une foule imposante est massée près de la porte principale. Je suis trop loin pour distinguer les visages, mais il y a beaucoup trop de gens pour que ce soient juste des parents.

— J'en reviens pas qu'ils jouent la pièce quand même, déclare une femme.

Elle parle fort et sa voix porte par-dessus le brouhaha.

— C'était déjà un thème inapproprié, mais quand on sait qui est responsable de la mise en scène ?! Ils cherchent à faire de la propagande ou quoi ?

Mon estomac se noue. Non, c'est pas possible, je ne peux pas y aller. Ce qui est en train de se passer ne devrait pas arriver. Pas de nos jours, pas dans ce lycée.

J'entre par la porte latérale et j'avance tête baissée. Le meilleur endroit pour me cacher, c'est le placard à accessoires. Tout le matériel est déjà installé en coulisses, personne ne viendra m'y déranger. Je me dirige vers le cagibi, j'ouvre la porte et je me glisse à l'intérieur.

Je m'installe au fond du réduit. La porte ne ferme pas à clé, mais il y a assez de place pour que je puisse me recroqueviller à l'intérieur sans être vue.

— Y a des gens qui se plaignent de Simone, dit une voix toute proche.

Il me semble que c'est celle de Katie, la nouvelle chef de l'équipe technique.

— Je sais pas si c'est une bonne idée que quelqu'un sorte pour vérifier les billets. Ils sont vraiment énervés.

— Ils ne sont pas violents, quand même, si ?

C'est M. Palumbo. Sa voix grave et douce me rappelle toujours M. Feeny de la série *Incorrigible Cory*, mais j'entends bien qu'il est stressé. Ça doit être particulièrement difficile pour lui en ce moment, Mme Klein et lui ne se parlent toujours pas.

— Non, je ne crois pas, le rassure Katie. Ce serait un peu exagéré.

— Je n'ai jamais vu ça, admet M. Palumbo. Écoute, va chercher Mme Klein et dis-lui de demander à des profs de se poster à l'extérieur pour distribuer les programmes. Je vais essayer de parler aux gens en colère.

— D'accord. On commence à l'heure ?

— Normalement, oui. Tu as vu Simone ?

Je me cramponne à la poignée de la porte du placard. Je ne me sens pas capable de parler à M. Palumbo en ce moment. La dernière fois, c'était déjà assez douloureux et c'était à peine une conversation.

Je soupire en regardant autour de moi. Une majeure partie de l'espace est encore occupée par tout un tas d'accessoires et de chapeaux. Un voile de mariée et un chapeau de cow-boy rose avec des strass sont posés près de moi, sur une pile de cartons entrouverts.

— Je vais aller la chercher, annonce M. Palumbo. Dans le pire des cas, on peut commencer le spectacle sans elle. Mais ça ne serait pas juste. Tu es sûre de l'avoir vue entrer ?

— Certaine. Elle est passée juste devant moi sans un mot.

Merde. Je n'ai pas été aussi discrète que je l'imaginais.

— OK, j'y vais.

Je sais que c'est pas sympa de lui faire faux bond. Palumbo m'a choisie parce qu'il croyait en moi. Les élèves ont passé des heures à mémoriser leur texte, à répéter des chansons, à peindre des décors, à retenir où les accessoires devaient être placés pendant les quelques secondes où la scène est plongée dans le noir.

Le spectacle est le résultat du travail acharné d'un tas de personnes différentes, y compris Palumbo. Je ne peux pas le laisser tomber.

Et je ne peux pas *me* décevoir, moi, la fille qui voulait un jour mettre en scène *Le Roi Lion* ou *Le Fantôme de l'Opéra.* Celle dont le plus grand rêve était de diriger une production de *Hamilton.* Je ne ferai jamais rien de tout ça si je reste cachée dans un placard. Je n'arrive même pas à repousser une pensée qui me taraude depuis longtemps : que ma mère biologique serait déçue. Elle n'a jamais eu l'occasion de me connaître, mais je pense qu'elle serait déçue si je passais mon tour.

Je serais déçue de moi, surtout.

Quelqu'un frappe à la porte du cagibi. Je me raidis. Ça veut dire qu'on a deviné qu'il y a quelqu'un à l'intérieur. C'est un putain de placard, pourtant !

— Simone ? Tu es là ?

C'est Miles.

Je me mords la lèvre. Silence de l'autre côté du battant. Si je me tais assez longtemps, il va peut-être s'en aller.

— Je vois tes chaussures, ajoute-t-il après quelques instants. Je sais que t'es là.

— Peut-être que j'ai pas envie de parler.

Au lieu de répondre, il tire la porte. Il est habillé en noir sous un maillot de lacrosse. C'est bizarre de le voir si mal à l'aise. Je l'ai déjà vu nerveux, mais jamais à ce point.

— Tu pleures ?

Sa voix a baissé de plusieurs octaves.

— Non, je réponds en me frottant le visage pour le prouver.

Peut-être que mes yeux étaient humides avant, mais je jure qu'il n'y avait pas de larmes.

— J'ai juste envie de voir personne. C'est tout.

Il acquiesce lentement, les mains dans les poches.

En cet instant, l'aimer n'est pas aussi simple que quand on regardait Netflix ensemble ou qu'on traînait sur les bancs du parc. Ce n'était pas ultrasimple non plus quand on avait des relations sexuelles dans sa cuisine, pourtant j'avais l'impression que ça coulait de source. Maintenant, on dirait que tout le monde se mêle d'une relation qui n'était censée appartenir qu'à nous deux.

Il entre dans le cagibi. Je ne m'écarte pas pour lui faire de la place, il parvient quand même à se glisser entre deux étagères.

— Je comprends tout à fait que tu ne veuilles plus me revoir. Je voulais être près de toi, c'est tout.

— Même si je suis une paria ? Tout le monde me déteste, y compris ceux qui ne me connaissent pas, comme tes parents. Tu ne m'as même pas défendue.

— C'est pas juste ! J'ai essayé.

Je secoue la tête.

— Pas juste ? Tu sais ce qui n'est pas juste ? Ce à quoi je dois faire face en ce moment. Tu n'as jamais eu à affronter un truc pareil. C'est comme… comme s'il y avait un gouffre. Je suis d'un côté avec ma famille et les quelques personnes qui comprennent. De l'autre côté, il y a tous les autres. Je pensais que tu étais dans mon camp. J'ai *besoin* d'avoir des gens de mon côté. C'est dur en ce moment, mais c'est encore plus dur quand je suis seule et je me suis sentie abandonnée quand tu es resté assis sans rien dire.

— Simone. Je…

Il ouvre la bouche, hésite, la referme.

— Je ne voulais pas que tu aies l'impression d'être abandonnée. C'était pas… Je n'ai pas… J'étais paralysé. J'ai pas l'habitude de me disputer avec mes parents.

Je fixe mes genoux. Je ne sais pas quoi répondre.

— Mais je t'ai défendue ! Dès qu'on s'est retrouvés sur le parking. Je leur ai dit qu'ils n'avaient dit que des conneries et que tu t'étais comportée un million de fois mieux qu'eux, malgré ton âge.

Je lève les yeux vers lui.

— T'as vraiment dit ça ?

— Oui et d'autres trucs. Ils n'étaient pas contents – je suis privé de sortie –, mais c'était la vérité. J'aurais dû le dire pendant la réunion. Je suis vraiment désolé.

Je ne l'imagine pas s'énerver sur ses parents. À cause de moi.

— Merci, c'est gentil.

Il me fixe une seconde, comme s'il s'attendait à autre chose, je n'ajoute rien. Même si je suis impressionnée par ce qu'il a fait, je ne compte pas l'embrasser.

Il change de sujet.

— Tu vas rester ici ? Tu ne vas pas à la première représentation de la pièce géniale que tu as passé tout ce temps à mettre en scène ? Pourquoi t'es venue, dans ce cas ?

Il a raison. Je suis venue pour assister au spectacle. Je sais que ça va être formidable. Je voulais être fière de notre travail devant ma famille, devant mes amis, mais aussi devant des inconnus. Je voulais observer les visages quand le public verrait les élèves aborder en chanson des sujets que bon nombre d'entre nous ne comprennent pas, même si on a tous un lien très personnel à l'amour, à la peur et à la mort. Mais c'est une réponse un peu trop longue.

— Je ne sais pas, je dis en fixant la porte. Je pensais vouloir voir le spectacle, mais… des tas de gens sont furieux contre moi, même pas à cause de conneries que moi ou d'autres auraient faites, mais pour des raisons sur lesquelles je n'ai aucune prise.

— C'est pas ta faute, insiste-t-il. Je sais que ça doit être dur, et tu as travaillé comme une dingue. Tu ne peux pas les laisser t'enlever ça.

— Alors qu'est-ce que je suis censée faire ? Les ignorer ? Et s'ils me voient ? Et s'ils perturbent la représentation ? Je ne veux surtout pas gâcher le spectacle pour ces abrutis.

— T'es pas obligée d'affronter ça seule, m'explique-t-il d'un ton très sérieux. C'est ce que j'essaie de te dire. Je suis là, tes profs, tes amis et ta famille aussi.

Tu ne seras pas seule. S'ils veulent te hurler dessus, ils devront d'abord me passer sur le corps.

— Tu ne le penses pas.

— Bien sûr que si, m'assure-t-il en se glissant plus près de moi. Je ne te décevrai pas une deuxième fois. Parce que je suis presque certain d'être amoureux de toi.

Il me sourit.

Il ne peut *pas* me sortir ça. Pas maintenant.

Je veux répondre ; aucun son ne franchit mes lèvres. Une partie de moi a envie de lui répliquer qu'il n'est amoureux de personne, qu'il n'a que dix-sept ans et qu'il ne sait pas ce que c'est, l'amour. Mais je sais que c'est faux parce que moi aussi j'ai dix-sept ans et que j'aime beaucoup de gens et beaucoup de choses. L'autre partie de moi n'est qu'une boule de nerfs.

Je suis amoureux de toi est une des phrases les plus flippantes de l'univers. C'est comme offrir son cœur à quelqu'un et lui demander de ne pas le piétiner.

Miles l'a fait en premier. Il m'offre son cœur.

— Oh, Miles, je bafouille.

Il sourit. Il est tellement près que je n'aurais pas besoin de bouger pour l'embrasser. Il semble lire dans mes pensées et s'écarte.

— La représentation va bientôt commencer. T'y vas ?

Pendant une seconde, je regrette de ne pas porter le sweat-shirt porte-bonheur. Mais j'ai Miles à la place, collé contre moi, prêt à sortir de ce cagibi à mes côtés.

Et dire que j'avais peur que toute cette histoire lui donne envie de s'enfuir !

J'épie le couloir par l'entrebâillement de la porte. La fente est assez large pour que je voie les gens regroupés devant l'entrée et que je les entende parler. J'ai l'impression qu'ils sont dans un autre monde. Mais c'est *mon* monde et c'est moi qui décide de ce qui s'y passe.

J'attrape la main de Miles et je la serre.

— D'accord. Allons-y.

34.

Les gens mettent un moment à réaliser que je suis là, devant le bâtiment.

— Vous ne croyez pas que ce sera un portrait intéressant de la vie d'une personne séropositive ?

L'homme qui pose la question ressemble à un prof de fac qui vient de sortir de l'amphithéâtre, avec ses lunettes rondes, son blazer en velours côtelé marron et sa chemise bleue.

— Une élève metteur en scène séropositive peut nous éclairer sur la question, nous et tous les élèves, en partageant son expérience, poursuit-il.

— Pas du tout, l'interrompt une femme blanche d'âge mûr. Je répète la même chose depuis que Mikey est rentré du lycée en parlant de ce spectacle. Avec toutes les horreurs dont ça parle, ça n'a pas sa place dans une école. J'étais contre *avant* de savoir pour cette fille.

C'est la mère de Mike Davidson. Ses paroles ressemblent à des commentaires en ligne. Je ne savais pas que les gens s'exprimaient vraiment comme ça.

Je fais un pas de plus vers eux. Le brouhaha de la foule s'atténue à mesure que les gens me reconnaissent.

Mme Davidson ouvre la bouche. Je me demande si elle a déjà lu des infos sur le VIH ou si elle est simplement en colère parce que c'est son état naturel. Je ne sais pas combien il y a de personnes exactement, mais j'ai l'impression qu'elles rempliraient l'auditorium si elles acceptaient d'assister à la représentation.

M. Palumbo pose une main sur mon épaule.

— Tu n'es pas obligée de faire ça. On peut retourner à l'intérieur. Ce n'est pas ta responsabilité.

Mes pères sont probablement là aussi avec Tía Camila, mais je ne les aperçois pas. Je suis sûre que mes grands-parents sont également quelque part dans la foule, prêts à me défendre si quelqu'un m'attaque, Claudia et Lydia aussi. Dave a peut-être décidé de venir. Je me force à calmer ma respiration en serrant la main de Miles. Je ne suis pas seule.

— Bonsoir, tout le monde, je commence en élevant la voix.

J'ai l'impression de faire un discours devant la classe.

— Je voulais venir vous parler, parce que je sais que vous êtes sous le coup de l'émotion.

Le brouhaha ne reprend pas comme je m'y attendais. Certaines personnes à l'avant détournent le regard et préfèrent se concentrer sur le sol ou observer l'horizon. Évidemment, maintenant que je suis là, ils ne parlent plus de moi. Même celui qui ressemble à un prof évite mon regard.

— Et je ne vais pas faire semblant d'ignorer pourquoi vous êtes en colère.

Miles me serre la main.

— Je vais vous donner quelques informations qui me semblent importantes. Premièrement, j'ai été adoptée. Mes parents n'ont pas eu peur de m'adopter, parce qu'ils connaissaient beaucoup d'homosexuels qui sont morts du sida dans leur communauté. Vous vous souvenez peut-être de cette période de l'histoire ?

Silence. Les phares des voitures qui entrent sur le parking m'éblouissent, mais je me concentre sur Mme Davidson, devant moi, même si elle évite toujours mon regard.

— Pour ceux d'entre vous qui ne le savent pas, le VIH est un virus qui infecte mon sang, je poursuis en levant le menton. On ne le voit ni sur ma peau, ni dans mes yeux, ni dans mes cheveux. J'ai l'air aussi normale que n'importe qui.

Quelques personnes osent me regarder maintenant, certaines avec des expressions sérieuses, mais elles n'ont pas l'air prêtes à se battre, du moins pas tout de suite.

Je reprends mon souffle.

— Ce sont les médicaments qui me maintiennent en vie. Ils me maintiennent en assez bonne santé pour mettre en scène ce spectacle et m'ont gardée en bonne santé pendant la majeure partie de ma vie. Ils réduisent la quantité de virus dans mon sang jusqu'à ce que mon médecin ne puisse plus le détecter.

Miles me serre à nouveau la main, mais je ne me permets pas de le regarder ; ça me distrairait trop.

— Quand ma charge virale est très basse, je suis toujours porteuse du VIH, mais je ne peux transmettre le virus à personne.

Il n'y a pas un bruit. Pas de feuilles qui bougent, pas de gazouillis d'oiseaux. Comme M. Palumbo n'est pas intervenu, je suppose qu'il écoute aussi.

— Maintenant, rien de tout ça ne vous regarde, je conclus en essayant – sans y arriver – que mon ton ne soit pas amer. Et vous auriez probablement pu apprendre tout ça si vous aviez fait des recherches. Mon VIH n'est pas une menace pour vous ; en revanche, votre ignorance est une menace pour moi. J'ai été intimidée, menacée, harcelée et on m'a dit qu'on ne voulait pas de moi dans ce lycée. Vous savez pourquoi les personnes séropositives ne révèlent pas qu'elles ont le VIH ? Parce que c'est dangereux. Des personnes ont été blessées et même assassinées après avoir simplement révélé leur état. Ça devrait être mon choix de le dire ou non, mais je n'ai plus le droit de choisir. Je ne permettrai pas qu'on me retire aussi le droit d'assister à la représentation. J'ai *mérité* d'être ici.

Je m'arrête, je jette un coup d'œil à Palumbo. Il sourit.

— Les autres élèves de la distribution et de l'équipe technique, ainsi que les conseillers et le personnel, ont travaillé d'arrache-pied à cette production, je reprends d'une voix encore plus ferme. Je suis incroyablement fière de tout ce que nous avons accompli, tous ensemble.

Je marque une nouvelle pause. Je ne sais pas quoi ajouter sans m'énerver contre eux. Ils sont aussi attentifs que si j'étais en train de parler à un TED Talk. Dire à quel point je suis en colère ne va probablement rien arranger ; peut-être une autre fois.

— Si vous voulez vraiment que votre enfant ait de bonnes influences dans sa vie, alors commencez par donner vous-même l'exemple par votre comportement. Ne laissez pas votre ignorance vous empêcher de profiter d'un spectacle pour lequel nous avons travaillé sans compter. Tous ceux qui ont contribué à cette comédie musicale font partie d'une équipe que vous devriez soutenir.

Le silence est troublant. Plus épais que jamais. Je ne sais pas si je dois les inviter à entrer ou simplement montrer l'exemple. Je ne vois pas ce que je pourrais ajouter. Après tout, je ne vais pas m'excuser.

Miles se penche près de mon oreille.

— C'était bien.

Sa voix est douce, comme si on partageait un secret.

— Genre, *vraiment* bien, ajoute-t-il.

Je pourrais attendre que quelqu'un s'excuse, mais je devine que ça ne risque pas de se produire. Au lieu de ça, j'embrasse Miles. C'est un petit bisou rapide, qui dure assez longtemps pour que j'entende des cris de surprise étouffés.

C'est lui qui m'a convaincue de venir ici et, maintenant, j'ai moins peur qu'avant. Je me fiche que les autres soient au courant. Au contraire, je veux qu'ils sachent que Miles et moi, on sort ensemble. Pas juste pour prouver quelque chose, mais parce que c'est Miles. Je veux l'embrasser partout, devant tout le monde.

Personne n'a rien à redire. À mon avis, ils se taisent parce qu'ils sont gênés, parce qu'ils savent qu'ils m'ont traitée comme de la merde. Je *veux* qu'ils s'en veuillent. Ils se sont comportés comme des crétins collectivement, mais aucun d'entre eux ne l'admettra. Ils préfèrent échanger des regards gênés.

M. Palumbo s'éclaircit la gorge. Je m'écarte en lançant un clin d'œil à Miles. En le voyant sourire de toutes ses dents, j'ai encore envie de l'embrasser. Comment pourrais-je le regarder sans avoir envie de lui ? Tant d'émotions se bousculent dans ma poitrine. C'est beaucoup plus fort que ce à quoi je m'attendais.

— Les portes vont s'ouvrir, annonce M. Palumbo. Vous pouvez vous adresser à un membre de l'équipe technique pour trouver vos places. Ils sont habillés en noir. Si vous décidez de ne pas assister à la représentation, nous ne pouvons pas rembourser les billets.

C'est quand même quinze dollars le ticket. J'ai envie de le serrer super fort dans mes bras.

Une fille à l'arrière du groupe s'avance en poussant les gens et en tirant quelqu'un derrière elle. Je ne sais pas pourquoi les autres ne s'écartent pas pour la laisser passer, parce qu'ils n'ont pas l'air de ne pas vouloir entrer, de toute façon. Je reconnais les yeux noisette dès que je les vois. Brie.

— Oh, trop bien !

Je suis à deux doigts de pousser des couinements de joie.

— Vous êtes venus !

Jack est derrière elle. Ils se donnent la main comme des gamins, peu importe. Il porte un bouquet de fleurs. Je cligne des yeux pour retenir mes larmes.

— Évidemment ! J'espère qu'il n'est pas trop tard pour acheter des places. On est venus avec des amis.

Jack gesticule. Ralph est là aussi – il porte une chemise comme s'il allait à l'opéra – et Julie parle à des gens que je ne reconnais pas. Alicia est à côté d'eux, elle fait rebondir un petit enfant dans ses bras. Elle attire mon regard et m'adresse un clin d'œil.

— Waouh, je m'exclame, la voix déformée par l'émotion. Merci. Vous n'étiez pas obligés.

Brie m'attrape le bras.

— C'est à nous de te dire merci. Tu ne dois rien à personne, mais t'es quand même venue. T'es vraiment badass.

Merde, voilà que je pleure, maintenant. Jack et elle se dirigent vers la porte, suivis par le reste du groupe de soutien. Julie et Alicia me serrent dans leurs bras et me promettent qu'on se verra après la représentation. M. Palumbo les fait entrer. Ils sont bruyants, ils rient et discutent comme s'ils étaient tout excités d'être là. Les élèves de l'équipe technique se précipitent vers eux avec des programmes et courent pour être le premier à en distribuer un.

— Bien parlé, déclare une voix bourrue dans mon dos.

Je me retourne. M. Austin est derrière moi, bien trop près à mon goût. Je recule d'un pas. Il est grand, encore plus que Miles. C'est bizarre de le voir sans son costume ; il porte juste un maillot de l'école. Miles et lui sont assortis, on dirait presque des jumeaux, c'est flippant.

— Merci. Je ne savais pas que vous seriez là.

Il jette un coup d'œil à Miles, sans même se donner la peine de le cacher.

— Oh, je dis en clignant plusieurs fois des paupières. OK, je comprends mieux.

Il entre dans la salle sans rien ajouter. Je ne sais pas à quoi je m'attendais, mais pas à ça. Je me demande à combien d'autres personnes Miles a demandé de venir. Au moins, son père est prêt à faire ça pour lui.

— Je ne pensais pas qu'il agirait comme ça, s'excuse Miles en se retournant. Je lui ai juste demandé de venir.

Je n'ai pas l'occasion de répondre parce que d'autres spectateurs se pressent vers l'entrée. J'aperçois tante Jackie, mon infirmière préférée. Elle me serre longuement contre sa poitrine.

Tout le monde ne rentre pas – je vois des gens rejoindre leur voiture –, mais je m'en fiche. Ils pourraient me jeter des tomates, ça me serait égal, maintenant.

De plus en plus de gens passent les portes, soit en me saluant d'un air gêné, soit en faisant comme si je n'étais pas là. Je ne sais pas quel pourcentage a décidé d'assister à la représentation à cause de ce que j'ai dit et quel pourcentage reste juste parce que les billets ne sont pas remboursables.

Je me tourne vers M. Palumbo.

— Vous croyez qu'ils vont faire semblant de ne jamais avoir réclamé mon expulsion ? J'ai pas rêvé, c'est ça qui s'est passé pourtant ? Et ils font comme si de rien n'était.

— Les gens détestent reconnaître leurs erreurs. Quand ça semblait être l'objectif général, pas mal de gens soutenaient l'idée de t'expulser. Maintenant, apparemment, ils ont décidé qu'aller voir le spectacle était la meilleure chose à faire.

— Parce que tu leur as fait remarquer qu'ils étaient stupides et ignorants, intervient Miles. Ils auraient pu t'engueuler, ils n'auraient fait qu'aggraver leur cas. Ils se sont contentés de t'écouter.

— Vous croyez qu'il y en a au moins un qui a *entendu* ce que j'ai dit ? je demande en résistant à l'envie de passer mes mains dans mes cheveux. Parce que j'ai vraiment réfléchi à mon discours.

— Si ne fût-ce qu'une seule personne a appris quelque chose, tu n'as pas perdu ton temps, décrète M. Palumbo. Et moi j'ai appris plein de choses. Maintenant, on va assister à la représentation avec un autre regard.

— Pareil, renchérit Miles. Même si je savais déjà beaucoup de trucs, parce que tu me les as expliqués. Et parce que je sais utiliser Google.

— Tais-toi, je lui ordonne en le bousculant, tu ne comptes pas.

— Simone !

Avant que j'aie l'occasion de répondre, Daddy m'enveloppe dans ses bras.

— Je te cherchais tout à l'heure. Où étais-tu ?

— Euh… Je me suis cachée dans un placard, j'avoue, collée contre son torse. Je ne voulais pas en sortir. Tu sais ce que c'est, hein ? je plaisante.

Je m'attends à ce qu'il me fasse la morale, au moins pour sauver la face devant les autres, mais il éclate de rire. Il me soulève. Mes pieds ne touchent plus le sol et je pense à son mal de dos. Il risque de se le claquer, une fois de plus.

— Je ne pense pas avoir jamais été aussi fier, déclare Papa en apparaissant derrière lui. C'est important que tu le saches, Mony.

Je dois à nouveau contenir mes larmes.

— OK.

Daddy me redépose, et je fais un geste pour indiquer les personnes derrière moi.

— Je vous présente M. Palumbo. C'est grâce à lui que je suis ici ce soir.

Ils se serrent la main et Miles en profite pour me donner un petit coup de coude.

— Je peux venir avec toi en coulisses ?

S'il m'accompagne, on ne regardera rien de ce qui se passe sur scène et il le sait. Je lève les yeux au ciel.

— Allez, venez, je dis en tirant mes parents par la main, je veux que vous voyiez ça.

— S'il reste des places pour nous, corrige Daddy en souriant.

★
★ ★

J'ai du mal à ne pas pleurer. D'abord parce que les décors sont magnifiques, ça pourrait être une scène de Broadway. Je ne suis peut-être pas objective… et alors ? Laila est incroyable dans son solo et Rocco éblouit le public, comme prévu. Mais ce que je préfère, c'est quand toute l'équipe s'aligne sur scène à la fin pour les saluts. Je reste dans les coulisses, à hurler jusqu'à m'en faire mal à la gorge, alors que les membres de l'équipe technique, de l'orchestre dans la fosse et du chœur montent sur scène. Les comédiens sortent un à un, mais Eric me surprend en m'adressant un sourire un peu tordu avant que ce soit son tour. Peut-être que l'excitation de la première a débloqué une réserve d'empathie dans son cœur…

— Et enfin, annonce Palumbo, notre merveilleuse assistante à la mise en scène : Simone Garcia-Hampton !

Je me raidis. Les metteurs en scène ne participent pas aux saluts. Je ne suis jamais montée sur les planches pendant les répétitions. Je me retourne, mais il ne reste personne en coulisses pour me pousser à y aller. J'avance à pas lents. Les projecteurs sont aveuglants. Je ne distingue personne parmi les spectateurs, mais j'aperçois la nouvelle coiffure de Claudia, ce qui veut dire que Lydia doit être là elle aussi. Toute l'équipe sourit et m'applaudit – sans doute parce qu'ils sont sur scène – et ce n'est pas désagréable. Palumbo me fait signe de venir à l'avant, près de Mme Klein et lui.

Moi, ici, au centre de la scène, alors que tout le monde applaudit et lance des *bravos* ? C'est la meilleure partie de la soirée.

35.

La soirée de remise des Prix du théâtre n'est pas à la hauteur de la première du spectacle.

— Tu crois que prendre trop de photos, c'est une déformation parentale ?

— Sûrement, concède Lydia. Mon père fait pareil, mais je croyais que c'était parce qu'il est insupportable.

— Allez les filles, intervient Papa en levant les yeux de son appareil. Ne me compliquez pas la vie. C'est si grave que ça que je veuille des photos de cette soirée unique ? Encore quelques-unes.

Je ne retiens même pas mon soupir bruyant. Ça ne fait qu'une trentaine de minutes que je porte des talons et j'ai déjà mal aux pieds. Tía Camila va m'entendre tout à l'heure : c'était son idée.

— Finalement, je ne suis pas fâchée que mon père ne fasse pas attention à moi, marmonne Claudia en se rapprochant pour prendre la pose. Au moins, j'ai jamais eu à subir tout ça.

— Allez, souriez !

Je cligne des yeux exprès.

— Si vous prenez trop de photos, vous allez saturer la mémoire de votre appareil, le prévient Lydia.

Ça, c'est une amie qui me soutient. Elle est plus apprêtée que moi. Dans sa robe rouge et avec son chignon, on dirait une princesse.

— Vous ne pourrez pas prendre de photos pendant la cérémonie si vous les gâchez toutes ici, docteur Garcia, insiste-t-elle.

— Ne l'encourage pas, il va finir par s'arrêter, je grogne en lissant ma robe.

Je n'ai pas porté de robe depuis la quatrième, ça ne me semble pas naturel du tout.

— Pas question, lance Daddy depuis l'autre pièce. Tu vas rafler tous les prix et on va immortaliser chaque minute.

— N'oublie pas de vider la mémoire à la fin de la soirée, je lance en descendant les escaliers pour rejoindre Daddy. Te connaissant, tu vas oublier, et quand on tombera sur Lin-Manuel Miranda, tu ne pourras pas le photographier parce que ton appareil sera plein.

C'est le premier été qu'on va passer à New York depuis *une éternité*. L'idée est de « consacrer du temps à la famille », mais je suis sûre de pouvoir convaincre Dave de m'emmener où j'ai envie. J'ai hâte de le traîner à Broadway.

— Ne t'inquiète pas comme ça, dit Papa en fronçant les sourcils. Je pourrai toujours utiliser mon téléphone.

— Mais est-ce qu'il capturera l'instant en haute définition ?

— Simone, intervient Claudia. Ton père supporte bien tes bizarreries, fous-lui la paix.

Elle porte un blazer qui ressemble à une veste de smoking et un pantalon. J'aurais dû suivre son exemple.

— Merci, Claudia… Euh, enfin, je crois, dit mon père.

La sonnette résonne dans toute la maison. Papa veut répondre, mais je le retiens par le bras en souriant.

— J'y vais. Continue à prendre des photos de Claudia et Lydia.

— Sympa, me lance Claudia. Tu nous lâches, c'est ça ?

— Mais non.

J'ouvre la porte. C'est Miles. Il porte encore son maillot de lacrosse.

— Oh non, si j'avais su que tu allais venir sapé comme ça, j'aurais pas enfilé une robe !

— En fait, je comptais me changer ici. (Il tire sur la sangle à son épaule et je remarque qu'il est venu avec un gigantesque sac.) Ça vous convient, madame l'assistante à la mise en scène ?

— Bon… OK.

Je fais semblant que ça m'est égal, mais, dès que Papa a le dos tourné, j'embrasse Miles sur la joue.

— Tu peux te changer dans ma chambre. J'ai quelque chose pour toi, de toute façon.

— Attendez, y a pas de règle quand un garçon vient ici ? s'insurge Lydia en croisant les bras. Vous avez le droit de rester seuls ?

— Je te déteste, je rétorque. Je devrais rappeler à *ton* père de prendre des photos de toi quand le bal de promo approchera. Compte sur moi pour l'appeler.

— Tu n'oserais pas, affirme-t-elle en me défiant du regard.

— Lydia a raison, intervient Papa. Laisse la porte ouverte, Simone.

— Il doit se *changer*, Papa.

— Alors tu n'as pas besoin d'être là, si ?

Je soupire et je tire Miles dans les escaliers. Il rit quand je le traîne vers ma chambre en laissant la porte à peine entrouverte.

— Tu veux vraiment que je me change ? Parce que je peux rendre les choses plus intéressantes, si tu veux regarder.

J'essaie de ne pas rougir, même si c'est peine perdue.

— Oui. Tu ne peux vraiment pas te présenter dans cette tenue à la remise des prix.

Je me mets à fouiller les tiroirs pour retrouver son cadeau.

— Mon père va sans doute débarquer dans une minute, de toute façon.

— C'est quoi, ça ?

Je me retourne : il tient mon vibromasseur en main. Mes yeux s'écarquillent. Je l'ai laissé sous mon oreiller, mais je ne pensais pas qu'il fouinerait dans ma chambre. Cette fois, c'est certain, j'ai les joues en feu.

Je plonge pour le récupérer, mais Miles tend le bras vers le haut.

— C'est pas à toi. C'est privé.

— Ouais, ça me semble évident.

Il l'examine en souriant.

— Combien de positions ça a, cette chose ?

— Argh ! J'allais t'offrir un truc avant que mes parents arrivent, mais maintenant tu ne l'auras pas.

— Un cadeau ? En quel honneur ?

Il tient toujours le vibromasseur au-dessus de ma tête.

Je recule et je me tourne vers mes tiroirs.

— Je ne sais pas. C'est juste qu'il me semble que c'est un jour important.

— Ah oui ? J'ai oublié, prétend-il avec un sourire moqueur.

— Bah, t'as pas besoin de cadeau. Les anniversaires de rencontre, c'est pour les vieux et puis, de toute façon, ça ne fait que trois mois.

— Je plaisantais.

Il s'appuie contre mon dos.

— Tu es très jolie.

— Merci. T'es pas mal non plus, parfois.

Je lui fais face et je lui tends une boîte. Il se laisse tomber sur mon lit et abandonne le vibromasseur sur mon oreiller. C'est super bizarre de voir Miles ici. Là où j'ai passé des soirées à lui parler, à penser à lui…

— Tu ne devrais peut-être pas t'asseoir sur mon lit. Je fais des trucs, là.

— Ah bon ? répond-il en riant. Avec le vibromasseur ?

— Ça te regarde pas.

— Moi aussi j'ai un cadeau pour toi. Même si les anniversaires de rencontre c'est pour les vieux. Tiens, c'est pour te porter chance.

Il sort un paquet marron de son sac et la boîte que je tenais toujours en mains tombe par terre. Je le fusille du regard, mais il reste impassible.

— Tu fais chier, je marmonne en déballant son cadeau.

C'est un sweat-shirt noir avec le logo doré de la comédie musicale *Hamilton* au centre.

— Waouh, j'adore. Maintenant j'ai mon propre sweat-shirt porte-bonheur et il est parfait.

Je l'enfile, mais la capuche se coince à mi-chemin et je suis obligée de tirer.

— Oh non, je suis toute décoiffée.

— T'inquiète, tes cheveux sont très bien. Ils sont toujours très bien.

— T'es vraiment un imbécile, je dis, bien consciente d'en être une aussi.

— Peut-être. Qu'est-ce que t'as fait tomber par terre ?

Je jette un coup d'œil à la boîte et je pouffe de rire.

— Ça va ?

— Oui, oui. C'est des préservatifs. J'en ai choisi quatre sortes différentes, j'ai vidé les paquets et je les ai fourrés là-dedans. Il y en a des ordinaires, des qui brillent dans le noir, des parfumés à la myrtille et un « orgasme intense », qui a l'air intéressant.

Ses yeux s'écarquillent. Je m'attends à ce qu'on partage un moment fort, mais il éclate de rire.

— Je n'essayais pas d'être drôle, je précise en m'asseyant à côté de lui. Plus que trois mois. C'est pas une blague.

— Je ne me moque pas de toi. Enfin, peut-être un petit peu.

— Tu n'auras pas de préservatifs, je dis en tendant la main vers la boîte. C'est pour les gens qui sont gentils avec moi, compris ?

Il m'embrasse. J'allais lui parler d'une équipe de lacrosse à New York, mais j'ai du mal à réfléchir quand j'embrasse. Tout à coup, quelque chose me frappe la joue. Je repousse Miles, qui éclate de rire.

— Tu ne m'as tout de même pas jeté une capote à la tronche, hein ?

— C'est grave ?

Rhoo, j'aime trop son sourire.

— Mais ne le prends pas mal, ajoute-t-il. Je ne balance des préservatifs qu'aux jolies chieuses.

J'en prends une poignée dans la boîte et je les lui balance à la figure.

— Il y en a une tonne pour toi alors, parce que t'es le roi des emmerdeurs.

— Ah, eh ben si c'est comme ça…

Il se précipite vers la boîte et je saute du lit. Comme c'est lui qui a toutes les munitions, il me canarde en continu. Je plonge vers la boîte, morte de rire, mais il l'éloigne.

— Je parie que tu regrettes de ne pas faire de lacrosse en cet instant, déclare-t-il en me jetant une nouvelle capote au visage. Parce que j'ai plus d'endurance que toi.

— C'est moi qui les ai achetées, je précise en en ramassant une poignée au sol. Au moins, je fais des trucs bien.

— Dans quel monde imaginaire est-ce que c'est *bien*, les préservatifs à la myrtille ?

— Hé !

Je le bombarde encore. Il lève les mains en l'air en riant tandis que je le bloque dans un coin. Il y a tellement de capotes par terre que ma chambre a l'air prête à accueillir une orgie.

— Allez, tu peux faire mieux que ça.

— Oh, la ferme, rétorque-t-il en me jetant un préservatif à la myrtille au visage.

— Prépare-toi à affronter ton destin, je lui déclare en déchirant un paquet puis un deuxième. Tu as une dernière déclaration à faire ?

— Tu penses à moi quand tu te masturbes, claironne-t-il, et je m'en souviendrai toute ma vie.

— Tu as mal choisi tes dernières paroles, je rétorque en lui jetant à la figure les préservatifs déballés. Mon vieux, si jamais quelqu'un te menace avec un flingue, t'es dans la merde.

— Simone ?

La porte s'ouvre et je me fige sur place.

— Il va falloir qu'on y aille, sinon on va être en retard. Miles est prêt ?

Papa et Daddy sont tous les deux dans l'embrasure. Je vois leurs yeux passer du vibromasseur sur le lit aux préservatifs dans mes mains et sur le sol. Miles se lève, son maillot de lacrosse maintenant décoré de capotes bleues. Voilà ce qui arrive quand on me laisse seule avec un garçon.

— Waouh ! s'exclame Claudia, en entrant. C'est ça que font les mecs hétéros ? C'est comme ça qu'ils attirent la femelle ?

— Je ne crois pas, la rassure Lydia. J'ai jamais fait ça avec Ethan.

— C'est qui Ethan ? je demande. Tu sors avec Ian, non ?

— J'ai eu d'autres petits amis, Simone.

— Je…, commence Daddy.

Il se masse les tempes et se tourne vers Papa.

— Pourquoi on n'a pas eu une enfant normale ? Tous les autres ont des enfants normaux.

— Ça n'a rien de sexuel, je jure en lâchant les préservatifs. Je vous le promets.

— Rien de sexuel du tout, renchérit Miles, on était juste… euh…

— Je ne veux pas le savoir, soupire Papa. Faites-moi plaisir et préparez-vous, d'accord ? Et enlève ce sweat-shirt pour la cérémonie.

— Vous vous souvenez quand vous avez dit que vous étiez très fiers de moi ? que j'allais rafler tous les prix ? Pensez à ça plutôt qu'à cette scène, d'accord ?

— Tu n'avais pas de préservatifs dans les cheveux quand j'ai dit ça, réplique Papa en croisant les bras. Mais bon, ça va, je suis toujours fier de toi.

— Oh non !

Je tapote mes cheveux. Miles m'arrache un préservatif coincé à l'arrière de ma tête. Je dois me mordre la lèvre pour ne pas rigoler. L'idée d'utiliser ce préservatif-là m'amuse beaucoup.

— J'ai toujours été fier de toi, Simone, reprend Papa une main sur la poignée de porte. Et je le serai toujours.

Je lui souris. Ce n'est pas la première fois qu'il le déclare, mais c'est la première fois que je suis aussi fière de moi. J'ai survécu au spectacle et au mec qui a dévoilé ma séropositivité à tout le monde. J'ai réussi à avouer à mes meilleures amies que je suis bisexuelle. Je peux surmonter beaucoup d'autres obstacles, à présent.

— Alors, vous êtes fiers que j'aie acheté des préservatifs ?

— N'en rajoute pas trop non plus, me gronde Daddy.

Miles rit dans mon épaule.

— Je t'aime tout le temps, me chuchote-t-il. Surtout quand tu achètes des capotes.

Je suis incapable de masquer ma joie. Il attrape ma main et je la tire jusqu'à mon cœur.

— Je change d'avis. Je t'aime et j'ai envie d'en faire tout un plat. Si t'es d'accord.

— Je suis plus que d'accord.

Il m'embrasse le cou.

— Peut-être que, plus tard, je pourrai te montrer à quel point je suis d'accord.

— Je vais vomir, annonce Claudia en levant les yeux au ciel. Vous êtes dégoûtants.

Je tends les bras aux filles.

— Je vous aime aussi et je vous aimerai toujours.

On se fait un gros câlin collectif. Tous les gens que j'aime sont autour de moi. C'est pas grave si je ne remporte pas le prix de la mise en scène ce soir. Je n'ai pas besoin de la reconnaissance d'un jury d'inconnus alors que j'ai ça : une montagne de préservatifs et des personnes formidables à mes côtés.

Épilogue

Voilà que j'ai à nouveau rendez-vous chez le gynécologue. Papa veut écouter Aretha Franklin dans la voiture et Daddy se met à brailler les paroles de *(You Make Me Feel Like a) Natural Woman* si fort que je suis étonnée que ça n'arrête pas la circulation.

À vrai dire, j'adore ce genre de moments.

Mais je préférerais voir mon médecin seule.

— Bon, je commence en tapant sur mes genoux quand Papa s'arrête sur une place de parking. Qu'est-ce que vous diriez si je vous demandais de me déposer ?

Ils échangent un de ces regards dont ils ont le secret. Depuis le siège arrière, je ne vois pas leurs expressions. Aretha continue à chanter en arrière-fond.

— Je vous adore, hein, je précise en me mordillant la lèvre. C'est juste que j'aurai bientôt dix-huit ans. Vous êtes mes parents, mais c'est moi qui suis responsable de ma petite personne, surtout quand il s'agit de… enfin, vous voyez. De sexe et tout ça.

Ça paraissait moins gênant dans ma tête.

Daddy s'éclaircit la gorge.

— Si on sortait ? Ce sera mieux pour discuter.

Je ravale un soupir, je détache ma ceinture de sécurité et je sors. Papa et Daddy se tiennent l'un à côté de l'autre. C'est comme le premier jour à Notre-Dame de Lourdes, quand ils m'ont déposée : Papa n'arrêtait pas de me serrer dans ses bras et Daddy a voulu que j'emporte la couverture qui était habituellement au bout de leur lit. Elle sentait le savon et la menthe. Comme eux.

Merde. C'est pas le moment de me laisser submerger par les émotions. C'est important.

— Je suis assez grande pour y aller toute seule.

Je parle à toute vitesse pour éviter qu'ils m'interrompent.

— Je comprends que vous vous inquiétiez, c'est normal, mais vous n'avez pas besoin de me traiter comme un bébé ou de flipper à propos des relations sexuelles. Je me suis renseignée et j'ai parlé à des gens, je ferai les bons choix. Vous devez juste me faire confiance.

Papa sourit.

— On le sait.

— Et même si je suis toujours votre fille, je…

Une seconde. Je ferme la bouche. J'ai bien entendu ?

— On sait que tu es consciente des risques, m'explique Daddy en lâchant un gros soupir. Et c'est important que tu gères toi-même ta sexualité.

Je hausse les sourcils et je croise les bras.

— C'est vrai ? Vous êtes sérieux ?

— Tu trouves ça tellement étonnant ? demande Papa en s'appuyant contre la voiture.

Daddy se serre contre lui et je fais pareil. On dirait qu'on pose pour un magazine automobile.

— Tu es une jeune femme responsable.

— C'est vrai, renchérit Daddy.

Il hoche la tête, mais il a l'air beaucoup plus réticent.

— Tu n'es plus une petite fille, ajoute-t-il.

— Mais on sera toujours là pour te soutenir, poursuit Papa en passant un bras autour de mes épaules. Que ce soit ici ou dans la salle d'attente.

— De préférence dans la salle d'attente, précise Daddy.

Je ris alors qu'il continue :

— Ce que ton père essaie de dire, c'est qu'on sait que tu es capable de gérer ça toute seule, mais ça ne veut pas dire que tu *dois* le faire. On ne va pas t'abandonner.

Ils sont tellement compréhensifs que j'ai envie de pleurer. Et si je fonds en larmes, un des deux va s'y mettre aussi et ça se transformera en festival de sanglots.

— On veut t'aider, ajoute Papa en me tirant plus près de lui. De toutes les façons possibles.

Je ravale mon émotion. C'est bizarre de les voir en coulisses pour une fois et pas au centre. Ils m'ont toujours offert beaucoup de liberté : à Notre-Dame de Lourdes, à Sacré-Cœur, avec mes amies. Mais c'est une nouvelle étape que je franchis. Un grand pas. Même si je suis heureuse de l'accomplir seule, je suis contente qu'ils ne soient pas complètement partis.

— Vous voulez bien entrer avec moi et attendre à l'intérieur ?

Papa sourit.

— Bien sûr, *cariño.*

— On est juste derrière toi, complète Daddy en me donnant un petit coup d'épaule. Allez, montre-nous le chemin, Simone.

Note de l'auteur

Mon intérêt pour le VIH et le sida existait bien avant Simone. Le VIH et le sida ont été brièvement abordés dans mon cours de sciences au lycée, mais ce n'est qu'en lisant des blogs rédigés par des parents d'enfants séropositifs que j'ai commencé à approfondir le sujet. C'est au cours de mes recherches et de mes découvertes que le personnage de Simone a pris vie.

Une fois que j'ai eu l'idée de qui elle était, j'ai poussé mes recherches plus loin pour imaginer les détails de son histoire. Cela m'a conduit sur plusieurs voies distinctes : j'ai regardé des films et lu des blogs, j'ai partagé les premières ébauches du manuscrit avec des lecteurs séropositifs et j'ai suivi des gens sur les réseaux sociaux. Au début, je voulais juste savoir comment se déroulait la vie d'un adolescent séropositif, mais je me suis vite intéressée à l'épidémie de sida aux États-Unis et aux réactions des différentes communautés. Je suis toujours choquée qu'on ne m'ait rien raconté de tout ça à l'école.

Les ressources énumérées ci-dessous m'ont été extrêmement utiles, non seulement parce qu'elles m'ont permis de m'assurer que l'histoire de Simone soit la plus réaliste possible, mais aussi parce qu'elles m'ont beaucoup appris. J'apprends encore et j'apprendrai toujours. J'espère que ces ressources vous permettront aussi d'approfondir le sujet.

DOCUMENTAIRES :

The Battle of amfAR, réalisé par Rob Epstein et Jeffrey Friedman (HBO, 2013)

Frère de sang (Blood Brother), réalisé par John Pogue (2018)

How to Survive a Plague, réalisé par David France (2012)

We Were Here, réalisé par David Weisman (2011)

FILMS DE FICTION :

Angels in America, plusieurs réalisateurs (minisérie TV, 2003)

120 battements par minute, réalisé par Robin Campillo (2017)

Rent, réalisé par Chris Columbus (Sony Pictures, 2015)

LIVRES :

Angels in America, de Tony Kushner (Avant-Scène Théâtre, 2007) Non traduit en français

Les Optimistes, de Rebecca Makkai (Les escales éditions, janvier 2020)

How to Write an Autobiographical Novel, d'Alexander Chee (New York, Mariner Books, 2018) Non traduit en français

The Normal Heart, de Larry Kramer (New York, Samuel French, Inc. 1985) Non traduit en français

Reports from the Holocaust : The Making of an AIDS Activist, par Larry Kramer (New York, St. Martin's Press, 1989) Non traduit en français

ARTICLES (EN ANGLAIS) :

« American Woman Who Adopted HIV-Positive Child Tells Parents There Is Nothing To Be Afraid Of », par Lizzie Dearden. Publié le 22 septembre 2014 dans *The Independent*.

« HIV Did Not Stop Me From Having a Biological Child », par Ben Banks. Publié le 25 juin 2014 dans *Time*.

« I Feel Blessed to Be HIV+ in the Age of PrEP and TasP », par Jeff Leavell. Publié le 7 mars 2018 dans *Them*.

« Odd Blood : Serodiscordancy, or, Life with an HIV-Positive Partner », par John Fram. Publié le 29 mars 2012 dans *The Atlantic*.

« Telling JJ : A year after learning she has HIV, an 11-year-old has a breakthrough », par John Woodrow Cox. Publié le 27 août 2016 dans le *Washington Post*.

SITES WEB (EN ANGLAIS) :

AdvocatesForYouth.org

Advocates for Youth est un organisme à but non lucratif qui travaille avec les jeunes et d'autres associations pour défendre la santé et les droits sexuels. Ils animent plusieurs programmes, dont ECHO, qui forme de jeunes séropositifs à devenir des leaders dans le mouvement de lutte contre la stigmatisation liée au VIH/sida. Ils coordonnent également la Journée nationale de sensibilisation des jeunes au VIH et au sida et le hashtag #MyStoryOutLoud, qui est un projet de narration en ligne pour les jeunes séropositifs et les jeunes LGBTQ+ de couleur.

HIV.gov

Il s'agit du site Web du gouvernement américain consacré au VIH. Une bonne ressource pour trouver des faits et des chiffres à jour.

PedAIDS.org

C'est le site Web de la *Elizabeth Glaser Pediatric AIDS Foundation*, un organisme à but non lucratif qui travaille à prévenir le VIH et à arrêter le sida dans le monde, en particulier chez les enfants.

POZ.com

Un magazine en ligne pour les personnes vivant avec le VIH/sida ou affectées par l'épidémie. On y trouve des chroniques, des comptes rendus à la première personne et toutes sortes de renseignements. Je me suis beaucoup tournée vers ce site Web quand j'écrivais mon livre. Il montre à quel point l'expérience du VIH est vaste et à quel point les personnes séropositives peuvent être différentes les unes des autres.

ONUSIDA.org

Ce programme des Nations unies s'est engagé à sensibiliser l'opinion et à lutter contre le VIH/sida à l'échelle mondiale. Son site Web rassemble des données et des ressources du monde entier.

Même si Simone est très réelle pour moi, ce n'est pas une vraie personne. Mais ses qualités, sa détermination, sa persévérance et tout le reste se reflètent chez les militants dont je me suis inspirée. Les cinq activistes listés ci-dessous ont tous le VIH et se servent de leur voix pour défendre leurs intérêts et ceux des autres. Vous pouvez lire leurs travaux, écouter leurs exposés ou les suivre sur les réseaux sociaux (je recommande de faire les trois).

Des activistes :

Ashley Murphy est une jeune femme née avec le VIH qui prononce des discours et rédige des chroniques sur ses expériences. Vous pouvez la suivre sur Twitter à @TheAshleyRose ou regarder son TED Talk, « How to Be Extraordinary » (2 juillet 2015).

Ben Banks a beaucoup écrit et donné des conférences sur le fait que le VIH ne l'a pas empêché d'avoir des enfants (un sujet qui préoccupe Simone). Il écrit pour *Time* et a été félicité pour son travail par le président Obama.

Shawn Decker et sa partenaire, Gwenn, sont un couple sérodivers (Shawn est séropositif, Gwenn est séronégative) qui utilisent leur relation comme point de départ pour parler de santé sexuelle. Rendez-vous sur shawnandgwenn.com ou suivez Shawn sur Twitter @shawndecker.

George M. Johnson est un homosexuel noir séropositif qui raconte ses expériences, notamment dans son autobiographie *All Boys Aren't Blue* (New York : Farrar, Straus & Giroux, 2020). Rendez-vous sur iamgmjohnson.com ou suivez-le sur Twitter @iamgmjohnson.

Rae Lewis-Thornton est une femme noire qui vit avec le VIH depuis plus de trente ans. Elle blogue sur ses expériences à l'adresse raelewisthornton.com, et vous pouvez aussi la suivre sur Twitter à @raelt.

SITES WEB (EN FRANÇAIS) :

— sida-info-service.org : site d'informations sur le VIH/sida, contient notamment un annuaire d'orientation des centres de dépistage gratuits, de traitements, les associations sida ou LGBTI+, numéro gratuit : 0 800 840 800

— info-ist.fr : des fiches de chaque IST, dont le VIH, avec les précautions à prendre et les traitements adaptés.

— lecrips-idf.net : Le Centre régional d'information et de prévention du sida et pour la santé des jeunes.

— onusida.org : site de l'agence de l'ONU dédiée à la lutte contre le VIH/sida dont parle Camryn Garrett, également disponible en français.

— onsexprime.fr : le site d'informations sur la sexualité conçu pour les jeunes.

— sidaction.org : association française de premier plan de lutte contre le sida.

— solidarite-sida.org : association française de premier plan de lutte contre le sida.

— aides.org : association française de premier plan de lutte contre le sida, 0805 160 011 (gratuit depuis un poste fixe).

— transversalmag.fr : magazine en ligne sur le VIH avec des témoignages, des conseils pour vivre avec le VIH et des entretiens avec des chercheurs.

— rec.sidaction.net : concours vidéo sur le sida : pour changer des présentations classiques, bourrées de chiffres et de pourcentages barbants, Sidaction propose un concours de vidéos à réaliser sur le sida dans toutes ses dimensions, avec des exemples des années précédentes et des fiches d'infos pour les réalisateurs.

— journaldusida.org

— *Vie positive, le guide* (Aides, 2019) : https://seronet.info/sites/default/files/guide-vie-positive-2019.pdf

— vih.org : https://vih.org/categorie/vivre-avec-le-vih/

— dessinemoiunmouton.org

DOCUMENTAIRES (EN FRANÇAIS) :

Vivre – 6 portraits de personnes vivant avec le VIH, six visions d'espoir et de combat, réalisé par Dominique Thiery (Crips Île-de-France, 2018)

Aids Memories, se souvenir du sida, réalisé par Marina Karmochkine et Marc Sieger (2017)

La Maison de vies, réalisé par Dominique Thiery (2015)

Vihsages, réalisé par Dominique Thiery (Karé Productions et Sidaction, 2008)

Remerciements

Comme je me suis engagée sur le chemin de la publication dès l'âge de treize ans, mes remerciements sont longs et très théâtraux. Je m'en excuse par avance.

La première personne que je dois remercier est ma mère, car ce livre n'existerait pas sans elle. Maman, je t'ai lu la dédicace et tu ne l'as pas comprise. « Pour maman, toujours » signifie que si je suis capable de faire tout ça, c'est grâce à toi. Tout ton amour et ton soutien et tout ce que tu as sacrifié. Pour n'avoir jamais douté de moi, même si moi je doute tout le temps. Je t'aime plus que tout, même si tu ne lis pas.

Bri : Je ne sais même pas par où commencer. Merci de m'avoir sortie de la gadoue et d'avoir vu qu'il y avait quelque chose là-dedans. D'avoir misé sur moi. De m'avoir enseigné plus sur l'écriture que ce que je ne pensais pouvoir apprendre en écrivant un livre. Merci pour ton œil d'éditrice, ton sens des affaires et le fait que tu ne t'en laisses pas compter. Merci d'être honnête. D'avoir répondu à tous mes e-mails à propos de tout et n'importe quoi et pour les séances de brainstorming. Merci d'avoir inventé la scène du sex-shop. De rire à toutes mes blagues. D'avoir réalisé mes rêves. Je ne pouvais pas rêver d'un meilleur agent.

Allie : Je voulais juste te laisser un tas de points d'exclamation, mais ce ne serait pas juste. Merci d'avoir répondu aux mails où je posais des questions bizarres et de m'avoir rassurée chaque fois que j'ai paniqué (ce qui est arrivé souvent). De m'avoir écouté parler de la fac. De t'être emballée avec moi pour la couverture de ce livre. Merci pour tes remarques, ton attention et ton travail acharné. Pour ton soutien. Tu es la meilleure.

Merci à Katherine de m'avoir fait une offre pour ce livre dès le lendemain de ta lecture et de m'avoir provoqué une crise d'asthme. Pour ton enthousiasme, ton dévouement et ta vision pour ce projet. Merci d'avoir cru en Simone et en son histoire. D'avoir cru en moi. D'avoir réalisé mes rêves.

Merci au reste de l'équipe éditoriale, en particulier Melanie Nolan, Jen Heuer, Kerry Johnson, Janet Renard, Jazzmine Walker, Sylvia Al-Mateen, Artie Bennett, Jake Eldred, Mary McCue, Andrea Comerford, et Emily DuVal. Ce fut un plaisir de travailler avec vous tous.

Merci à Theodore Samuels, Rhesa Smith, Jen Heuer et Alison Impey pour la couverture idéale. J'ai toujours rêvé de publier un livre, mais je n'arrivais jamais à imaginer à quoi il ressemblerait. Maintenant j'ai l'impression d'être l'auteure la plus chanceuse du monde, chaque fois que je regarde ce livre. Merci à vous deux pour votre travail sur cette magnifique couverture.

Merci à toute l'équipe britannique, notamment Naomi Colthurst, Amanda Punter, Simon Armstrong, Ruth Knowles, Ben Horslen, Amy Wilkerson, Francesca Dow, Michelle Nathan, Bella Jones, Kat Baker et Michael Bedo. Vous avez tous été super enthousiastes tout au long du processus. Merci pour vos remarques, votre attitude super positive et la plaquette que vous avez réalisée avant la signature du contrat (je l'ai sauvegardée sur mon bureau). C'était génial de travailler avec vous. Un merci tout particulier à Emma Jones, qui est la meilleure.

Merci à papa pour toutes les heures passées en librairie. De n'avoir jamais refusé de m'acheter un livre, même quand j'étais censée n'en prendre que deux. Pour toutes les heures que j'ai passées à traîner sur l'ordinateur à côté de toi dans ton bureau, à taper mon journal intime. Pour ton vieil ordinateur. Pour tous les souvenirs.

Jayden : Je doute que tu lises ça, mais merci d'être ma sœur.

Merci à tante Jessica de n'avoir jamais pensé que ce que je voulais faire était bizarre. Merci de ne m'avoir jamais dit de ralentir. Merci d'être la plus cool, en général.

Merci à Mark d'être parfois plus emballé que moi pour ce livre. D'avoir tweeté mon lien Goodreads, lu mon travail et de m'avoir envoyé des mèmes. Pour ton amitié, même quand je suis pénible. D'avoir partagé ton temps et tes paroles avec moi. D'être toi. Je vous aime, toi et tes chaussures noires.

À Michael : Tu as dit un jour que tu trouvais complètement stupide le concept de « meilleur ami », mais tu es un de mes meilleurs amis, alors tu dois t'y faire. J'ai l'impression qu'on a grandi ensemble, même si on vit dans des endroits différents. Je te suis très reconnaissante de t'avoir dans ma vie. Je suis reconnaissante au blog *Teens Can Write, Too !* qui encourage les ados à écrire et m'a permis de croire que je pourrais être écrivain. Je te remercie pour chaque plainte que tu as écoutée, pour chaque fois que tu as trouvé un moyen de me remonter le moral. Merci de m'avoir donné l'impression que tu étais dans la pièce à côté alors que tu étais loin. D'avoir cru en moi et d'avoir été à la fois doux et impitoyablement drôle. Pour tout. Tu es incroyable et je t'aime.

À Aisha, merci de m'avoir suivie sur Twitter et d'avoir initié notre amitié ; merci d'avoir lu l'histoire de Drew et d'y avoir cru à fond, même si ça n'a pas marché. De m'avoir fait connaître des points de vue différents et de faire des blagues stupides.

À Maliha : Merci d'avoir pris des photos de moi quand j'ai signé le contrat. D'être venue me parler au collège et de m'avoir dit que tu aimais bien mon top ; pour la photo encadrée de moi regardant par une fenêtre qui est encore sur ma table de nuit. D'avoir envoyé Stucky avec moi. D'avoir nommé Ren, même si son livre n'a pas été publié. Pour ton amitié.

À Natalia, Gabi, Abi : Merci d'avoir rendu le lycée supportable. Merci d'être les amies à qui je pouvais parler de n'importe quoi. Merci d'avoir répondu à des questions bizarres sur le sexe à l'heure du déjeuner ou dans nos discussions de groupe. Merci d'avoir inspiré Simone, Claudia et Lydia. Vous êtes le premier groupe de copines dont je me suis vraiment sentie proche. J'adore vos talents de maquilleuses et vos dons artistiques. J'aime qu'aucune d'entre vous ne sache ce qu'elle fait. J'adore le fait que vous sachiez tout et rien à la fois. J'adore qu'il y en ait toujours pour être encore éveillée à deux heures du matin. J'adore les mèmes de Tumblr et les personnages que vous imaginez. Merci de m'avoir écoutée parler de personnages imaginaires. Merci de m'aimer pour ce que je suis. Je vous aime.

Merci, Chey, parce que tu me torturerais sans doute si je ne t'incluais pas dans cette liste. Merci d'avoir été une de mes premières amies à la fac. Je suis tout excitée à l'idée de découvrir ce qu'on créera ensemble à l'avenir.

Merci, merci, merci, merci, mademoiselle Kalter. Vous étiez super contente pour moi quand je n'arrivais même pas à réaliser ce qui m'arrivait et je vous adore pour ça. Merci d'être fière, heureuse et géniale, avant même que j'obtienne ce contrat. De m'avoir présenté les différentes facettes de la narration. De m'avoir écoutée divaguer au début de la journée au lycée et pendant mon temps libre. Pour tout.

Merci à tous les professeurs de littérature que j'ai eus. Merci de m'avoir acceptée dans vos salles de classe et de m'avoir laissée parler de livres, même quand j'étais censée être ailleurs. Merci tout particulièrement au Dr Johnson d'avoir été visible et d'avoir veillé à ce que tous les autres élèves noirs le soient aussi.

À Jenni Walsh : Merci d'avoir été ma première critique importante. D'avoir prêté attention à mon écriture pitoyable, d'avoir réussi à lire quand même et de m'avoir fait des remarques importantes dont j'ai tenu compte lors de la rédaction des livres suivants. De m'avoir fait comprendre que j'avais le droit de ralentir, que je n'avais pas besoin d'avoir publié un livre à l'âge de seize ans. De tes conseils.

À Shveta : Pour ta chaleur. De m'avoir écoutée me plaindre du processus d'écriture et de toutes les frustrations que ça entraînait. D'avoir partagé tes connaissances et ton expérience avec moi. Pour tes paroles et ta présence. D'être géniale en général.

À Lana Wood Johnson, qui a dit : « Tu ne seras jamais l'Oprah des émissions de journée. Ou la Shonda des émissions de nuit. Tu seras la Camryn de… » J'y pense depuis que tu l'as dit, et je continuerai à y penser longtemps après la publication de ce livre. Merci pour ces paroles.

À mes Demoiselles du Wakanda : Adrienne, Elle, Angie et Cara. Merci de m'avoir offert un espace sûr où j'ai pu me plaindre de choses que vous seules pouviez comprendre. Merci pour vos conseils et merci d'avoir agi comme des tantes d'adoption. De m'avoir ouvert la voie.

À Mason, Cody et Ava : Merci de m'avoir laissée paniquer sur les plus petites parties du processus. D'avoir lu le livre très tôt et d'en être tombés amoureux. Merci à Cody d'avoir trouvé le titre. Pour vos encouragements et votre enthousiasme. Pour vos conseils. Pour votre amitié.

À Courtney Milan : Pour ta générosité. Merci de m'avoir donné des conseils sur des choses que personne ne comprend vraiment. D'avoir décidé de m'aider d'une façon que personne (littéralement personne) n'attendait de toi. De m'avoir regardée, d'avoir vu que j'avais besoin d'aide et d'avoir dit : « OK, je vais m'en charger. » D'être une ressource et une personne à qui je peux poser des questions. Pour ton flux Twitter en général. Je te remercie.

À Nita : D'avoir été une de mes meilleures critiques ! Pour toutes les lamentations qu'on a partagées à propos de l'édition. Pour tes histoires à propos de tes filles qui tombent amoureuses. Pour ton écriture douce et lyrique. Pour ton amitié.

À Kaye : Pour ton esprit chaleureux. Tes sourires et ta gentillesse brillent à travers tes tweets, même s'ils ne faisaient que cent quarante caractères. Merci de m'avoir remonté le moral quand je pensais encore que je ne le méritais pas. Merci de croire en moi. Merci d'être toujours si charmante. Tu es la meilleure.

À Kheryn Callender : De m'avoir donné votre avis détaillé sur le livre cher à mon cœur. Il n'était pas prêt, mais je l'adorais (et je l'adore toujours) et je crois que vous l'avez adoré aussi… ou du moins que vous l'avez vraiment apprécié. Merci de m'avoir offert cette chance. Merci d'avoir travaillé avec moi et de m'avoir appris des choses. Merci de m'avoir fait savoir que j'avais encore du travail devant moi.

À Rebecca Podos : Pour votre charmante lettre de refus/proposition. Ça m'a donné les munitions pour continuer à tenter ma chance.

Et à Alexandra Machinist pour la plus belle lettre de refus de manuscrit de l'histoire. Elle figure toujours dans mes favoris dans ma boîte mail. C'était tellement important pour moi quand je l'ai lue la première fois et ça l'est encore aujourd'hui.

À Nic Stone : D'avoir lu un de mes précédents livres et de m'avoir fait des commentaires. Pour l'aide que vous m'avez apportée, même quand je n'étais pas vraiment prête. D'avoir ouvert la voie avec votre propre travail.

À Becky Albertalli : D'être incroyable en général et tellement, tellement gentille.

À Justina Ireland : De m'avoir montré que j'ai le droit de parler de ce qui est important. D'être une *badass.* De m'avoir accueillie dans la communauté quand j'avais quinze ans. De m'avoir inspirée.

À Wendy Xu : D'être une tante protectrice sur Twitter. Pour la discussion que nous avons eue sur le succès et le fait qu'on n'est pas obligé de le connaître quand on est très jeune. J'avais besoin de l'entendre.

À Sierra Elmore et Phil Stamper : Pour être restés dans la discussion de groupe, même si personne ne vous y obligeait. De m'avoir écoutée expliquer par qui et par quoi je suis attirée et d'avoir répondu à des questions gênantes. Je ne vous suis pas reconnaissante pour toutes les fois où vous m'avez traînée, mais je vous suis reconnaissante pour toutes les fois où vous m'avez écoutée.

À Dahlia Adler : Pour tout le travail que vous faites pour l'édition jeunesse en général, et particulièrement pour les livres queer. Vous m'impressionnez. De m'avoir rappelé que les livres jeunesse F/F existent, alors que je l'ignorais. De m'avoir recommandé les meilleurs titres. Pour les photos de Figgy quand je suis triste. Vous êtes la meilleure.

À Rachel Strolle : Pour tout ce que vous faites pour l'édition jeunesse. Pour la fausse maquette de couverture que vous avez créée pour l'annonce du livre. Pour votre enthousiasme. Vous êtes la meilleure.

À Taylor et Liz : D'avoir été deux des premières personnes à me publier sur Internet. Pour la communauté que vous avez créée chez *HuffPost Teen.* Pour être restées en contact après ce moment génial. Pour vos tweets et votre aide et chaque fois que vous m'avez félicitée. Merci d'être jeunes, branchées et cool. De m'avoir tenue au courant d'opportunités alors que vous n'étiez plus obligées de le faire. D'avoir créé plus d'un espace où ma voix comptait.

À tous mes contacts du *HuffPost Teen :* Bekah, Leo, Sam, Erin, Lauren, Taylor et Emma (qui sont entrés en douce sans qu'on s'en rende compte). Vous étiez tous plus âgés et plus cool que moi et je voulais vous ressembler. Je suis presque sûre que c'est pour ça que j'ai commencé à écrire des livres. Bon, c'est en partie pour ça, en tout cas.

Merci à ceux avec qui j'ai écrit chez MTV Founders. Merci à la revue *Rookie*, en particulier Tavi Gevinson, Diamond Sharp et Derica Shields. C'était la première (et jusqu'à présent la seule) expérience que j'ai eue où il n'y avait que des femmes noires qui éditaient mon travail. J'ai adoré et j'étais extrêmement fière d'être publiée par *Rookie*.

Merci à Julie Zeilinger d'avoir dirigé la plateforme féministe pour ados WMC Fbomb et de m'avoir donné l'occasion de parler longuement de *Stranger Things* et d'interviewer des gens sur l'herpès.

Merci en particulier au concours de jeunes reporters de *TIME for Kids*, le Kid Reporter Contest, qui a été la première étape de mon parcours en tant qu'auteure publiée. Mon texte a été revu par un vrai éditeur et j'ai interviewé des gens qui écrivaient de vrais livres et qui bossaient dans le cinéma. Pour la première fois, je n'ai pas été trop timide. Pour la première fois, j'ai pensé que mes phrases pouvaient faire de moi quelqu'un d'important. Merci pour cette expérience. J'en garderai toujours un excellent souvenir.

Merci beaucoup à Shawn Decker, Sakhile Moyo, Vic Vela, Nina Martinez et Nick Cady d'avoir partagé leur expertise et rendu ce livre aussi réel et authentique que possible. Merci beaucoup pour votre temps et vos connaissances.

Je dois aussi remercier les gens qui me suivent et m'encouragent sur Twitter depuis que j'ai quinze ans, notamment, mais pas que : Molli, Leah, Chasia, Gabe, Saba, Summer, Kelley, Anne, Katherine, Hannah, Justine, Gwenda, Brandon, Tehlor, Marieke, Meagan, Ellen, Julie, Rebekah, Angie M., Nafiza, Samira, Jessie, Ami, Alyssa, Sarah et Katie. Merci à tous ceux qui me suivent et qui doivent supporter mes délires à tout moment de la journée. Merci aux gens qui m'entraînent dans des discussions à propos de tout et de rien et m'apprennent des choses sur des sujets que je ne connaissais pas. Merci de faire de Twitter une communauté, même lorsque le reste du site n'est pas terrible. En particulier, merci à tous les ados sur Twitter. Certains d'entre vous n'ont plus le même nom d'utilisateur et certains d'entre vous sont toujours là. Merci pour toutes vos idées. Merci d'obliger la communauté de l'édition jeunesse à rendre des comptes et de nous forcer à nous améliorer sans cesse. Merci pour le travail que vous faites. Merci d'être là, tout simplement.

Je dois aussi remercier la communauté queer, surtout la communauté queer noire. Vous avez été les plus durement touchés par le VIH et le sida et la communauté a survécu. Merci aux aînés et à ceux qui continuent à entretenir la mémoire de ceux qui sont décédés. Merci à tous ceux qui étaient dans la rue au plus fort de la crise du sida, à manifester et à exiger du changement. Merci à des groupes comme ACT UP de se battre, encore et toujours. Je n'étais même pas là et je me sens tellement redevable envers vous tous. Je vous remercie. Je suis si heureuse que cette communauté existe et je suis reconnaissante d'en faire partie.

Enfin, je tiens à vous remercier, chers lecteurs, d'avoir ouvert ce livre. D'avoir tenu jusqu'à la fin, même si vous avez sauté des passages. Tous les livres ne sont pas pour tout le monde. Mais merci de m'avoir offert une chance.

Entrez
dans un
nouvel

avec d’autres romans
de la collection

www.facebook.com/collectionr

d’Arnaud Cathrine

C’est le mojito.
C’est un léger accident.
C’est parce qu’il n’a pas rencontré de fille.
C’est parce que je n’ai pas rencontré de garçon.
C’était juste pour essayer.
C’est pour avoir tout fait ensemble.
C’est pour tous les amis pareil.
C’est entre lui et moi.
C’est la première et la dernière fois.
C’est rien.
Ça va passer.

Après le succès de sa trilogie
***À la place du cœur*,**
Arnaud Cathrine nous donne à vivre
un premier amour,
comme si nous y étions.

REVANCHE

de Cat Clarke

LA VIE EST INJUSTE.
Jem Halliday est amoureuse de Kai,
son meilleur ami, qui est gay.
Pas vraiment l'idéal, mais Jem s'est faite à l'idée.

LA VIE EST CRUELLE.
Une vidéo de Kai en compagnie d'un garçon
a été postée sur Internet.
Il ne l'a pas supporté et s'est suicidé.

SA VIE NE SERA QUE VENGEANCE.
Quoi qu'il lui en coûte, Jem a décidé de découvrir
qui sont les responsables et de les faire payer, un à un,
jusqu'au dernier...

« L'un des très grands événements de l'année 2013 !
Ce roman nous concerne tous. C'est absolument bouleversant ! »
Gérard Collard, France Info

Autres romans de l'auteur,
déjà parus :

Confusion
Cruelles
A Kiss in the dark
Perdue et retrouvée
We are Young
Girlhood

NOS *faces* CACHÉES

d'Amy Harmon

Ambrose Young est beau comme un dieu. Le genre de physique que l'on retrouve en couverture des romances. Et Fern Taylor en connaît un rayon, elle en lit depuis ses treize ans. Mais peut-être parce qu'il est si beau, Ambrose demeure inaccessible pour une fille comme elle. Jusqu'à ce qu'il cesse de l'être…

Nos faces cachées est l'histoire de cinq amis qui partent à la guerre.

L'histoire d'amour d'une jeune fille pour un garçon brisé, d'un guerrier pour une fille ordinaire.

L'histoire d'une amitié profonde, d'un héroïsme du quotidien bouleversant.

Un conte moderne qui vous rappellera qu'il existe un peu de Belle et un peu de Bête en chacun de nous…

Coup de cœur du blog Le Boudoir écarlate :

« C'est poignant, magnifique, magique !
Comme dans Nos étoiles contraires *de John Green,*
on ne cesse de pleurer, mais pour ne retenir à la fin
que les messages d'espoir et d'amour, la leçon de vie. »

Autres romans de l'auteur :
L'infini + un
La Loi du cœur
Le Chant du cœur

BIG BONES

De Laura Dockrill

Je ne suis pas grosse,
j'ai juste de gros os !

Salut, moi, c'est Bluebelle, alias BB, alias Big Bones, rapport à mes « gros os ». J'ai seize ans, je suis une gourmande, et je ne m'en cache pas. En même temps, ce serait un peu difficile à dissimuler, vu mes rondeurs…

Seul souci, après une crise d'asthme, maman m'a emmenée chez un médecin qui m'a obligée à tenir un journal de ce que je mange. Sauf que moi, je m'aime comme je suis, et je n'ai aucune envie de guérir puisque je ne suis pas malade !

Bourré d'humour et d'amour,
***Big Bones* est un délicieux pied-de-nez à la grossophobie.**
À consommer sans modération !

Imprimé en France par CPI
en février 2021

Composition et mise en pages
Nord Compo à Villeneuve-d'Ascq

MIXTE
Papier issu de
sources responsables
FSC® C003309

L'éditeur de cet ouvrage s'engage dans une démarche
de certification FSC® qui contribue à la préservation
des forêts pour les générations futures.

Pour en savoir plus :
www.editis.com/engagement-rse/

N° d'édition : 59308/01
N° d'impression : 156996